# 슬픈　구름

하명희
장편소설

# 슬픈 구름

강

# 차 례

바위가 있던 자리 _ 7

난지도에서 온 편지 _ 41

쇠와 돌의 냄새 _ 66

천 개의 고약 _ 80

물고기의 집 _ 124

집으로 가는 먼 길 _ 160

마석으로 가는 길 _ 183

구름의 연대 _ 204

패륜아들 _ 240

어디로 _ 285


발문 사랑 때문이다 | 신현수 _ 306

작가의 말 _ 319

# 바위가 있던 자리

언덕에 커다란 웅덩이가 생겼다. 빈터 중앙에 누구든 쉬어 갈 수 있는 커다란 바위가 있었는데, 어떻게 된 일인지 그 바위가 뽑혀 나갔다. 태풍의 위력이라고는 믿을 수 없었다. 그렇다고 그 거대한 바위를 누군가 옮긴 흔적도 없었다. 바위가 있던 자리가 웅덩이로 바뀌다니. 도은은 오후 내내 바위가 있었던 자리, 웅덩이를 바라보고 있었다. 웅덩이는 어른 키 높이만큼 움푹 파이고 어린왕자에 나온 바오밥나무가 들어가도 될 만큼 넓었다. 바위는 거인의 유치처럼 때가 되어 빠진 것 같았다. 도은은 양팔을 벌렸다. 어림도 없었다. 웅덩이는 원래 그곳이 제자리라고 똥고집을 부리는 것 같았다. 바위만 사라졌을 뿐인데, 언덕은 예전의 그 언덕이 아니었다. 바람이 자리를 잡지 못하고 휘몰아치는 것도 바위 때문이었고, 돌부리에 걸린 질경이며 애기장대들이 갈피를 못 잡고 흔들리는 것도 바위 때문이었다. 바위가 사라졌을 뿐인데, 바위에 올라 바라보던 강 건너 아파트들도 높이가 달라 보였다. 바위 뒤에 있던 느티나무도 낯설었다. 느티나무는 바위를 감추고 있는 것처럼 몸통이 뚱뚱해져 있었다. 바위가 사라졌을 뿐인데, 바위가 사라졌을 뿐인데…… 바위는 바위 아닌 것들을 모두 바꾸어놓았다.

도은은 웅덩이 가까이로 발길을 옮겼다. 웅덩이 속으로 병뚜껑을 던졌다. 웅덩이는 병뚜껑을 삼켰다. 이번에는 태풍에 쓸려 온 인형을 던졌다. 인형도 삼켰다. 도은은 뒤로 물러서며 두 발을 어디다 두어야 할지, 엉덩이를 어디다 걸쳐야 할지 몰라 엉거주춤한 자세로 웅덩이 주위를 돌았다. 그러다 걸음을 멈추고 웅덩이 정중앙을 뚫어져라 응시했다. 웅덩이 속으로 해가 기울고 있었다. 해지는 하늘은 몽땅 웅덩이 가로 모여 미끄럼을 타며 찬란한 빛으로 섞이고 있었다. 바람이 웅덩이의 흙을 흩뜨리며 웅웅 큰소리를 지르며 지나갔다. 웅덩이 속의 무언가를 들어 올리듯 흙을 털어냈다. 웅덩이 속의 하얀 털뭉치가 보였다. 도은은 손으로 입을 막았다. 그러다 풀썩 주저앉았다. 바위 빛으로, 흙 빛으로, 다시 맑은 하늘 빛으로 뒤섞이던 그것은 하나의 털뭉치로 모여들었다. 도은은 눈에 힘을 주고 그것을 향해 돌을 던졌다. 컹컹 울어줄 만도 한데 아무런 움직임도 없었다.

태풍이 쓸고 지나간 언덕은 도도하게 맑았다. 바위가 사라졌을 뿐인데, 언덕은 청명한 공기를 품은 이국의 휴양지 같았다. 느티나무에 걸린 청록의 기운이 붉게 물들다 어둠이 내려앉았다. 달이 바위를 삼킨 것일까. 바위만 한 달은 아무 일도 없다는 듯 환한 빛으로 언덕에 내려앉았다. 도은은 웅덩이에 빠진 달빛을 오래 응시하다 옷에 묻은 흙을 털어내고, 혼자 올랐던 언덕을 혼자서 내려왔다.

태풍의 위력은 대단해서 텔레비전에서는 연일 도시를 강타한 태풍 피해 지역을 보여주었다. 특히 이번 태풍은 강력한 바람이 도시를 뚫고 지나가는 바람에 고층 아파트의 피해가 크다고 했다. 화면에는 태풍에 떨어져 나간 간판들과 꺾인 교회 첨탑이 길 가던 행인을 덮친 곳을 보여주었다. 고층 아파트 유리가 파손되고 깨끗하게 정돈된 외벽이 떨어져 나가 스티로폼이 보이는 곳도 있었다. 기자는 우리 사회 안전 불감증이 부실시공을 부추겼고, 이번 태풍에 그 모습이 확연히 드러났다고 말했다. 그는 무너진 아파트 외벽 앞에서 스티로폼을 손으로 뜯으며 이것 보라는 듯 목소리를 높였다. 산 하나를 깎아 지은 듯한 아파트들도 사실은 도은의 집과 다르지 않다는 것을 확인하는 것은 그리 나쁘지 않았다. 정전으로 이틀째 피해를 입은 아파트 주민들이 건너편 아파트는 전날 비상 전기가 가동되었는데 왜 이쪽은 소식이 없느냐며 소리치며 싸우는 것도 나쁘지 않았다.

도은은 채널을 계속 돌렸다. 재난방송 어디서도 도은이 사는 동네는 나오지 않았다. 바위가 사라진 동네는 어디에도 없었다. 태풍이 시작된 곳이 그 바위가 아니었을까. 웅덩이 아래에서는 뜨거운 마그마가 끓는 중인지도 모른다. 마그마의 증기로 바위가 날아가버린 것이라면, 날아 고층 아파트 유리창을 모조리 깨뜨리고, 아파트를 흔들고, 도로를 뒤집고, 가로수를 뽑아 교회 첨탑이 있던 자리에 세우고, 간판을 떨어뜨리고, 질질질 웃으며, 도시를 비웃으며, 다시 저 웅덩이 속으로 사라진 것은 아닐까. 도은은 숙자의 가는 울음소리가 들리는 듯 이불 속으로 몸을 집어넣었다. 항아리 밖 세상이 무서워 항아리 속에서 웅크리고 컹컹 울었을 숙자처럼 도은의 숨소리는 숨을 끌어당기며 이불 속에서 울렁울렁 울렸다.

그날은 울고 싶지 않지만 그냥 울어지는 날 중 하나였다. 울어지다가 숨이 깊어지며 울음이 텅텅 울리는 날이었다. 누구든 가슴속에 이런 항아리를 가지고 있을 거라고 믿어지지 않는 날이었다. 도은은 피식 웃음이 나왔다. 그런 날은 굳이 손으로 꼽지 않아도 될 만큼 넘치고 또 남는다. 다시 피식 웃음이 새 나왔다. 이런 순간이 도대체 몇 번이지. 울지 말자고 다짐한 것도 아닌데 이미 울음이 그쳐 이제 다시는 울어지지 않겠구나. 눈물이 마른 것이 아니라 아무리 울어도 구멍이 나버려 밑으로 다 쏟아져버리겠구나. 도은은 항아리만 한 한숨을 내쉬었다.

"도은아, 도은이 안에 있니?"

밖에서 도은을 부르는 소리가 들렸다. 한 달에 한 번씩 들르는 한마음회 장씨 아줌마다. 도은은 이불을 더 바짝 끌어당겼다.

"어머, 문짝이 날아갔네."

학교에서 친구들끼리 하던 대화가 떠오르는 목소리였다.

어머, 숙제 있었네. 어머, 오늘이 목요일 아니었어? 어머, 체육복 안 챙겨왔다. 어머머, 그래서 그 찐따가 뭐라고 했어? 어머어머, 담탱이 오늘 약속 있나 봐. 옷 입은 거 하고는. 어머머, 어머, 그래서 뭐야. 싸웠대? 어머, 어머머, 어머……

장씨 아줌마는 같은 반 아이들과 비슷한 어린 시절을 보냈을 것이다. 도은은 웬만한 것에는 놀라거나 흥분하지 않는 것이 자신 안에 있던 '어머'라는 단어가 사라졌기 때문임을 알았다. 그 단어가 왜 사라졌는지는 분명하지 않았다. 다만 엄마가 집을 나간 이후로 입 밖으로 꺼내보지 못한 엄마를 연상시키는 단어이기 때문이라고 짐작할 수 있을 뿐이다. 엄마가 사라졌을 뿐인데, 엄마 또한 엄마 아닌 것들을 바꾸어놓았다. 사라진다는 것은 그런 것이라고 미리 예방주사를 맞은 셈이다. 사라지는 것들 속에 사는 것은 도은이 수도 없이 반복하는 생활이었다. 태풍에 사라진 숙자처럼, 태풍보다 먼저 사라진 엄마처럼. 그러고 보면 향기나 목소리는 단어보다는 힘이 셌다. 길을 가다 엄마 목소리가 들리면 멈춰 섰고, 그 아득한 찌물큰한 앞치마 냄새는 도은을 끈질기게 붙잡고 놓지 않았다.

"도은아, 자니?"

이 목소리는 분명 아니다. 아파트도 부서지는 폭풍에 바람막이 하나 없는 집의 쪽문이 날아간 게 뭐 대수라고. 장씨 아줌마의 도시락은 차가운 창살이 되어 도은과 세상을 갈라놓고 있었다.

"태풍에 아파트도 부서지는데 문짝 날아간 걸 갖고 뭘 그러세요?"

이불 속에서 퉁명한 목소리가 튀어나왔다.

"다친 덴 없니? 할머니는 어디 가셨어?"

"문짝 찾으러 가셨어요."

물에 퉁퉁 부은 목소리였다.

"얼굴 좀 보자. 이리 나와봐."

장씨 아줌마는 밥통을 열며 말했다.

"다행히 밥통은 안 날아갔어요."

"사람 마음도 밥통처럼 하루에 세 번 정도 열렸으면 좋겠어. ……밥 안 해 먹었구나."

장씨 아줌마는 밥통 옆에 널려 있는 그릇들을 한쪽으로 치우며 도은에게 다가왔다. 도은은 아줌마의 손이 닿기 전에 벌떡 일어났다. 그러곤 비스듬히 앉아 아줌마를 힐끗 훑었다.

"머리 자르셨네요."

"내가 머리 한 거 남편은 알아보지도 못하던데…… 어때, 짧아지니까 더 젊어 보이지?"

아줌마는 남편에게 못한 애교를 떨고 싶은지 귀엽지 않냐고, 몇 살이나 젊어 보이느냐고 귀찮게 말을 걸었다.

"밥통만 열리면 뭐해요. 그 안에 따끈한 밥이라도 있어야 밥통 열 마음이 생기지."

도은은 착한 사람이라는 딱지를 이마에 붙이고 다니는 아줌마를 비꼬고 싶었다.

"쌀 떨어질 때 안 됐잖아. 벌써 떨어졌어? 누구, 혹시?"

엄마가 왔다 갔는지 궁금한 모양이었다. 도은은 할머니 몰래 항아리에 숨겨놓고 키워온 숙자의 자리가 이렇게 티가 나는구나 싶었다.

"다음 달에는 괜찮을 거예요."

"혹시?"

"아니라니까요. 요즘에 제가 좀 많이 먹었어요. 아줌마 말처럼 이 집에서 따뜻한 게 그것밖에 없잖아요. 반찬도 없이 주먹밥 만들어서 시도 때도 없이 먹었더니 그래요. 다음부터는 안 그럴게요."

"한참 클 나이에 먹히면 먹어야지. 난 또, 혹시나 해서. 한마음회에 말해서 좀 더 지원해보도록 할게. 김치를 새로 해서 조금 가져왔으니까 두고 먹어. 뭐 더 필요한 건 없니?"

아줌마는 반찬 그릇을 꺼내며 급하게 화제를 돌렸다. 필요 이상으로 친절하고 필요 이상으로 신경을 쓰며 다가오는 사람은 믿을 수가 없었다. 숙자는 그러지 않았는데. 아줌마와 얘기하는 동안에도 도은은 계속해서 아줌마와 숙자를 비교하고 있었다. 아줌마는 부엌으로 나가 행주를 들고 들어왔다.

"할머니가 다른 집 문짝이라도 주워온다고 했는데, 아무래도 신문지로 붙여야 할까 봐요. 나무로 대면 깜깜해서 싫은데."

아줌마는 그릇 치운 자리를 행주로 닦다가 도은을 쳐다보고는 말했다.

"다음에 올 땐 회원 중에 일 잘하는 아저씨도 데려와야겠다."

도은은 행주로 방을 닦으면 어떻게 하냐고 따지려다 말았다.

"한마음회는 뭐든 말하면 다 해줘요?"

"그러려고 모인 거니까. 없는 사람들 심정은 없는 사람들이 안다고 회원들이 다들 그냥저냥 살아가. 시장 상인회에서 각자 팔다가 손이 덜 간 것들 내놓는 게 어떠냐는 제안에서 시작한 거거든. 요즘에는 대형 슈퍼마켓에 손님을 뺏기니까 사는게 더 각박하지. 그래도 시장에서 평생 일해서 아들딸 시집 장가보낸 사람들이 태반이야. 참, 다음 주에 바자회 하는데 올래? 이번에는 반찬가게 집에서 점심을 쏠 거거든. 거기서 밥도 먹고 필요한 거 있으면 이거로 사. 중고 물건도 사고팔고 재미있어."

장씨 아줌마는 하얀 봉투를 내밀었다.

"이걸로 또 한 달 열심히 살아보자."

봉투 안에는 삼만 원이 들어 있었다.

"돈이라는 게 없으면 서럽고, 있으면 귀찮고, 그래서 돌고 돌아서 돈이래. 바자회에 꼭 와라. 꼭."

돌고 돌아서 돈이라고? 있어서 귀찮은 적은 없지만, 없으면 서럽다는 것은 누구보다도 잘 알고 있다. 그게 돈이란 말이지. 엄마를 사라지게 만들고 자신을 기다리는 사람으로 만들어버린 그것. 돌고 돌다 보면 엄마도 돌아올 수 있을까. 정말 돌고 돌아서? 아니면 쪽지에 적어놓은 것처럼 돈을 많이 벌어서 돌아올 수 있는 건가.

장씨 아줌마가 돌아간 지 얼마 지나지 않아 할머니는 문짝 대신 널찍한 박스를 질질 끌고 왔다. 박스 네 귀퉁이를 뜯어내고 각을 세워 문짝이 달려 있던 자리에 테이프로 붙이니 집은 예전보다 더 커 보였다. 항아리처럼 느껴지던 집은 박스 문이 생기자 박스로 만든 집으로 바뀌었다. 문짝만 박스로 바꿨을 뿐인데, 박스는 박스 아닌 것들을 박스로 만드는 힘이 있었다. 박스로 만든 집이라. 도은은 괜찮다고 생각했다. 언제 부서질지 모르기는 박스나 판자나 마찬가지였다. 판자촌보다는 박스촌이 더 생동감 있게 느껴졌다. 박스는 동네 어디서나 구할 수 있고, 못질을 하지 않아도 되니까 방을 만들 수도 있었다. 박스로 만든 침대에 눕고, 박스로 만든 책상에 앉아 책을 보는 상상을 하는 것만으로도 박스로 만든 집은 처음보다 꽤 괜찮았다. 숙자에게도 항아리보다는 박스로 집을 만들어줄 걸 그랬다는 후회가 밀려왔다. 도은은 박스를 좀 더 주워와야겠다고 생각했다. 침대까지는 필요 없고 책상 정도는 어떻게 만들어질 것 같았다. 책상을 만들려고 보니 책장도 하나 필요했고, 책장을 만들려고 보니 책장에 꽂을 책도 필요했다. 도은은 장씨 아줌마가 말한 바자회에 꼭 가야겠다고 다짐했다. 바자회에서는 책도 팔겠지.


바자회가 열리는 시장 입구에는 커다란 현수막이 걸려 있었다. 한마음 사랑의 바자회! 현수막 아래부터 옷가지와 구두, 음식과 음악 테이프들이 널려 있었다. 어디서 나오는 것인지 뽕짝 리듬에 맞춰 엿장수의 가위질 소리가 들려왔다. 가위질 소리는 도은의 무거운 생각들을 조각조각 잘라내고 있었다. 바자회는 바자회일 뿐 바자회의 바자회일 뿐이다. 엿장수의 가위질 소리는 물건 파는 소리들을 뒤섞어 허공에 옷들을, 구두를, 테이프를 매달아놓고 있었다. 도은은 가위질 소리에 맞춰 걸음을 걸었다. 사뿐하고 가벼운 리듬이 몸의 구석구석을 휘돌고 있었다. 옷가지를 들고 백 원, 백 원이라고 소리치는 아저씨가 보였다. 백 원이라고 들어 올린 옷은 여자 수영복이었다. 옆에서 구두를 팔던 아줌마가 남세스러우니 그것 좀 내려놓고 팔라고 퉁박을 주었다. 아저씨는 한술 더

떠 옷걸이에 비키니 수영복 상의를 걸고 빨래집게로 팬티를 집어 구두 위에 올려놓았다.

"이렇게 다 사면 오백 원! 오백 원!"

빨간 구두와 파란색 비키니 수영복은 시장 사람들의 웃음을 끌어냈다. 줄 끝에 있던 아줌마가 커다란 비치 모자를 수영복 위에 올려놓으며 "이렇게 하면 육백 원!" 하고 외쳤다. 아저씨와 아줌마들은 웃겨 죽겠다는 듯 배꼽을 잡았다. 모자를 팔던 아줌마가 잠깐 어디론가 갔다 오더니 파리채를 들고 왔다. 비키니 옆에 파리채를 놓고는 주위 반응을 살폈다.

"우리도 이렇게 입고 물건 팔면 잘 팔리지 않을까. 한번 해볼까."

아줌마는 상의를 반쯤 위로 추켜올렸다.

"이놈의 여편네가 시장 물 흐리려고 그라나. 하나만 벗으면 되겠나? 밑에 것도 마저 벗어야지."

몸뻬 아줌마가 파리채를 가져다 놓은 아줌마의 치마를 잡고 벗기는 시늉을 했다.

"아이고야, 얌전한 줄 알았더니만 대낮에 치마까지 벗길라 하네. 어디 네 건 얼마나 큰가 젖퉁이부터 대보자."

아줌마들이 가슴을 갖다 대며 배를 내밀수록 사람들은 더 크게 웃었다.

"젊은것들이라 눈요기로 뵈줄 것도 있고 좋겠네. 저거 하씨네 밑구녕도 그냥 있을 양반이 아닌데. 저것 봐라. 벌써 불알 터지겠다."

사람들이 모두 아저씨의 바지 지퍼를 쳐다보았다. 도은은
못 본 척 할머니 앞으로 걸어갔다. 할머니 자리에는 강아지와
목줄, 할머니가 뜬 것 같은 강아지 옷이 있었다. 할머니는 자
기 입을 때리며 도은을 맞았다.

"아이고 나이 먹은 것들이 지랄이다 그쟈? 아가, 방금 들은
거는 집에 가서 깨끗이 씻어버려라."

'아가'라고 불러주는 할머니 목소리가 강아지를 안았을 때
처럼 포근했다. 할머니 무릎에 있는 작고 꼬물거리는 생명이
쿵쿵대며 무언가를 찾고 있었다. 도은은 손바닥을 내밀었다.
숙자의 눈을 닮은 갈색 똥개 새끼가 손바닥을 핥았다. 가위질
소리가 점점 멀어졌다. 똥개는 가위질 소리와는 반대로 정적
이고 그리운 마음을 도은의 손에 새기고 있었다. 그것은 숙자
가 있던 자리의 표시였고, 조금은 따뜻한 외로움이었다. 항아
리에 가둬놓고 키우는 게 아니었는데. 태풍에 맞서듯 항아리
속에서 밤새 울었을 숙자가 떠올라 손끝이 떨렸다. 도은은 왼
손으로 똥개의 머리를 쓰다듬었다. 똥개는 '좋아 좋아, 놀아
줘' 하는 표정으로 할머니의 무릎에서 나와 벌렁 드러누우며
손가락을 약하게 깨물었다.

숙자를 처음 만났을 때가 떠올랐다. 빗길에 오돌오돌 떨며
반대편에서 걸어오던 숙자와 눈이 마주치자 숙자는 도은의
발치에 혀를 대고 핥았다. 그날은 도은이 학교에서 도둑이 된

날이었다. 미진이 샤프가 없어졌는데, 체육을 하고 들어와보니 아이들이 도은을 잡아먹을 듯 째려보고 있었다. 그 눈빛은 도은이 자신도 자기를 믿을 수 없는 지경으로 몰아붙이고 있었다. 아니라고, 안 훔쳤다고 한마디만 하면 될 걸, 도은은 자기도 모르게 자기가 친구의 샤프를 훔친 것일지도 모른다고 압도당해버렸다.

미진과 같이 몰려온 애들이 도은의 가방을 까고, 필통을 뒤집어엎고, 책상 서랍을 뒤졌다. 그러는 동안에도 도은은 생각했다. 나오면 안 되는데, 어디에 있을까. 아니, 있다면 그게 어디에 있을까. ……있어야 하는데. 빨리 생각이 나라. 그래야 감출 수 있을 거 아니야, 정도은! 어디다 숨긴 거야! 도은의 머릿속은 아이들이 뒤집어놓은 가방을, 필통을, 신발주머니까지 구석구석 뒤지고 있었다.

"없잖아! 얘도 아닌가 봐."

미진이는 아무렇지도 않게 말했다.

"씨발, 누군지 몰라도 잡히기만 해봐."

도은은 의자에 앉았다. 아무도 다가오지 않았다. 아무도 괜찮으냐고 말하지 않았고, 아무도 미안하다고 말하지 않았다. 도은은 어질러진 책상을 정리했다. 너무 쉬웠다. 남의 물건을 뒤지는 것도, 무턱대고 의심하는 것도, 사과도 없이 돌아서는 것도, 너무 쉬웠다. 왜지? 왜 나는 저 애들처럼 아니라고, 아닌 것을 아니라고 말하지 못했을까? 사과하라고 머리채라도 잡고 싸우지 못했을까. 왜 내가 훔쳤을지도 모른다고 생각해 버린 걸까. 왜 나는 이 모양일까. 차라리 훔쳤다면 덜 억울했을 거야. 차라리 훔친 거였다면. 바보, 병신, 머저리, 미친년, 너는 도둑년이야. 아무것도 훔친 것 없는 도둑년이라고, 이 병신아!

도은은 길가에 돌멩이를 만나도 발로 차고, 빈 깡통도 발로 차며 속으로 욕을 해댔다. 그래, 내가 훔쳤다. 찾을 테면 찾아봐. 뒤질 테면 뒤져봐. 그렇게 뒤진다고 그게 나올 줄 아니? 훔치지도 않은 걸 어떻게 찾을래? 감추지도 않았는데 그걸 어떻게 찾겠다는 건데? 고작 샤프 하나 가지고 떼거리로 몰려와서 왜 지랄들인데? 속으로 아구창을 메기자 숨통이 트였다. 어깨도 펴졌다. 도둑년처럼 당당하게 걸어. 너는 도둑질한 것이 없는 도둑년이라고. 그러니 얼마나 당당해. 속으로 주문을 걸던 그때, 도은의 발치에서 혀로 신발을 핥는 숙자를 만난 것이다. 숙자는 나도 차버릴 거야? 하고 묻는 것 같았다.

도은은 얼른 숙자를 두 손으로 들어 올렸다. 숙자는 '너는 내 거야'라는 영역 표시를 하듯 포르릉 오줌을 쌌다. 던지듯이 숙자를 내려놓자 이번에는 자기를 따라오라는 듯 먼저 걷기 시작했다. 숙자의 발걸음은 도둑년보다 더 당당했다. 조금 전까지 오돌오돌 떨던 개새끼였는데, 오줌 한번 눴다고 저렇게 당당해지다니. 도은은 개들이 왜 그렇게 길에다 오줌을 지리는지 알 것 같았다. 혜진이 할머니가 폐지를 모은 돈으로 판자촌을 떠날 때처럼 뒤도 돌아보지 않았다. 개들은 오줌 눈 자리는 다 자기 거라고 생각하는 모양이었다. 그렇게 숙자는 도은을 차지했다. 도은은 손가락을 더 깨물라고 작은 개의 주둥이에 갖다 댔다. 작은 개는 혀로 핥은 것은 다 자기 거라고 여기는 것 같았다. 따뜻한 외로움이 이런 것이었구나. 작은 개는 혀끝으로 온기를 전하고 있었다.

"그놈 에미가 나랑 십 년을 같이 살았단다. 어때, 이쁘쟈?"

"십 년이나요?"

다 헤진 옷을 걸친 백태 낀 할머니의 눈은 비에 젖은 늙은 개보다 더 초라해 보였다. 그런 할머니와 함께 십 년을 산다는 것은 어떤 의미였을까.

"죽은 자식이나 다름없이 니캉 내캉 같은 날 같이 죽자 그랬는데 먼저 가버리데. 수태를 못 할 줄 알았더만 마지막 자식이라고 이것 하나 낳고 그냥 가버렸다. 이거라도 내 곁에 있어야 맘이 놓였던가 보지. 울지도 않고 편하게 잠자듯 가버리데."

"근데 왜 파시는 거예요. 십 년 동안 같이 산 개의⋯⋯"

도은은 선물이라고 말하려다 말을 삼켰다.

"덜컥 겁이 나데. 내가 죽어버리면 저건 어쩔까 싶고. 저 귀하고 예쁜 것을 이쁘게 봐주는 아한테 보내야 하지 않나, 자고 일어나면 이빨 하나 빠지고, 자고 나면 기억도 하나씩 없어지는데, 갑자기 저게 호랑이로 보이면 어쩌나. 안 그래도 어젯

밤에 이 생각 저 생각 왔다 갔다 했다. 근데 아무리 생각해도 십 년 동안 제 에미가 내게 곁을 내준 것처럼 더 좋은 사람 만나는 게 좋지 않겠나 싶어서 데리고 나와봤다. 이렇게 이쁜 널 만날라고 그랬나 보지. 내 아무한테나 주지는 않는다."

넌지시 강아지를 떠넘기는 할머니의 주름살이 싫지 않았다. 돈을 낸 것도 아닌데 누군가의 주인이 된다는 것도 나쁘지 않았다. 강아지와 눈이 닮았다는 말도 싫지 않았다. 그렇지만 도은은 슬슬 뒷걸음질로 그 자리를 빠져나왔다. 아직은 숙자의 자리를 다른 것으로 채우고 싶지 않았다. 그러면 안 될 것 같았다.

"할머니, 한 바퀴 돌아보고 올게요."

"천천히 돌아보고 온나. 눈망울이 또랑또랑한 게 내 보기엔 이놈이 딱 네 거다."

강아지는 뒤집어져서 할머니의 손길을 느끼고 있었다. 할머니가 배를 쓸어줄 때처럼 아랫배가 싸아하게 아리는 풍경이었다. 강아지를 뒤로하고 빠져나온 도은은 바자회 물건들을 들었다 놨다 하며 구경을 했다. 꽃 그림이 그려진 도자기 그릇 대신 플라스틱으로 된 그릇 세트가 눈에 들어왔다. 물건값을 물으니 그릇을 파는 아저씨가 말했다.

"예쁜 그릇도 아닌데, 노래 하나 불러주면 까짓것 그냥 줄란다."

바자회의 들뜬 분위기 때문인지, 아니면 서로 얼굴은 몰라도 사는 것이 엇비슷해서 그런지, 도은이 노래도 부르지 않았는데 아저씨는 이미 검은 봉지에 그릇들을 담고 있었다.

"아싸, 기분이다. 이거, 덤으로 그냥 다 얹어줄게."

검은 봉지에 담긴 행주와 수세미는 도은이 눈으로 보고 있던 것들이었다.

"얼만데요?"

도은은 장씨 아줌마가 주고 간 봉투를 꺼내며 물었다.

"공짜야, 공짜. 이런 날도 있어야지. 필요한 거 있으면 더 가져가. 내 딸 같아서 주는 거야. 눈매가 야물다 못해 찰지네. 그릇 살 생각도 다 하고."

그걸 사고 싶은 줄 어떻게 알았느냐고 물으려다 도은은 검은 봉투를 받아들었다.

"이건 던져도 안 깨지니까 기분 나쁜 일 있으면 벽에 냅다 던져버려."

아저씨는 그릇을 들고 던지는 흉내를 냈다. 도은은 주머니에 손을 넣었다. 언제든 자신에게 덤비는 것들에게 던지려고 넣어두었던 돌멩이가 손에 잡혔다. 하도 만져서 모난 곳 없이 반질거리고 따뜻했다. 돌멩이는 만지면 만질수록 따뜻해져서 나중에는 던지고 싶은 마음을 녹이는 힘이 있었다. 기분 나쁜 일이 있으면 벽에 냅다 던져버리라는 아저씨의 목소리는 돌멩이까지는 아니더라도 말랑말랑한 찰흙 같았다.

"도은아, 도은아!"

옷이 산더미처럼 쌓여 있는 뒤쪽에서 장씨 아줌마가 얼굴을 내밀었다.

"왔구나. 잘 왔어. 밥은 먹었니?"

장씨 아줌마는 도은을 보면 제일 먼저 밥이 떠오르는 모양이었다. 옷더미 사이에 서 있는 장씨 아줌마는 집에 찾아올 때와는 다르게 더 젊고 활기차 보였다.

"배는 안 고파요."

아줌마 옆에 있던 어린 여자애가 아줌마의 손을 잡아끌었다. 푸근한 인상의 아줌마와는 달리 장난기가 많아 보이는 눈밑살과 사랑받는 아이들이 그렇듯 버릇없는 입 모양새를 하고 있었다.

"이럴 거면 너 집에 가!"

아줌마가 아이에게 쏘아붙였다.

"엄마가 오자고 했으면서 나 혼자 어떻게 가?"

"열 살이나 됐는데 집에도 혼자 못 가? 네가 집에 혼자 있기 싫다고 해서 같이 온 거잖아. 그럼 좀 얌전히 있어야지 무슨 짓이야. 옷들은 다 헤집어놓고."

"엄마가 재미있을 거라고 그랬잖아. 그런데 이게 뭐야. 옷에서 이상한 냄새만 나고. 아까 벌레도 죽어 있었어."

"얘가, 오늘따라 왜 이래. 여기 있기 싫으면 이불가게 언니네 가서 놀든지."

"언니야가 학원 갔대. 놀 친구도 없고. 엄마 미워."

아줌마한테 고등학교에 다니는 도은이 또래의 딸이 있다는 소리는 들었지만 저렇게 어린 딸이 있다는 소리는 듣지 못했었다. 도은은 아줌마와 삐죽이 딸의 말다툼을 틈타 얼른 자리를 피했다.

바자회 장소를 한 바퀴 다 돌았지만 도은이 찾던 것은 없었다. 새로 생긴 거라곤 공짜로 얻은 검은 봉지뿐이었다. 도은은 할머니의 강아지를 다시 보러 갈까 망설이다가 그만두기로 했다. 다시 보면 분명 떠안기듯 강아지를 데리고 와야 할 것 같았다. 강아지가 싫지 않았기 때문에 무슨 말로 거절해야 할지 난감한 상황을 만들기 싫었다. 바자회는 한 달에 한 번씩 열린다는데, 다음 달에도 강아지는 그 자리에 있을 것 같기도 했다. 물론 할머니는 한 달이 지나면 일 년은 더 늙어 있겠지만 말이다. 노인의 시계는 아이의 시계와 정반대로 빠르게 돈다. 노인들이 했던 말을 또 하고 또 하고 하는 것은 몸속 시계가 너무 빨리 돌아 기억해야 할 순간이 없어져버리기 때문이다. 강아지를 팔던 할머니를 다음 달에 만나게 된다면 그때도 똑같이 말할 것이다. 이놈이 딱 네 것이라고. 눈이 닮았다고. 노인들은 기억을 못 하는 대신 모든 것이 몸에 익숙한 처음이어서 좋겠다고 도은은 생각했다. 그때였다. 버스 정류장으로 가는 길바닥에 뒤늦게 돗자리가 깔렸다. 돗자리를 깐 사람이 뒤쪽을 향해 소리를 질렀다.

"여기밖에 자리가 없어. 얼른 와."

소리치는 쪽을 보니 한 사람은 리어카를 끌고 또 한 사람은 리어카 위에 타고 있었다. 리어카에 실린 물건은 별로 무거워 보이지 않았는데, 그 안에 타고 있는 사람은 한 손을 들어 앞 사람한테 지시하고 있었다.

"오라이. 오라이. 저기, 오케이."

리어카에 실린 사람은 여사장이라도 되는지 리어카를 세울 곳을 일러주었다.

"재밌냐? 바빠 죽겠는데 여기까지 타고 오니까 좋아 죽겠지?"

돗자리를 펴던 사람이 리어카에 있던 여자를 번쩍 들어 돗자리에 내려주었다. 여자가 고개를 끄덕이자 한쪽 다리가 펄럭였다.

"그럼 내가 아니면 이걸 누가 파냐? 미안하지만 우리 모임에서 이거 팔 사람은 나밖에 없네요. 니들은 저거 내려놓고 얼른 가서 밥이나 먹고 와. 식당 문 닫을 시간 다 돼가. 내 것도 많이 퍼와라."

"이 식충이. 책이 아니고 밥 때문에 왔지."

"이거 왜 이래. 그 집 뷔페가 얼마나 맛있는데. 아줌마한테 내 거라고 하면 더 퍼가라고 할걸. 아줌마가 날 무지 예뻐하거든. 뭐든지 복스럽게 먹는다고. 내가 한글 시간마다 새로운 메뉴를 개발하느라 얼마나 바쁜지 아셔?"

"한글 시간에 메뉴도 개발해?"

"아줌마들이 괜히 나를 좋아하겠니? 얼마 전에 반찬가게 아줌마가 '간장게장'이라고 쓸 땐 정말 환상이었어. 그렇게 가르쳐줘도 개나리는 게나리로 쓰면서 게장, 꽃게는 꼭 개장, 꽃개라고 쓰는 거야."

여자는 허공에다 개장과 꽃개를 그렸다. 남자의 눈동자가 여자의 손가락 끝에 걸렸다.

"그러다 똥깨를 똥깨라고 쓰고는 자기도 웃더라구."

"똥깨는 아무리 여러 번 들어도 웃겨."

둘은 서로 바라보며 웃었다.

"어떻게 된 건지 모르겠는데, 그날 개장을 게장이라고 쓰더라."

"똥깨까지 하지. 얼른 움직여야 해."

남자는 여자의 손가락에서 눈을 떼며 돗자리 위에 책을 펼쳤다. 여자는 책을 정리하며 쉼 없이 떠들었다.

"육 개월 동안 매일 한두 개씩 틀리다가 처음으로 받아쓰기 백점을 맞았는데, 히야, 아줌마가 얼마나 좋아하던지. 내가 마음이 다 쓰라렸다니까."

"쓰라려?"

"애리다고 해야 하나. 아무튼 아줌마가 자기가 가장 잘하는 게 간장게장인데 이제야 며느리한테 간장게장 만드는 법을 알려줄 수 있게 됐다면서 '간장게장' 만드는 법을 공책에다 적는 거야."

"드디어 간장게장이 나왔군."

남자는 건성으로 들으면서도 맞장구를 쳤다. 먼저 온 남자가 재밌다는 듯 쳐다보자 여자는 더 신이 나서 말했다.

"근데 있잖아, 아줌마가 쓴 글자도 게같이 생긴 게 통통하고 단단하고 무엇보다 삐뚤삐뚤하고, 왼쪽부터 쓰니까 진짜 게같이 생긴 거야. 그랬는데 그 단어들에서 이상하게 달달하면서 짭쪼름한 간장게장 맛이 나더라고."

"간장게장 맛이 났다고요?"

후배인 듯한 남자가 이야기를 재촉했다.

"글자에서 맛이 났어? 나는 지금 쇠고기 육회를 먹고 싶은데. 육회! 육회! 맛이 좀 나려고 그런다."

다른 남자가 초를 치듯 여자의 이야기를 다른 쪽으로 돌렸다. 여자는 상관없다는 듯 이야기를 계속했다.

"장난 아니야. 내가 그날 얼마나 기분이 묘했는지 몰라. 이 일을 정말 잘했구나 싶기도 하고."

여자는 책 정리하던 손을 멈추고 이야기에 살을 붙이기 시작했다.

"그래서 그날 밤에 곰곰 생각했지. 아줌마의 한글 노트를 세상에 하나밖에 없는 요리 비법 책으로 만들어야겠다고. 아줌마 글씨체도 그대로 살려서 말이야. 그 글자가 사람을 꾀는 매력이 있거든. 나는 여태 어떤 책에서도 그런 냄새가 나는 글씨체를 본 적이 없어. 사실은 메뉴를 개발하는 게 아니라 아줌마 비법을 내가 전수받는 거나 마찬가지지만. 혹시 아니? 내가 그 집 맛의 비법을 전수받을 며느리가 될지. 그 집 아들이 아직 중학생인데 내가 또 어린 남자를 좋아하잖아. 나중에 한 권 분량이 되면 졸업할 때 책으로 만들어서 선물해드릴 거야. 덕분에 나도 일할 데 없으면 나중에 아줌마 비법 책으로 서울 어디 구석에서 아담한 백반집이라도 차릴까 해. 어때, 괜찮은 생각이지?"

"그 책 맛있겠는데요."

후배인 듯한 남자가 말했다. 다른 남자는 기분 좋게 웃으며 여자의 머리를 손으로 쓸어내렸다.

"너, 내가 그 얘길 몇 번 들었는지 모르지? 그놈의 입은 기억상실증에 걸렸나. 그러니까 뭐야? 네 말은 아줌마네 간장게장 꼭 퍼 와라, 그거잖아. 네 말을 번역할 수 있는 사람은 나밖에 없을걸."

여자는 머리를 긁적이며 흐뭇한 미소를 지었다.

"짜식, 눈치는 가출도 안 해요. 얼른 갔다 와. 배고파 죽겠어."

도은은 리어카에서 내린 이후로 쉬지 않고 떠들고 있는 여자에게서 눈을 뗄 수 없었다. 마치 그곳에 다른 사람은 없는 것처럼 여자는 주변을 흡수하는 마력이 있었다. 그 마력은 그녀의 입에서 나오고 있었다. 다른 사람이 내려준 걸로 봐서는 제대로 걷지를 못하는 모양인데 못 걷는 대신 다른 사람보다 입이 더 발달한 것 같았다. 도은은 젊은 남자 둘이서 책을 정리하는 것을 보며 멀찍이서 기다렸다. 책을 다 정리했는지 남자들이 식당 쪽으로 걸어갔다. 접힌 여자의 바지 위에도 책이 진열되어 있었다. 도은은 여태 기다렸다는 티를 내지 않으려고 바자회 주변을 한 바퀴 더 돌고 돌아왔다. 바자회 장소에서 떨어져 있어서 그런지 돗자리 앞쪽에는 좀처럼 사람들이 없었다. 여자는 좀 전과 같은 자세로 앉아 책을 읽고 있었다. 도은은 되도록 천천히 책이 펼쳐져 있는 곳으로 걸어갔다. 거리가 꽤 있는데도 도은을 부르는 여자의 목소리가 들렸다.

"애. 어서 와. 이리 와봐."

도은은 다른 곳으로 가려다 들른 것처럼 멍한 표정으로 여자를 바라보았다. 여자는 읽던 책을 바지 쪽에 내려놓고 도은을 향해 손짓했다.

"네가 첫 손님이야. 얼른, 얼른 이리 와봐. 네가 볼 책들도 많아. 어디 보자."

여자는 도은이 도착하기도 전에 도은에게 줄 책을 고르고 있었다. 도은은 여자가 보다가 엎어놓은 책의 제목을 훑었다. 주황색 바탕에 작은 글자들이 빼곡히 박혀 있었다. 검은 옷을 입은 남자들이 총인지 막대기인지를 들고 서 있고, 한 사람은 뒤돌아서 그 사람들을 향해 연설하는 듯한 사진이었다. 사랑과 저항의 유서! 유서를 책으로? 이런 곳에서 유서를 읽고 있는 저 여자는 뭐지? 여자가 책을 고르는 동안 도은은 사진 밑에 촘촘히 박혀 있는 작은 글자들을 빠른 속도로 읽어나갔다.

"인간이 그 생애의 가장 절박한 한순간에 남긴 최후의 언어 가운데서, 우리들 살아 있는 자들은 도대체 무엇을 구하고자 하는 것인가? 더구나 무슨 권리로 그들이 써서 남긴 글을 하나하나 읽어나가는 것인가? 비록 우리들이 불투명한 기억의 지층 속에 묻어두고자 하여도, 또는 때로 그 진실의 소리에 귀를 막는다 하여도, 그 소리는 우리들이 지금 이대로의 상태로 계속 살아가는 것을 용납하지 않을 것이다. 그리고 어쩌면 지금까지와는 전혀 다른 우리들이 되는 것을 바라고 있을 것이다. 여기에 수록된 단편적인 언어들이, 그 순수함이 그 시대를 생각할 적에 우리들 마음속에서 선명히 되살아나기를, 또한 그들을 생각할 때에 그 진실의 소리가 언제까지라도, 무엇보다도 더 생생하게 들리기를 진심으로 바란다. 지금은 그 소리를 들어야 할 때가 아닌가?"

사랑과 저항, 최후의 언어는 뭐고, 살아 있는 자는 또 뭐며, 권리니 진실이니 시대니 하는 단어들이 낯설었다. 도은의 마음을 사로잡은 단어는 '유서'였다. 어떤 죽음이기에 유서가 필요할까. 도은은 유서의 자리에 '그냥'을 집어넣었다. 사랑과 저항의 그냥! 싱겁기 짝이 없는 제목이 되었다. 그냥은 사랑과 저항과는 다른 맥이 빠진 삶을 대변하고 있었다. 그래도 유서보다는 그냥이 더 좋았다. 사랑과 저항처럼 무겁고 단단하며 힘이 들어간 단어를 사용하는 사람들은 믿을 수가 없었다. 그냥 사는 사람이 있듯 그냥 죽는 사람도 있지 않나. 왜냐하면 그냥이니까. 그냥 사랑하면 안 되나. 그냥 저항하면?

사랑은 모르겠지만 저항에는 그냥을 붙일 수가 없었다. 그냥 저항한다고? 그런 건 없잖아. 저항은 당연히 대상과 이유가 있었다. 무엇이 분명하기 때문이다. 그 무엇 때문에 그냥을 붙일 수가 없었다. 도은은 책을 읽기 전에는 그 무엇을 알 수 없다는 생각에 책장을 넘기고 싶은 갈증이 일었다. 만약 내가 죽는다면 할머니는 어떻게 될까. 태풍에 쓸려가 그냥 죽어버렸으면, 자살하기는 힘드니까 그냥 죽어졌으면, 누가 죽이는 것도 싫으니까, 사라진 바위처럼 그냥 사라졌으면. 목숨을 끊는다는 것 자체도 살겠다는 의지 같았고, 두려워서가 아니라 그러면 시시할 것 같아서, 그저 우연히 죽음을 맞이했으면 좋겠다고 생각하고 있었다. 사랑과 저항이 남긴 '유서'라고?

책등에는 삐에로 알벳찌, 죠반니 뻴레리라는 이상한 이름이 박혀 있었다. 도은은 글자에서 눈을 떼고 책을 보았다. 다른 나라의 다른 사람들의 이야기, 사진으로 봐서는 아주 옛날 얘기는 아닌 것 같은데, 다리가 하나밖에 없는 여자는 저런 책을 왜 이런 시끄러운 곳에서 아무렇지도 않게 읽고 있었을까. 도은은 여자를 슬쩍슬쩍 쳐다보았다. 여자는 책을 한 권 들고 도은이 먼저 말을 걸기를 기다리고 있었다. 도은이 아무 말이 없자 여자는 다리가 없는 바지를 툭툭 손으로 쳤다.

"이상하지? 처음부터 이게 없어서 나는 아무렇지도 않아."

도은이 아무 반응이 없자 여자는 말했다.

"내 몸은 친환경적인 목적을 띠고 이 땅에 태어났다!"

여자는 도은을 쳐다보며 또박또박 말했다.

"엄마가 늘 해준 말이야. 매일 한 번씩 이런 말을 들으면 어떻게 되는지 아니?"

도은은 고개를 저었다.

"진짜 그렇다고 믿게 돼. 이것 봐. 다리가 하나 없는 대신 그 자리를 책이 차지하고 있잖아. 오늘 내 다리는 책을 위해 자리를 내준 거야. 기특하지 않니?"

여자는 도은이 바지 위에 엎어져 있는 책을 읽고 있다는 생각은 못 하고 있었다. 도은은 괜히 머쓱해져서 손을 저었다.

"아니, 그게 아니고요. 저 책이, 그러니까 이름이 웃겨서요. 삐에로가 알벳찌를."

여자는 바지 위에 있는 책을 들었다.

"이거?"

도은은 고개를 끄덕였다.

"아하, 다이아 같은 큰 알이 박힌 뺏지? 그러고 보니 죠반니 삘레리는 얼레리 꼴레리 같네. 이쪽 사람들 이름이 좀 그래."

여자는 모든 것을 긍정적으로 보는 사람들이 그렇듯 얼레리 꼴레리를 강조하며 웃었다. 그러다가 덮었던 책을 펼쳐 아무 쪽이나 펴며 호명하듯 이름을 불렀다.

"아뇨렛찌, 가브리웃티, 사르모이라크, 랑쬐오네, 랏탄치,

우라노부스키, 아르토우로 가트, 파우롯치데, 진나지, 미리아 바카, 카지라기, 쟝보네."

도은은 쟝보네에서 손으로 입을 막고 웃었다. 여자는 책을 덮고 도은을 보며 말했다.

"그런데 다들 죽었어. 학생, 노동자, 농민, 교수, 기술자, 사무원, 성직자, 상인, 의사, 실업자……"

좀 전과는 다른 조용하고 은은한 목소리였다. 도은이 여자를 쳐다보자 여자는 다시 처음과 같은 팽팽한 목소리로 아무 쪽이나 펼쳤다.

"근데 이것 좀 봐. 사랑하는 아버님. 마지막이 가까워지고 있습니다. ……그리운 숙부님, 이 편지를 받아보실 때는 이미 당신들의 마리오는 이 세상에 없을 것입니다. ……사랑스러운 이네스에게, 나는 갇힌 몸이 되어버렸다오. 한시라도 빨리 당신이 삶의 행복을 찾도록 기도하고 있소. 그러나 사실은 이 몸이 그 행복을 주고 싶었소. 이별의 키스를 보내며. 안녕, 아버님, 어머님, 이네서, 아니타, 에리오가 우는 날이 있으면 잘 말씀해주십시오. 안녕, 영원히. 그리운 어머니, 안녕, 사랑하는 사람아. 마지막 입맞춤과 포옹을. ……지노야, 눈물은 흘리지 말고 키스를. 잘 있거라. 모두를 마음으로부터 포옹합니다. ……용기를 내십시오. 모두를 포옹하며 입맞춤합니다. 또 만나겠지요. ……나의 생각은 사랑하는 아내와 사랑하는 사람들에게로, 나의 육체는 나의 신념에로……"

여자의 목소리는 책장을 넘길 때마다 다른 사람의 여러 목소리로 변했다. 학생, 노동자, 교수, 실업자라고? 마지막처럼 처절하지도 그렇다고 담담한 남의 이야기도 아닌 연애소설 속 이름들처럼 애절하고 아름다운 파장이 도은의 가슴을 꿰고 있었다. 여자는 책을 덮으며 말했다.

"내가 영화감독이 되면 이런 장면을 만들고 싶어. 생의 마지막 말들을 모아서 에필로그로만 영화를 완성하는 거야."

여자는 손을 아래에서 위로 서서히 뻗었다.

"영화가 끝나면 '만든 사람들' 그러면서 자막이 올라가잖아. 그것만으로 영화를 만드는 거야. 주루룩 장면이 흐르지. 음악이 흐르면서 사이사이 안녕, 안녕, 안녕히. 사람들의 목소리가 노랫말처럼 삽입되는 거야."

여자는 '안녕'이 얼마나 힘이 있는 단어인지 알려주고 싶다고, 같은 단어이면서 다 다르다고, 음악과 목소리에는 사연이 있는데 그게 안녕이라는 단어에 실리면 안녕은 더 이상 안녕이 아니게 되더라고 했다.

"나는 '안녕'이라는 단어가 이렇게 아름다울 수 있다는 걸이 책을 보면서 알았어. 늘 처음처럼 그러나 마지막인 듯이. 상상만 해도 너무 아름다워. 너는 어때?"

도은은 자신도 모르게 고개를 끄덕이고 있었다. 목소리에 사연이 있다는 말이 마음에 와닿았다. 여자의 눈빛은 호기심과 열정으로 가득했다. 그러나 도은을 사로잡은 것은 쉽게 꺼져버리는 불타는 것들보다는 한 번도 들어본 적 없는 미지의 목소리, 딱히 표현하기 힘든 이국의 언어와 같은 목소리였다. 놀이터에서 혼자 흔들리는 그네의 흔들림이나 빗방울이 걸려 있는 거미줄의 퉁퉁한 울림을 밟고 바쁘게 움직이는 거미가 목소리를 낸다면 저럴까 싶은, 듣고 있으면 맑고 명랑해지는 다시 듣고 싶은 목소리. 다리가 하나 없는 여자에게는 밥통보다도 사람의 마음을 열리게 만드는 묘한 목소리의 사연이 있는 것 같았다.

"자, 이거. 내가 네 나이 때는 절대로 안, 아니 못 읽었던 책인데, 왠지 너는 수준이 높을 것 같아서. 한번 읽어볼래?"

도은은 도스토예프스키의 작은 문고판을 받아들었다. 『가난한 사람들』이라면 도서관에서 빌려 읽어본 책이었다. 수준이 높을 것 같다는 말을 다른 사람에게서 들었다면 놀리는 것으로 들렸을 텐데, 도은은 순한 아이처럼 고개를 끄덕였다.

"너, 혹시 벌써 읽은 거 아니야? 이거 이상한데. 내가 한참 딸리는 것 같단 말씀이야."

여자의 목소리를 더 듣고 싶어 한다는 걸 알고 있는 것일까. 이미 읽었다는 티를 내지도 않았는데 어떻게 알았을까. 자꾸 궁금해지는 오랜만의 느낌이 낯설고 즐거웠다.

"읽었구나! 내가 이럴 줄 알았어. 좋아, 이런 짓은 쪽팔려서 잘 안 하는데, 그럼 네가 나한테 책을 하나 선택해줘. 그럼 나도 너한테 한 권 선물해줄게."

할머니에게 말하지 못했던 '선물'이라는 단어가 여자에게서는 자연스럽게 흘러나왔다. 여자의 단어는 목소리처럼 통통 튀는 느낌이 있어서 좋았다. 책들을 살피다 파브르와 식물기라는 낯선 조합이 눈에 띄었다. 도은은 동의하는 뜻으로 『파브르 식물기』를 골라 여자에게 주었다. 아무 말 없이 책을 건네자 여자 또한 눈으로 책을 쭉 훑다가 표지도 없이 제목만 덜렁 타자된 20쪽도 안 되는 인쇄물을 내밀었다. 이게 뭐냐고 묻고 싶었지만 묻지는 않았다. 좀 더 두툼한 책을 읽고 싶기는 했지만, 여자가 준 인쇄물은 여자의 목소리처럼 궁금했다. 여자는 도은이 인쇄물을 받아들고도 아무 말이 없자 참을 수 없다는 듯 먼저 입을 열었다.

"지독한데, 나라면 궁금해서 이게 뭐냐고 먼저 물었을 텐데. 너 참 귀여운 거 아니? 너 나한테 찍혔어. 너처럼 눈으로 말하는 아이는 왠지…… 그냥, 좋아. 세상에는……" 하며 도은을 쳐다보았다.

"세상에는 두 종류의 사람들이 있거든. 그냥 싫은 사람이랑 막무가내로 좋은 사람. 아마 너는……"

여자는 고개를 오른쪽으로 돌려 아래에서 위를 올려다보며 도은과 눈을 맞췄다.

"후자일 것 같아. 왜냐고?"

여자는 도은의 눈을 깊이 들여다보았다.

"그냥!"

음악 사이에 생각처럼 삽입된 작은 목소리가 이어졌다.

"예로센코!"

여자의 목소리는 평지를 지나 가파른 산을 오르듯 조금씩 힘이 실리고 경쾌하게 높아졌다.

"있잖아, 비밀인데, 이거 내가 처음으로 번역한 거야. 에이 씨, 물어보면 자신 있게 얘기해주려고 그랬는데."

도은이 20쪽의 인쇄물을 받아들자 여자는 "처음부터 내가 너한테 밀린 기분이야. 근데 나쁘지 않은걸. 왜냐하면" 하고 도은의 대답을 기다렸다.

"그냥?"

도은이 속삭이듯 말했다.

"빙고! 너 다음 달에 또 올 거지?"

도은은 자기도 모르게 고개를 끄덕였다.

"그때 또 바꿔보자. 네가 골라준 책, 나는 너무 마음에 들어. 왜 읽어볼 생각을 안 했을까. 파브르는 곤충기만 쓴 줄 알았어. 그런데 식물기라니. 이런 책이 있었는지 나도 몰랐거든. 고마워, 눈앞에 두고도 안 보이던 책을 선택해줘서."

도은의 마음은 쿵쿵거리며 귓속까지 두근거렸다. 다리가 하나밖에 없는 여자가 번역한 책이라고? 내가 귀엽다고? 마음에 든다고? 그것도 아무 이유 없이 그냥! 다음에 또 오라고? 내가 고른 책이 마음에 든다고? 도은의 얼굴은 점점 더 빨개졌다. 뱉어지지 않는 말들이 몸속에 웅덩이가 생긴 것처럼 한곳에서 끓어올라 눈으로, 코로, 입으로, 귀로, 똥구멍으로, 구멍이란 구멍으로 모두 쏟아질 것 같았다. 도은은 달아오른 뺨을 감추려고 주머니 속 돌멩이를 꼭 쥐었다. 오줌보가 터질 것 같았다. 예로센코. 예로센코. 도대체 이게 뭘까?

'슬픈 물고기'는 바늘처럼 따끔거리는 단어였다. 속으로 다시 한번 발음해보았다. 슬. 픈. 물. 고. 기. 오줌보에 바늘이 닿은 것처럼 찔끔 오줌이 샜다. 예로센코, 바실리 예로센코! 도은은 잊어버리지 않으려고 속으로 되뇌이며 가랑이춤을 잡고 뛰기 시작했다.

"안녕, 너도 예로센코를 사랑하게 될 거야."

여자의 목소리가 등 뒤에서 도은을 붙잡았다. 도은은 새기 시작한 오줌을 참느라 숨을 멈췄다가 천천히 내쉬었다. 오기를 부릴 때처럼 오줌은 참아졌지만 얼굴이 점점 더 뜨거워지는 것은 막을 수가 없었다. 머릿속에서 울리는 여자의 목소리는 오줌처럼 참아지지 않았다. 도은은 발을 동동 구르며 급하게 골목으로 들어가 바지를 내렸다. 안녕, 안녕히, 안녕이라고 말하듯 경쾌하고 강한 리듬에 맞춰 골목 입구까지 길게 두 줄의 물줄기가 흘렀다. 억지로 울음을 짜내며 울어버리려고 했던 시간들이 오줌으로 빠져나오는 것 같았다. 울음보다 오줌이 더 시원하구나. 도은은 갈라진 두 줄 사이로 고무줄놀이를 하듯 왔다 갔다 하며 힘을 주어 걸었다. 골목에는 길게 난 두 줄 사이로 세상에서 가장 큰 음표가 그려지고 있었다. 음

표는 콩나물 대가리처럼 시시한 것이 아니라 이백삼십 센티
미터의 물고기가 다녀간 길이었다.

# 난지도에서 온 편지

"우리반이 1학년 7반 맞지? 23번!"

담임은 교탁 위에 놓인 출석표를 손으로 훑으며 말했다. 아이들은 담임이 오늘은 무슨 일로 놀래킬지 궁금해하며 일제히 도은을 쳐다보았다.

"우리 반이 1학년 7반이다. 23번, 정도은! 너는 우리 반 23번 맞지?"

담임은 같은 말을 반복하며 그 사이 정도은만 집어넣었다. 무슨 일일까? 담임이 교탁에서 자신의 책상 앞까지 걸어오는 동안 도은은 할머니한테 무슨 일이 생긴 거라고 생각했다. 새벽에 고물을 주우러 나간 할머니를 보지 못한 게 불안했다. 몇 달 전부터 눈이 침침하다고 했다. 물건을 떨어뜨리거나 앞에 있는 물건도 손에 쥐여줘야 무엇인지 확인하는 눈치였다. 어디에 부딪혔는지 팔에 있는 멍자국은 무릎으로 엉덩이로 종아리로 복숭아뼈로 옮겨 다니곤 했다. 도은은 밤마다 끙끙 앓는 소리를 하는 할머니의 무릎과 팔다리를 주무르는 것 외에 할 수 있는 게 없었다. 그런데 그냥 부딪힌 게 아니라 박스를 줍다가 차에 치인 거라면, 남의 집 앞에서 어슬렁거리다 개한테 물린 거라면…… 담임은 도은의 책상에 편지봉투를 내려놓으며 손가락을 짚어 봉투에 적힌 글자를 읽었다.

"1학년 7반 23번 언니에게!"

담임이 도은이를 보며 언니라고 하자 아이들이 웃었다. 언니라는 말에 도은은 한숨을 내쉬었다. 할머니가 다친 게 아니니까. 그런데 이게 뭐지. 선뜻 책상 위로 손이 가질 않았다. 이게 뭘까. 왜 이런 걸 나한테 주는 거지? 도은의 표정을 읽었는지 담임은 책상 위에 놓은 편지를 다시 집어 편지봉투를 흔들었다.

"우리 반은 1학년 7반이다. 정도은은 23번이고. 음, 이 편지는 난지도에서 온 거야. 너희들 난지도가 어디에 붙어 있는지 알지?"

"쓰레기장이잖아요."

"그래. 서울의 서쪽 끝, 섬도 아닌데 섬인 곳이 있다. 서울의 쓰레기를 처리하는 곳이지. 쓰레기를 처리하려면 사람들이 필요하겠지. 그곳에도 사람들이 산다. 이 편지는 그곳에서 온 거야. 난지도에서 온 편지!"

담임은 편지봉투를 들고 고개를 숙인 채 몇 걸음 걷다가 짜 잔 하며 뒤로 돌았다.

"멋지지 않니? 이 편지가 학교로 왔는데, 그게 우리 반 23 번 언니한테 왔다. 1학년 7반 담임 선생님에게, 이렇게 왔으 면 내가 뜯어보겠지. 그런데 분명히 이렇게 적혀 있어. 23번 언니에게!"

담임은 23번을 스타카토로 끊으며 강조했다.

"우와, 그게 뭔데요? 연애편지?"

아이들이 소리를 질렀다. 담임은 그 소리 가운데 들을 만한 것을 찾으려는지 콧등을 엄지와 중지로 짚으며 뭔가 생각하 는 표정을 지었다.

"그러게, 이게 뭘까. 으악, 궁금해 미치겠네. 궁금한데 이건 정도은한테 온 편지니까 네가 뜯어봐. 무슨 내용인지 알려주 면 좋겠지만, 알려주기 싫으면 알려주지 않아도 된다. ……그 래도 알려주면 좋겠는데, 알려주면 좋겠어. 아니야, 그건 네 맘대로 해라."

담임은 파리처럼 두 손등을 비비며 말했다. 담임은 뭔가 중 요한 말을 할 때마다 손등을 비비는 습관이 있었다. 그러다 편 지봉투를 내려놓을까 말까 고민하다 결정했다는 듯 도은의 책 상에 탁 하고 내려놓았다. 담임의 왼쪽 손등에 트레이드 마크 로 박혀 있는 콩알만 한 점이 고민을 끝낸 마침표로 보였다.

"뭔데, 뭐야! 뭐라고 써 있어?"

조회시간이 끝나고 도은의 자리로 몰려온 아이들이 도은을 졸라댔다. 도둑으로 몰릴 때와 같은 느낌이었다. 도은은 이 비밀의 편지를 반 아이들과 나누고 싶지 않았다. 자신이 1학년 7반의 일원이며 번호를 가지고 있는 한 명이라는 호명은 도은을 흔들고 있었다. 마음 같아서는 얼른 펴보고 싶었지만, 그러면 편지 내용이 다 공개될 것 같아 참는 편이 나았다. 기다리는 것은 도은이 가장 잘하는 것이었다. 하지만 주머니 속에 정체 모를 편지를 넣고 있는 그 순간만큼은 참는 것이 힘들었다. 도은은 누군지 모르는 다른 학교 남학생에게 연애편지를 받은 것처럼 흥분되었다. 며칠 전처럼 터져버릴 것 같던 오줌보가 눈에 붙은 것 같았다. 눈으로 보지 않으면 머리가 터져버릴 것 같았다. 만화에서 주인공들의 머리 위에 왜 커다란 머릿풍선이 달렸는지 알 것 같았다. 도은의 머릿풍선은 텅 비어 있었다. 비어 있었지만 그것은 또 뭔가 알 수 없는 것으로 가득 차 있어서 단 하나의 새로운 단어도 끼어들 수 없었다. 도은은 더 이상 참지 못하고 4교시 불어 시간에 화장실행을 감행했다. 불어 시간은 도은이 가장 좋아하는 시간이었다. 아이들이 알아듣든 말든 시작부터 끝까지 이국의 언어를 뱉어내는 불어 선생님은 '농'이라는 단어를 거의 쓰지 않았다.

"플로라! 투알렛트."

도은은 손을 들고 불어 시간 최초로 선생이 알려준 이름을 불렸다. 선생은 자신의 이름이 불리자 부드럽고 환한 미소를 지었다. 선생의 허락이 떨어지기도 전에 도은은 벌떡 일어나 교실을 빠져나갔다. 화장실에 쭈그리고 앉아 편지봉투를 손에 들었다. 봉투에는 분명 '1학년 7반 23번 언니에게'라고 적혀 있었다. 글씨는 한 획 한 획 천천히 힘을 주어 쓰느라 획이 꺾여 있었다. 나뭇가지를 닮은 글씨체였다. 도은은 봉투에 적힌 글자를 보며 나뭇가지가 왜 직선으로 똑바로 자라지 않는지 알 것 같았다. 목소리에 사연이 있다면 글자체에도 사연이 있는 것이 분명했다. 간장게장 아줌마의 글씨체를 보며 그 맛이 느껴졌다는 것이 사실이었구나. 도은은 「슬픈 물고기」를 준 언니와 같은 걸 느낄 수 있다는 생각을 하며 봉투를 뜯었다.

1학년 7반 23번 언니에게

이상하죠? 갑자기 편지가 쓰고 싶었어요. 저도 이상해요. 편지를 써야겠는데, 누구에게 써야 하는지 모르겠어요. 그래서 내가 1학년 7반이었고 23번이었으니까, '1학년 7반 23번 언니에게'라고 썼어요. 그러니까 이 편지는 앞으로 3년이 지난 뒤 내가 받아야 하는 편지인 거예요. 나는 언니보다 세 살 어린 중학생이에요. 아니 중학생이었어요. 며칠 전까지는요.

언니, 나는요. 지금 마음이 많이 아파요. 아파서 어디든 머리를 박고 엉덩이를 하늘에 두고 그냥 박혀 있으면 좋겠어요. 나무처럼 그냥 한 곳에 머리를 박고 거꾸로 서서 죽은 듯이 있고 싶어요. 마음이 이렇게 아픈데 어떻게 달래야 하는지 모르겠으니까 우선 머리부터 땅에 묻어놓고 싶어요. 마음도 달래줄 줄 모르는 머리가 싫어서요. 싫어서 머리를 막 때리니까 눈물도 나고 나오다 말고 또 나오고 그래요. 아빠가 죽었을 때도 나오지 않던 눈물이 머리 몇 대 때린다고 이제야 나오다니, 그게 또 슬퍼져서 내가 미워요.

우리 아빠는요, 이곳으로 오기 전에 거리의 부랑자였어요. 엄마를 만나고 일도 하고 내가 생기면서 집도 사고 싶어졌대요. 그래서 냄새나는 곳들을 돌고 돌아 십 년 전에 이곳으로 와서 여전히 일하고 또 일만 했는데…… 얼마 전에 사라졌어요. 갑자기 사라진 거예요. 태풍으로 도시의 쓰레기가 밀려들던 얼마 전에야 아빠는 쓰레기 처리장의 쓰레기 더미 속에서 찾아졌어요. 그동안 쓰레기처럼 쓰레기를 치우며 살았는데 죽어서도 쓰레기에 묻히다니, 엄마는 가슴을 치며 울었어요. 엄마의 눈물은 가슴에 있는지, 울어도 울어도 지치지 않는지, 계속 울기만 해요. 그래서 나도 학교에 안 가지게 되었어요.

그러다 이웃집 아저씨가 아빠가 왜 죽었는지 엄마한테 말하는 걸 들었어요. 사고인 줄 알았는데 그게 아니래요.

아빠는요, 주민등록증이 없었어요. 아빠가 죽었는데도 죽었다고 신고할 수도 없었지요. 그랬는데 옆집 아저씨가 아빠의 사망신고를 해야 한다면서 그간의 일들을 엄마한테 말해버린 거예요. 주민등록증이라는 것이 죽을 때만 필요하다니. 그런 게 있는 것도 슬프고, 없는 건 없는 대로 또 슬펐으니까 엄마는 울기만 해요. 그것밖에 할 수 있는 게 없으니까 나도 엄마를 달랠 수가 없어요. 아빠라면 엄마를 달래주었을 텐데…… 그런 사람이 엄마에게는 없어져버린 거니까요.

사람들은 아빠가 벙어리라고 했지만, 나는 아빠의 목소리가 따뜻했어요. 아빠가 버버거리며 나를 부를 때면, 눈이 말하고, 몸이 말하고, 그래도 안 되면 아빠는 나를 꼭 껴안았어요. 그러면 아빠가 무슨 말을 하려는지 다 이해가 되는 순간이 많았어요. 세상에 그만큼 따뜻한 말은 없다고 생각했어요. 벙어리라도 그렇게 따뜻할 수 있다면 괜찮다고, 나도 아빠를 안아주면 아빠가 웃었어요. 그랬는데 그 벙어리가 돈을 벌고 싶었나 봐요. 얼마 안 있으면 이곳에서도 살 수 없다는 소문이 몇 년 전부터 들렸는데 올해는 그게 특히 심했어요. 그래서 그랬나 봐요.

다른 곳으로 가려면 돈이 필요하니까 아빠는 주민등록증을 만들어줬대요. 사진만 찍으면 되는 거라고 이웃집 아저씨가 소개해주었다는데, 그렇게 얼마의 돈을 받은 모양인데, 그때부터 아빠는 자꾸 그런 일을 더 달라고 아저씨를 졸랐대요. 그러다가 난지도의 이권에 개입한 깡패들한테도 아빠 이름으로 된 통장을 여러 개 만들어줬다는 거예요. 아빠는 그 통장에 들어 있는 돈을 찾아서 우리와 함께 도망치려다 깡패들한테 붙잡혔고요. 바보! 아빠는 진짜 바보였던 거예요. 나한테, 엄마한테 자기가 얼마나 필요한 사람인지도 모르고. 그렇게 쓰레기처럼 죽임을 당하고 쓰레기 속에 처박히다니요.

억울해요. 억울해서 뭐라도 하고 싶은데, 나는.뭘 해야 하는지 모르겠어요. 고민을 털어놓을 어른도 없고 친구도 없어요. 믿을 건 나밖에 없는데, 나는 나를 믿을 수가 없어요. 그래서 사라지고 싶어요. 언니, 나는요, 아빠한테 사랑을 배웠는데, 그래서 세상을 사랑하고 싶었는데, 이제 그러기가 싫어졌어요. 그래서 나중의 나한테 편지를 써요.

만약 이 편지가 언니한테 전해진다면, 언니, 언니는 나를 알게 된 한 사람으로 내게 답장해줄 수 있나요? 아마 안 되겠지요. 도착할 수는 있겠지만 내가 기다릴 자신이 없거든요. 기다릴 수는 없지만, 그래도 내 마음이 어느 누군가에게 전해질 수도 있겠다는 마지막 희망으로 보낼래요. 주소는 아빠가 쓰레기 더미에서 주워서 내게 주었던 작은 책에 적혀 있던 곳으로 보냅니다. 나도 고등학생이 되면 문예부에 들어가 이런 작은 책을 만들어보고 싶었거든요. 이 편지는 아빠에게 배운 아빠의 방식으로 따뜻하게 쓰고 싶었어요.

안녕, 나 아닌 것들, 나인 것들, 모두 안녕히. 사랑합니다. 사랑하고 싶었습니다. 그러니 부디 전해질 수 있기를.

—1989년 5월 12일 난지도에서

편지에 박혀 있는 글자 하나하나는 나뭇잎으로 팔랑거렸다. 나뭇가지로 흔들렸다. 바람에 흔들리는, 바람을 흔드는 나뭇잎들이 파닥이며 '안녕, 안녕히'라고 일제히 한마디씩 내뱉고 있었다. 나무에게서 온 편지 같아. 도은은 편지지를 멀찍이 들어 쳐다보며 말했다. 나뭇잎 하나에 나무 한 그루가 박혀 있었다. 외롭고 쓸쓸한 마음 한 장, 그 속에는 한 그루의 마음이 간신히 서서 버티고 있었다. 태풍에 사라진 바위도 있었고, 웅덩이도 있었다. 웅덩이 속에 거꾸로 박혀 있던 숙자도 있었다. 죽은 숙자의 털을 쓸어주던 바람도 있었다. 그 위에 내려앉던 저녁도 있었다. 그 옆에서 울어버린 도은이도 있었다. 울다가 지쳐 혼자 언덕을 내려가던 쓸쓸함도 있었다. 그리고 나무는 그 모든 것을 다 알고 있다는 듯 한 자리에 서 있었다.

난지도에서 온 편지는 정말 이상하게도 도은을 위로하고 있었다. 세상에서 처음 만나는 '그냥'으로 된 유서 같았다. 삶의 의욕도 꺾이고, 살아야 하는 의지도 잃어버린 사람의 편지가 이렇게 따뜻할 수 있다니. 도은은 '세상을 사랑하고 싶었다'는 글자에서 오래도록 눈을 떼지 못했다. 다시 편지를 읽었다. 이번에는 한꺼번에 먹어치우듯이 허겁지겁 달려들지 않고 천천히, 빨라지는 마음을 누르며, 느리지만 느리지 않게.

'이상하지요'라는 첫 구절만 읽었을 뿐인데, 도은은 몸 구석구석 박혀 자신을 찔러대던 얼음이 녹아내리는 것을 느꼈다. 아빠에게서 따뜻함을 배웠다는, 마지막으로 그 따뜻한 방식으로 편지를 보낸다는 나무의 이야기는 따뜻한 것이 이런 것이라고 알려주듯 볼을 타고 흘렀다. 따뜻한 얼음, 그래, 그런 것이 있었다. 얼음도 따뜻할 수 있는 거였다. 그냥도 삶을 사랑하는 하나의 방식일 수 있는 거였다. 몸속에 박혀 있던 얼음이 녹고 있었다. 그것은 너무 뜨거워 상처를 남기는 것이 아니라 조금씩 몸을 데우고, 눈과 입을, 귀를 데우고 있었다. 온기가 퍼지자 이제 자신을 사랑해도 된다는 허락이 떨어진 것 같았다. 봄이 땅을 들어 올리듯 무언가 새로운 것이 돋아나고 있었다. 슬픈 물고기의 언니가 책을 보고 그것을 느꼈다면, 도은은 이 편지로 인해 그것이 자신을 다녀갔다고 생각했다. 난지도에서 온 편지는 나무에게서 온 것이었고, 도은은 나무에게 편지를 보낼 것이다. 답장은 갓 지은 밥처럼 따뜻한 것이 되어야 했다.

도은은 이대로 교실로 돌아가기가 싫었다. 수위 아저씨는 연신 고개를 조아리며 졸고 있었다. 아이들이 수업 중일 때가 아저씨의 쉬는 시간이었다. 도은은 몸을 구부려 수위실을 지나 실내화를 신은 채로 교문을 나섰다. 교문을 나서자 4교시를 마치는 종이 울렸다. 학교 마당 옆에 붙은 명동성당에서도 대화하듯 오후의 미사를 알리는 종이 울렸다. 다른 물고기가 잡혀가 죽임을 당하는 것을 보는 것은 내가 죽는 것보다 더 괴롭다는 파열된 붕애의 심장이 품에 넣은 나무의 편지와 겹쳐 두방망이질 쳤다. 다른 사람의 심장 따위 상관하지 않았던 지나간 시간이 스쳐 지나갔다. 성당의 종소리는 다른 사람으로 인해 자신이 아플 수도 있다고 말하고 있었다. 도은은 명동성당 마당을 몇 바퀴째 돌며 따뜻한 얼음들이 작은 심장으로 모여들고 있음을 느끼고 있었다.

그러다 하얀 천막 앞에서 멈춰 섰다. 성당 옆에서는 보름도 넘게 단식투쟁을 하는 사람들이 모여 있었다. 도은은 『파브르 식물기』를 선택할 때처럼 그동안 보이지 않던 낯선 주변이 하나둘씩 목소리를 갖고 돋아나는 것을 보았다. 흑백필름과 무성영화였던 세상의 막이 걷히고, 그 뒤에서 분주히 움직이는 사람들이 일제히 알을 깨고 부화한 것 같았다. 한 번쯤은 천막을 열고 들어가 그곳에 있는 사람들에게 묻고 싶었다.

왜 여기에 있어요? 저 빨간 글씨들은 다 뭐죠? 묻고 싶었으나 그것도 잠깐이었을 뿐, 그곳으로 들어가는 문이 보이질 않았다. 문을 찾을 새도 없이 도은은 어딘가에 자신을 집어넣을 생각을 차단했었다. 그러나 난지도에서 온 편지를 받고, 이름이 불리고, 이상한 것들이 가슴에 가득 차 있는데, 그것이 슬픈 물고기의 것인지 나무의 것인지, 어쩌면 자신의 것인지도 모를 심장이라는 것이 있다고 느껴지는 이런 날, 도은은 빨려 들어가듯 천막 속으로 한 발을 집어넣었다. 생각보다 발이 앞서서 말하고 있었다.

"배 안 고프세요?"

도은은 '단식 14일'이라고 쓰인 종이 앞에서 물었다.

"몸이 적응이 돼서 그런지 처음보다는 많이 편해졌어. 물이랑 소금이 있으니까. 그래도 하루가 너무 길어. 여기서 나가게 된다면, 다른 사람들보다 두 배의 시간을 쓸 수 있을 것 같아. 언제 나가게 될지는 모르겠지만."

낯선 사람의 방문이 익숙한지 머리를 밀고 그 자리에 하얀 띠를 두른 사람이 누구냐고 묻지도 않고 덤덤하게 답했다.

"왜 단식을 하는 거예요? 정말 14일 동안 밥을 안 먹어도 살아져요?"

"그건 좀 어려운 질문인데, 너무 답답해서 방법이 이것밖에 없으니까 힘들게 선택한 방법이거든. 그런데 사람들이 너무 쉽게 생각하는 것 같아서 안타까워. 우린 목숨을 걸고 싸우고 있는데."

"뭐하고 싸워요? 목숨까지 걸고 싸워야 하는 건 뭔데요?"

"괴물! 너무 거대해서 싸우기가 쉽지 않아. 거기다 괴물이 새끼를 하도 많이 까놔서 세상에 쥐새끼들이 너무 많아졌거든. 쥐새끼들이 자라면 또 거대한 괴물이 되어버리잖아. 한 번쯤 청소해야 하지 않겠니? 누군가는 해야 하는 일이야."

"괴물과 싸우는데 밥도 안 먹고 어떻게 싸워요?"

"그러니까 누구는 그걸 혁명이라고 하고, 또 누군가는 변혁이라고 하지만, 나는 혁명이 더 좋아."

"혁……명이요?"

도은은 혁과 명을 발음하며 소름이 돋았다. 태어나서 처음으로 혁명이라는 단어를 발음한 순간이었다.

"밥을 안 먹는 게 혁명이에요?"

"목숨을 걸었으니까. 세계 혁명사를 보면 혁명은 아주 작은 몸부림에서 시작되거든. 나비의 날갯짓이 점점 돌풍으로 바뀌는 거지. 지금 우리에게 필요한 것이 뭘까 고민해보면 답이 이것밖에 없어. 그만큼 무서운 세상이야. 무언가를 말하기 위해서 목숨을 걸어야 하는 시대는."

도은은 길거리에서 얻은 「슬픈 물고기」가 떠올랐다. 단식 중인 남자의 머리띠에 써 있는 '투쟁'이라는 글자는 나비의 전언을 들은 슬픈 물고기들의 절박한 몸부림 같았다. 아빠가 죽었어도 어디에도 하소연할 데가 없어 막막한 세상에 편지를 띄워 보낸 난지도의 나무처럼, 세상의 99.99퍼센트는 슬픈 물고기들이 아닐까. 인류라는 형들을 위해 시를 쓰고 연극을 하고 '그 나라'에 가기 위해 예술을 만들던 물고기들의 세계가 파괴되는 것을 보며 나비는 '우리가 속은 거야'라고 말했다. 그 나라에는 물고기들이 닮고 싶어 했던 인류는 없었다. 남자가 말한 괴물, 쥐새끼들이 나비가 본 인류의 모습이었을까. 그런 것이라면 도은이도 알고 있었다. 도은은 물고기들이 사는 연못과 같은 이 천막 안에서 무슨 일들이 벌어지고 있는지가 더 궁금했다.

단식 천막 안에는 물과 촛불들이 여기저기 널려 있었다. 커다란 종이들과 인쇄물들, 한쪽에 기다리고 있었다는 듯 가지런히 타자기가 놓여 있었다. 도은은 주위를 둘러보았다. 그리고 머리띠를 하고 있는 남자에게 물었다.

"저거, 저거요."

남자는 도은이 가리키는 쪽으로 시선을 돌렸다. 타자기 옆에는 빵이 쌓여 있었다.

"저건 내가 먹는 게 아니고 같이 활동하는 사람들이…… 빵 줄까?"

"그게 아니고, 저거요."

남자 옆에서 같이 단식을 하는 여자가 말했다.

"타자기 말하는 것 같은데. 맞니?"

도은은 고개를 끄덕였다.

"저거 제가 좀 써도 될까요? 저는 여기 명동성당 뜰 안에 있는 저 고등학교에 다니거든요. 저게 꼭 필요할 것 같아요."

여자는 남자와 눈을 맞췄다. 뭔가 말하는 것 같았다.

"타자기가 왜 필요한데? 필요한 이유를 하나만 말해줄래?"

여자가 물었다.

"나무에게 편지를 쓰려고요. 근데 아직 자신이 없어요. 내 글씨체에는 얼음이 박혀 있어서 차가울 거예요. 그래서 타자기로 치면 좋을 것 같다는 생각이…… 지금 막 들었어요. 나무도 좋아할 거예요."

여자와 남자는 번갈아 도은을 바라보았다. 뭔가 더 얘기해줄 것을 주문하는 것 같았다. 나무라고? 나무가 뭐야? 라고 묻는 눈빛이었다.

"바, 바실리 예로센코!"

예로센코라면 굳이 나무에 대해 이야기하지 않아도 이 상황을 쉽게 설명해줄 것 같았다.

"바실리 무슨 코? 러시아나 체코, 그쪽 이름 같은데. 들어봤어?"

남자가 여자를 보며 물었다.

"잠깐, 잠깐만. 바실리 예로센코라고?"

여자는 "들어봤어. 어디서 들었더라" 하며 손가락을 관자놀이에 대고 코를 씰룩였다.

"맞아. 예전에 혁 선배가, 왜 그 시위 때마다 기타 들고 나타나서 무정부주의 운동한다면서 우리 그룹에도 들어왔었잖아. 군대에 잡혀 들어간."

여자는 남자를 툭 치며 말했다.

"그때 선배들이 한참 논쟁도 하고 그랬던?"

"그래 그 선배. 지금 우리가 무정부 운동할 때가 아니다. 환경, 생태, 그런 건 노동, 정치, 민주가 바로잡힌 나라에서나 논의될 다음 단계의 문제들이다. 지금 우리에겐 민주주의를 실현할 수 있는 강력한 국가가 필요하다. 그러면서 선배들이 그 선배랑 논쟁했었잖아."

"기억난다. 그때 혁 선배가 마르크스밖에 모르던 우리한테 오며 가며 읽어보라고 동아리실에 자기 책을 다 기증했었지. 그리고 얼마 뒤에 군대에 끌려 들어갔다는 소문이 돌았고."

"너도 기억나는구나. 혁 선배가 두고 간 책 중에 『어느 무정부주의자의 죽음』이었나 『자멘호프 자서전』이었나, 뭐 그런 게 있었어. 예로센코라는 이름을 거기서 본 거 같아. 읽으면서 어딘지 모르게 혁 선배와 닮았다고 생각했었거든."

"그래? 자멘호프는 낯선데."

"20세기 초에 앞을 못 보는 사람이 바다를 건너 러시아에서 일본까지, 또 중국까지 어떻게 올 수 있었을까 궁금하더라고."

"예로센코가 앞을 못 보는 사람이라고요?"

도은이 두 사람의 대화에 끼어들었다.

"바실리 예로센코라, 바실리 예로센코라고?"

여자는 기억 속 이름이 맞는지 확인하듯 도은에게 물었다. 다리 없는 언니가 번역한 책에는 예로센코에 대한 소개는 없었다. 바실리 예로센코가 장님이었다니. 도은은 예로센코의 문장들이 왜 그렇게 쓸쓸하면서도 순수했는지 알 것 같았다. 그는 세상을 이해하고 싶었을 것이다. 보이지 않는 세상이 너무 어두워 보이지 않는 눈을 더 질끈 감고 싶었을 것이다. 그럴 때마다 그에게는 웅덩이가 생겼을 것이다. 그 웅덩이 속으로 눈물이라면 눈물이고, 피라면 피인 또 다른 세상이 채워졌을 것이다. 채워졌겠지만 그것은 조그만 파장에도 심하게 출렁였을 것이다. 그것은 그가 세상을 대하는 창이었을 것이다. 앞이 보이지 않으면, 그것마저도 버리기가, 비우기가 힘들었을 것이다. 그 모든 것을 다 안고 살아가느라 그는 고단했을 것이다. 고단하여 자신의 눈을 대신해줄 새로운 세계를 기어코 찾아야 했을 것이다. 그 세계를 만나기 위해 그는 20세기 초 배를 타고 멀고 먼 곳으로 계속 떠나야 했을 것이다. 그것만이 그가 세상을 끊임없이 사랑할 수 있는 유일한 방법이므로, 그렇게 세상을 확장하지 않으면 웅덩이의 물은 고여 썩었을 것이다. 도은은 그의 문장이 쓸쓸하면서도 맑고, 맑으면서도 쓸쓸하며, 쓸쓸한데도 아름다운 이유를 알 것 같았다.

"바실리 예로센코를 알 정도면 보통이 아닌데."

도은은 「슬픈 물고기」를 읽었다고, 그래서 누군가에게, 오늘 자신에게 도착한 난지도의 아이, 나무에게 편지를 보내줘야 하는데, 그 이야기를 타자로 쳐서 보내주고 싶다고 말했다. 그런데 20세기 초에 앞이 안 보이는 사람이 어떻게 바다를 건너 일본까지 올 수가 있었을까. 도은은 궁금한 것들에 대해 물었다. 천막의 여자는 자기가 알고 있는 것들을 도은에게 설명했다.

"당시에는 전 세계적으로 아나키스트들이 활발하게 활동하던 시기였어. 일본이나 중국에서도 아나키스트들이 단체를 만들고 세계와 소통하던 시대였으니까. 그들은 자기들만의 언어도 갖고 있었어. 에스페란토어라고 들어봤니?"

처음 들어보는 언어였다.

"에스페란토어라면 에스페란토라는 나라가 있는 거예요?"

"그런 나라가 있었으면 우리가 지금 이렇게 굶지 않아도 됐을 텐데."

여자가 설명을 이어갔다.

"당시 우리나라에서도 에스페란토어를 쓰는 에스페란티스토들이 많았다고 들었어. 이름은 생각 안 나는데 작가들 중에 국제에스페란토 협회를 만든 사람도 있고 그랬어."

"그럼, 예로센코도 아나키스트였나요?"

"그랬겠지. 에스페란토어를 썼다면 소통에는 문제가 없었을 것 같기도 하고. 내가 알기론 중국의 대문호인 루쉰도 초기에는 아나키스트 운동을 했던 것 같아. 루쉰도 알고 있니? 길은 그냥 만들어지는 게 아니다, 내가 가고 네가 가면 길이 된다고 했던."

도은은 고개를 저었다. 그보다는 그들이 자신들만의 언어를 사용했다는 것이 더 궁금했다. 그들만의 언어를 사용했다면 그것이 물고기들의 언어가 아니었을까.

"「슬픈 물고기」에는 물고기들이 가고 싶어 하는 나라가 나와요. 그 나라에 들어가기 위해 붕애는 착하고 선하게 살려고 노력하고요. 그런데 어느 날 물고기들은 그 나라에 들어갈 수 없다는 것을 전해 듣지요. 그 나라의 신의 말을 적은 책에 물고기들에게는 영혼이 없다고, 영혼이 없는 자들은 그 나라에 들어갈 수 없다고 나와 있다는 것을 알게 돼요."

"그 물고기들이 우리네."

"그 나라의 신의 말을 적은 책이 있다면 물고기들의 책도 있어야 하잖아요. 나무에게는 지금 그게 필요할 거고요. 절실하게 필요할 거예요."

자신들에게 영혼이 없다는 것을 전해 듣고 "그렇다면, 우리들은 결국 어디로 가는 거죠?"라고 묻는 물고기들의 영혼이 나무를 통해 더 생생하게 되살아나고 있었다.

"그 나라의 신의 말이라고? 물고기들의 책이 필요하다! 훌륭한데, 나도 보고 싶어. 네 말대로라면 우리는 다 물고기잖아. 물고기들의 책이라…… 멋진데."

머리에 '투쟁'이라는 글자를 달고 있는 남자의 목소리는 "다음에 또 올 거지?"라고 묻는 다리 없는 언니의 목소리처럼 고민을 잘라내는 마침표와 같았다.

"좋아, 단식하는 사람의 권한으로 너한테 타자기를 빌려주겠어."

"단식은 너만 하냐? 나도 권한이 있다고. 우리한테 없는 건 밥, 있는 건 시간이거든. 그러니까 바쁘면 내가 대신 쳐줄 수도 있어. 나도 궁금해. 물고기들의 책. 그 책에는 무슨 내용이 있을까? 사실 나는 네가 더 궁금해. 나도 물고기족이거든."

여자는 도은에게 손을 내밀었다. 도은은 고민 없이 그 손을 덥석 잡았다. 늘 누군가의 도움을 불신했던 도은에게는 낯선 동작이었다. 이번에는 손이 먼저 말을 하는 것 같았다. 도은은 자신이 잡은 손을 물끄러미 바라보며 손의 말을 해석했다. 손은 '자, 이제 시작이야. 나무에게 가는 길을 찾아보자'라고 말하고 있었다.


천막을 나온 도은의 걸음은 명동성당 뒤뜰에 있는 성모상 앞에서 멈췄다. 성모상 앞에는 유리 상자가 있었고, 유리 상자 안에는 촛불들이 있었다. 촛불 하나에 소원 하나. 사람들은 각자의 소원을 촛불에 담고 아이를 안고 있는 세상의 어머니, 성모상 앞에서 두 손을 모았다. 그러면 세상의 가장 큰 어머니는 그 소원을 들어주느라 고단하고 슬픈 얼굴로 고민을 시작한다. 그 고민들이 너무 많아지면 가끔 성모상도 쉬어야 했다.

문예반에 들어갔을 때 선배들은 동아리실을 청소하다 말고 성모상에 얽힌 소문을 이야기해주었다. 십 년에 한 번씩 성모상이 사라진다는 거였다. 도은은 모든 미스터리는 백 년에 한 번 무슨 일이 일어난다는 식인데 십 년에 한 번이라면 뻥이 분명하다고 생각했다. 선배들은 뻥을 감추듯 구체적인 년도를 들이대며 이야기를 계속했다.

"1973년 성모상을 청소하다 성모상 뒤로 연결된 작은 벙커가 발견됐대."

1973년이라면 도은이 태어나던 해였다.

"그 벙커가 바로 지금 우리가 청소하고 있는 이 방이래."

선배들은 청소도구를 내밀며 우리들을 놀렸다. "속았지?" 하며 재미있어 하는 선배들과는 달리 안 선배가 이야기를 이어받았다.

"어허, 못 믿는구나. 그럼 저걸 봐!"

안 선배가 가리킨 쪽에는 미닫이도 아닌데 손잡이가 없는 작은 문이 있었다.

"저 문이 성모상과 연결된 통로야. 손잡이가 왜 없을까?"

동기들은 입을 틀어막고 놀라는 척했다.

"그건 저 안쪽에서만 열리는 일방통행이기 때문이라는 거. 이래도 못 믿겠어?"

도은은 그 작은 문이 앙드레 지드의 '좁은 문'처럼 보였다. 성모께서 이 방에 틀어박혀 팔다리를 펴고 주무신다는 말을 하며 선배들은 또 속았지 하며 낄낄거렸다. 선배들은 미심

쩍어하는 우리들을 더 골려주려고 작정한 듯 "저 작은 문은 1980년 이후 한 번도 열리지 않았는데 작년에 그 문이 열렸대" 하고 목소리를 낮췄다. 이어서 언제나 진지하고 고집스러운 유 선배가 말했다.

"5월 15일. 스승의 날이었지."

안 선배가 끼어들었다.

"그래, 그날! 명동성당이 시끄러운 게 한두 번도 아닌데 그때는 좀 이상했어. 스승의 날이 일요일이라 월요일 아침부터 선생님 놀려주려고 각본 짜고 꽃 준비하고 그래야 정상인데 이상하게 조용했어. 여기저기서 쏙닥거리는데 물어보면 대답은 없고, 아무튼 수상한 아침이었어. 그러다가 가톨릭 교육관 옥상에서 누군가 칼로 배를 긋고 떨어져 죽었다는 소식을 들었는데 온몸에 소름이 돋았어. 아휴, 지금도 오싹해지는걸."

"나는 그때 약속이 있어서 명동성당에 있었어. 누군가 뭐라고 소리쳤는데, 뭐라고 했는지는 모르겠어. 뭐라고 그러다가 갑자기 종이를 막 뿌리고, 조금 있다가 거꾸로 쓰러지는데…… 이렇게 말하면 좀 그렇지만, 나는 것 같았어. 쓰러진 게 아니라 하늘을 향해 손을 벌리고…… 세상을 다 안을 것처럼 편안하게."

"그때 거기 있었다고? 너는 나보다 더 심하겠구나. 나는 가끔 내 배를 칼로 긋는 꿈을 꾸거든. 그 사람, 굉장히 거창한 말을 했다지. 나는 그런 말 안 믿어. 얼마나 굉장한 것이기에

배에다 칼을 대느냔 말이야. 기름을 붓는 거라면 또 몰라. 라이터만 켜면 되니까, 그 순간만큼은 자신을 죽인다는 생각을 할 수 없을 거야. 그렇지만 할복은, 너무 끔찍해. 그 사람은 모르겠지. 나는 순대를 볼 때마다 얼굴도 모르는 그 사람이 생각나."

좀 전까지 장난치던 선배들은 점점 진지하게 변했다.

"그렇게 간단하지가 않아. 그 사람, 가톨릭 사제가 되려던 사람이래. 사제가 되려던 사람이 자신의 목숨을 끊는다는 건 신을 부정하는 행위가 되는 거야. 신을 부정하면서까지 하고 싶은 말이 뭔지는 궁금하지 않아? 그 사람이 죽고 얼마 지나 명동성당 앞에서 나눠준 유인물 못 봤어? 학생주임이 다 걷어가긴 했지만, 나는 그거 아직도 갖고 있어. 거기에 그 사람이 남긴 유서가 적혀 있었어. 다른 건 기억이 안 나는데, 이거하나는 확실히 기억해. '인간을 사랑하려는 못난 인간의 한가닥 희망 때문이다.' 그 희망 때문에 자신을 죽인 거라고. 누구도 들어주지 않는 말, 그 말을 하기 위해서 자신을 죽여 말을 하고 싶었던 거야. 어떻게 죽느냐의 문제가 아니라고."

도은은 그때는 그저 건성으로 들었던 선배들의 대화가 새로 돋아나는 것을 느꼈다. 희망 때문에 죽다니, 그 희망으로 자신을 죽이다니. 당시는 그저 그런 죽음이라고 생각했는데, 지금은 그의 죽음이 어느 책에서도 보지 못한 아름다운 글귀처럼 스며들었다. 그도 붕애처럼 다른 물고기들이 잡혀가는 것을 보느니 차라리 자신이 잡혀가는 것이 낫다는 결정을 내린 붕애의 심장을 가진 사람으로 느껴졌다. 그리고 세상에는 그런 심장을 가진 사람들이 그들만의 언어로 세상을 향해 끊임없이 자신을 던지고 있는 것 같았다.

논쟁을 하던 선배들을 무시하며 청소도구를 든 다른 선배들은 조심스럽게 작은 문을 두드렸다. 정말 성모상과 연결된 통로가 있는지, 문 안에서 쿵쿵 발소리가 되돌아왔다. 그 소리가 논쟁하던 선배들에게도 들렸는지 모두들 작은 문에 귀를 댔다. 도은은 사람들의 소원을 들어주다 쉬러 가는 성모상이 인간적으로 느껴졌다. 그래, 신도 쉬어야 한다. 그래야 인간적이다. 희망 때문에 죽을 수도 있는 게 사람이라고, 그 희망이 사랑일 때는 기꺼이 자신을 던질 수도 있다는 선배의 말이 이제야 쿵쿵 커다란 발자국 도장을 찍으며 되돌아온 것 같았다.

성모상을 바라보는 도은의 얼굴에 웃음이 스쳤다. 성모상이 연예인처럼 웃으며 도은을 바라보고 있었다. 도은은 자연스럽게 두 손을 모았다. 예로센코는 책에서 이제 신을 믿지 않겠다고 했는데, 그와는 반대로 처음으로 신의 손을 잡았다. 두 손을 모으자 도은이 속에 들어앉은 난지도의 나무를 달래듯, 조용하고 간절한 바람들이 쏟아졌다. 도은은 물고기들의 책이 완성될 때까지 나무가 기다려주기를, 나무와 따뜻한 밥을 나누어 먹을 수 있기를 빌었다. 소원을 빌자 유리 상자 속의 촛불 하나가 피식 마지막 빛을 꺼뜨리며 연기를 피워올렸다. 유리 상자 속은 연기로 가득했다. 이상하게 외롭지가 않았다. 기도에 대한 답가처럼 연기는 보이지는 않지만 무언가가 있다는 확신을 주었다.

"편지를 보내주어 고마워! 고마워, 나무야."

한숨으로 뭉쳐 있던 앵두알만 한 얼음이 눈알을 뚫고 빠져나왔다. 도은은 얼음에 데인 붉은 눈으로 가톨릭 회관 옥상을 바라보았다.

# 쇠와 돌의 냄새

방학식 날 다른 반은 수업을 한다는데 담임은 책상 위의 책들을 치우라고 말하고 칠판에 한 글자씩 또박또박 적었다.

'교사는 노동자인가!'

물음표 대신 느낌표를 찍을 때 아이들은 칠판의 글자를 따라 읽었다.

"교사가 노동자예요?"

늘 질문이 많지만 대답은 듣지 않는 동희가 말했다.

"교사가 왜 노동자예요?"

답할 틈도 없이 또 물었다.

어떤 질문은 답이 없어도 답이 된다. '교사가 노동자인가?'와 '교사는 노동자인가?'는 처음부터 다른 질문이다. 그 차이를 강조하려는 듯 담임은 마지막에 느낌표를 달았다. 담임은 수학 선생이었지만 수학 시간 틈틈이 사회와 역사에 대한 이야기를 많이 했다. 수학으로 시작해서 사회로 끝나는 날도 많았다. 담임은 늘 토론거리를 던졌지만 수학 시간에 수학적 토론을 하는 일은 많지 않았다. 친구들이 담임 선생을 무시하며 쉽게 대하는 이유이기도 했다. 담임은 토론에 끼어들지 않고 끝까지 뒷짐 지고 들어주는 것으로 수업을 마무리했으므로 수학 시간은 맘껏 떠들고 딴짓을 할 수 있는 시간이기도 했다.

담임은 한 글자씩 방점을 찍으며 자신이 쓴 글자들을 읽었다.

"교. 사. 는. 노. 동. 자. 인. 가!"

"교사는 노동자가 아닙니다."

미진이가 자신 있게 말했다.

"교사도 노동자죠. 월급을 받잖아요."

아이들이 들쭉날쭉 한마디씩 보탰다.

담임은 출석부를 들고 1번부터 차례로 이름을 불렀다. 58번까지 이름이 불리자 어미 새의 먹이를 기다리듯 출렁이던 교실은 잠시 조용해졌다. 58번 다음에는 무엇이 있을지 궁금해진 모양이었다. 담임은 쉼표를 찍듯 잠시 멈추었다가 이름을 빼고 번호를 불렀다. 1번부터 차례로 교사가 노동자인지 아닌지에 대한 짧은 의견을 밝혔다. 이름이 아니라 번호여서 그런지, 아니면 한 번 더 생각해볼 시간을 벌어서인지 아이들은 자신의 의견을 좀 더 정확하게 전달했다.

"23번, 23번은 어떻게 생각하나?"

"교사는, 노동자가 아닙니다."

23번이 불리자 도은은 당연히 교사는 노동자가 아니라고 말했다. 도은에게 노동은 불편한 것이었다. 가난한 것이었고 더러운 것이었다. 하지 않을 수만 있다면 안 하고 싶은 것, 하지만 어쩔 수 없이 해야 하는 것이었다. 쓸모없는 자들의 쓸모없는 몸부림이었고, 새벽에 일어나 밤 늦게 귀가하는 것이었다. 그렇게 일해도 판자로 지은 집은 박스로밖에 바뀌지 않는 굴레였고, 벗어날 수 없는 함정이었다. 노동은 돈을 벌기 위한 것이었고, 한평생 몸뚱이를 굴려도 돈은 없고 남들이 버린 쓰레기나 뒤지고 다녀야 하는 빈 수레였다. 고물 리어카였다. 쓰레기를 놓고 다투는 욕이었고, 그것마저 빼앗기고 속으로 욕을 삼키는 고인 침이었다. 어디든 뱉어버리고 싶은 썩은 물이었다. 하지만 교사는, 그런 굴레에서 빠져나올 수 있는, 그런 노동을 하지 않아도 되는 사람이었고, 쓰레기를 버릴 수 있는 위치에 있는 것이었다. 담임은 교사가 노동자가 아니라고 말하는 아이들을 넘어 담담하게 58번에게 물었다.

"지금까지 46명이 교사는 노동자가 아니라고 했다. 그리고 11명이 교사는 노동자라고 하는구나. 마지막으로 묻는다. 58번! 교사는 노동자인가?"

도은은 자신이 46명에 속하는 것이 낯설었다. 늘 다수의 아이들이 도은과 다른 생각을 했고, 다른 생활을 했으며, 다른 행동을 했다. 다수의 아이들이 자신을 놀려댔고, 자신을 괴롭혔으며, 자신을 비웃었다. 도은은 자신이 혼자라고 느꼈고, 자신을 도와줄 친구를 얻기 위해 노력할 필요가 없었다. 혼자라는 것은 그런 것이었다. 세상에 내 편은 하나도 없고, 한 달에 한 번 봉사를 위해 찾아오는 장씨 아줌마도 자기 만족을 위해 봉사단체에 속해 있다고 느끼고 있었다. 58번은 고민을 끝낸 듯 말했다.

"교사는 노동자입니다!"

58번 목소리는 단호했다. 그 목소리는 명동성당의 천막에서 울리는 투쟁가처럼 비장하고, 깨어진 성당 바닥 돌처럼 단단했다. 도은은 향오의 다섯 가지 향기 중 두 개를 알아낸 것 같았다. 그것은 아무것도 아니어서 스스로를 오래 남기기 위해 단단해진 돌멩이의 냄새였고, 달궈지고 식기를 반복하며 단련된 쇠의 냄새였다. 쇠와 돌, 교사와 노동자는 향오로 인해 쇠와 돌의 냄새가 나는 단어로 바뀌고 있었다. 향오의 마지막 발언은 명동성당 천막에서 들리던 날 선 선전문구처럼 교실에 회오리치고 있었다.

"단 두 개의 단어만 가지고도 사람들 생각은 이렇게 다르다. 58명의 우리들 중 46명이 교사는 노동자가 아니라고 했다. 그렇다고 12명의 의견이 틀린 건 아니겠지? 12명이면 우리반의 20퍼센트가 교사는 노동자라고 생각하고 있다는 건데, 세상 일은 다수결만으로 해결되지는 않거든. 자, 이번 여름방학 숙제는 이거다. 교사와 노동자에 대한 여러분의 생각을 제출하도록. 교사는 노동자인가? 노동자가 아닌가? 노동자가 아니라면 노동자는 무엇인지. 노동자라면 왜 노동자가 아니라고 생각하는 사람들이 이렇게 많은지 고민해보는 방학이 되었으면 한다. 아쉽게도 여러분과 함께 고민해보는 시간도 없이 나는 생각을 정리했다. 그만큼 급박하게 사회가 변화하고 있구나. 그렇다 하더라도 여러분과 함께 이러한 문제들을 풀어보는 것은 내 숙제이기도 해. 개학 후 20퍼센트의 수치가 어떻게 바뀔지 계산해보자. 이상! 오늘은 방학식이니까 책은 접고 장기자랑을 펼쳐볼까?"

아이들은 소리를 지르며 책상을 두드렸다. 조금 있어 소란스러움은 잦아들었지만, 누구도 먼저 튀어나와 자신의 장기를 보여주지는 않았다. 교실 안에는 담임이 던져놓은 교사와 노동자, 돌과 쇠의 냄새가 떠돌고 있었다. 무겁게 가라앉은 분위기를 깨고 질문은 많지만 분위기는 살릴 줄 아는 민영이가 말했다.

"선생님, 첫사랑 이야기 해주세요."

아이들은 노동자 이전에 교사를 더 알고 싶었고, 어른을 알고 싶었고, 어른들의 사랑을 알고 싶어 했다. 담임은 능청스런 표정으로 손등을 부비다 손을 들어 아이들에게 보여주었다. 담임의 손등에는 염소똥 같기도 하고 콩자반 같기도 한 검은 점이 동그랗게 붙어 있었다.

"나를 콩자반이라고 부른다면서?"

"네!"

다들 합창을 했다.

"그래, 요놈이 나다. 요놈을 사랑해준 사람이 있었지."

아이들은 휘파람을 불었다.

"풀밭 위에 누워 수학 문제를 풀고 있을 때였다. 하늘은 지 겹도록 파랬고, 갓 대학에 입학한 친구들은 처음으로 사회 문 제에 눈을 뜨고 분노하던 때였지. 친구들은 한량 같은 내게 화를 내며 길거리로 나가 시위대에 합류하곤 했어. 그때는 그 친구들이 다 어린애 같았다. 공부하러 대학 들어왔는데 공부 도 못하게 하는 녀석들이 불쌍하고 어리석다고 느꼈어. 그때 내 곁에 한 여자가 있었지. ……불문과 졸업반, 연상의 여인 이었다."

"으악, 늙은 여자래!"

아이들이 책상을 두드리자 담임은 살짝 웃으며 되물었다.

"늙은 여자라고?"

"연상이면 늙은 여자 맞잖아요."

"그렇구나. 맞아, 그 늙은 여자의 불어 발음이 기가 막히게 부드러웠지. 알아듣지도 못하면서 나는 그 여자에게 늘 불어 로 말해보라고 주문했어. 알아들을 수 없는 말들 사이로 아무 르, 주뗌무 하는 단어들이 귀에 꽂히더군. 여자의 허벅지를 베고 누워 하늘을 보는데 눈이 시리더라. 여자는 내 머리칼을 쓰다듬더구나. 쓰다듬다가 내 손등에 난 이 점을 손가락으로, 애무했다."

"애무래, 늙은 여자가 콩자반을 애무했대!"

아이들은 선생처럼 자기 손등을 부비고 책상을 두드리며 몸을 꼬았다.

"애무는 너무한가?"

담임은 짓궂게 웃었다. 도은은 담임의 손등에 난 혹 같은 점을 만져보고 싶었다. 그러면 담임이 말한 첫사랑의 느낌이 무엇인지 알 수 있을 텐데.

"수학 문제를 풀다가 늙은 여자의 허벅지를 베고 애무를 했는데, 그런데요? 그 다음은요?"

아이들이 똥 마려운 개처럼 잔뜩 긴장하며 졸라댔다.

"아무튼 나는 그렇게 느꼈어. 이 여자가 내 점을 사랑하는 구나. 내 점을 사랑하는 여자를 이제야 만났구나."

"그래서요, 그래서 어떻게 됐는데요?"

"돌아보면 그때가 사랑이었던 것 같다. 짐처럼 얹힌 고민들이 다 쓸데없고, 이 여자랑 한평생 살고 싶다고 느꼈던 그때가, 지나고 보니 내 첫사랑이었던 거야."

베토벤처럼 덥수룩한 곱슬머리를 긁적이며 담임은 아이들을 휘 둘러보았다. 이야기를 더 해야 할지 말아야 할지 아이들의 반응을 간 보는 것 같았다. 담임이 본격적으로 첫사랑 이야기를 시작하려 할 때, 1989년 여름방학을 알리는 1학기 마지막 종이 울렸다. 아이들은 애무만, 그것도 몸에 있는 가장 작은 점 따위에 얽힌 애무만 맛본 것을 아쉬워하며 개학하면 뒷이야기를 해달라고 졸랐다. 선생은 칠판에 적은 글자를 지우며 아이들에게 따라 읽으라고 했다.

"교. 사. 는. 노. 동. 자. 인. 가!"

담임의 첫사랑 이야기 때문인지 담임의 목소리에 실린 노동자는 연애도 하고 애무도 하는 수줍은 소년처럼 느껴졌다. 쇠와 돌처럼 단단한 것이 아니라, 풀밭에서 연인의 사타구니를 베고 하늘을 올려다보며 이국의 언어에 도취된 남자의 모습과 겹쳐졌다. 그러면서도 담임이 던져놓은 물음은 물음으로 계속 머릿속을 떠다녔다. 노동자란, 노동이란 뭘까? 노동자는 교사가 아닐까. 왜 아닐까. 칠판의 글자가 지워지면서 쇠와 돌이 부딪히는 소리가 머릿속에서 울려댔다. 도은은 향오를 쳐다보았다. 향오는 자신의 의견을 조금도 의심하지 않는 표정으로 가방을 챙기고 있었다. 칠판의 글자를 다 닦은 담임은 출석부를 챙겨 교실을 나서며 교탁과 자신의 책상, 교실을 빙 둘러보았다. 첫사랑에 대한 아쉬움 때문인지, 진짜 담임의 첫사랑은 콩자반을 애무하는 것으로 끝이 나서인지 알 수 없는 막막한 표정이 스치고 지나갔다. 콩자반 선생이 교실 문을 닫고 나가자 아이들이 소리를 치며 여름방학이 시작되었음을 알렸다.

친구들이 빠져나간 학교는 정적이 감돌았다. 도은은 도서관에 들렀다. 도서관은 텅 비어 있었다. 이대로 있다가 밖에서 문이 잠기면 쉬러 가는 성모상을 만날 수 있을 것 같은 적막이 흘렀다. 도은은 도서관에 울리는 자기 발걸음 소리를 들었다. 발걸음에 맞춰 어디서 멈춰도 눈앞에는 책이 있었다. 『좁은 문』을 지나 『어린왕자』를 뒤적이다 『난장이가 쏘아올린 작은 공』 앞에서 멈췄다. 도은은 책의 마지막 장을 펼쳤다. 독서기록 카드가 꽂혀 있었다. 카드에는 문예부 선배들 이름이 적혀 있었다. 도은은 가장 최근에 빌린 이름을 보고 씨익 웃음이 나왔다.

'아무씨'

학년도 반도 없이 '아무씨'라고만 적혀 있었다. 얼마 전 보았던 『가난한 사람들』에서도, 그 전에 보았던 『밤길의 사람들』에도 아무씨가 적혀 있었다. 도은은 난쟁이 책을 가방에 넣었다. 늘 아무씨가 한걸음 앞서 있었지만, 아무씨가 읽은 책은 언제나 도은이 찾던 책이 되었다. 도은은 책을 빌려간다는 메모도 없이 도서관의 불을 껐다. 그때 도서관으로 오는 발걸음 소리가 들렸다. 도은은 후다닥 책장 뒤로 몸을 숨겼다. 교사는 노동자라고 당당하게 말하던 향오였다. 향오는 주위를 살피며 고양이처럼 날렵하게 책을 하나 뽑은 후 가방에 넣었다. 도은은 킥 하고 웃음이 새 나왔다. 방금 전 자신의 행동과 다를 게 없었다. 아무씨는 여럿일 수도 있고 하나일 수도 있었다. 도은은 자신이 읽은 책에도 아무씨를 적어 넣어야겠다고 생각했다. 도은은 향오가 책꽂이 끝으로 가는 것을 보고 도서관을 빠져나왔다.

명동성당 쪽으로 난 후문을 나서며 도은은 도서관의 넓은 창유리 쪽으로 고개를 돌렸다. 도서관 창 앞의 작은 마당에 붉은 꽃들이 아무씨로 흔들리고 있었다. 꽃들 사이로 바다를 건너왔을지도 모를 나비들이 날아다녔다. 나비들은 날개를 접고 아무씨에나 앉아 쉬다가 다시 날았다. 수녀원 뜰과 맞닿은 도서관 창유리 속에서 분주히 움직이는 작은 사람이 보였다. 작은 사람은 이 책 저 책을 옮겨 다니는 나비처럼 책에 앉아 쉬는 듯 보였다. 도은은 향오의 또 다른 향기를 맡은 것 같았다. 그것은 오래된 책을 펼칠 때 부석거리며 떨어지는 책의 냄새였다. 그 책에서는 아무씨에서 아무씨로 옮겨 다니는 나비의 날개가 책갈피로 꽂혀 있을 것 같았다. 책의 냄새는 나비가 날갯짓을 할 때 떨어지는 가루 냄새 같기도 했다.

슬픈 물고기를 도서관 책꽂이에 꽂아놓으면 향오가, 아니 아무씨들이 찾아낼까. 도은은 타자를 한 권 더 쳐야겠다는 욕심이 생겼다. 천막으로 향하는 걸음이 빨라졌다. 천막을 열자 투쟁 오빠와 빵 언니가 도은을 반겨주었다. 둘 다 머리띠에 '투쟁'이라는 빨간 글자를 붙이고 있었다. 투쟁 오빠에게는 투쟁이 숙제 같았고, 빵 언니의 빵이 먹고 싶다는 농담은 진담으로 들렸다. 투쟁 오빠는 밤에 잠이 안 와서 타자를 쳤다면서 미완성된 「슬픈 물고기」를 내밀었다. 잠을 못 잤는지 투쟁 오빠의 눈은 파열되기 전 붕애의 심장처럼 실핏줄이 터져 벌겠다.

"잠이 안 오기는! 천막이 뚫릴 것처럼 비가 퍼붓는데도 잠만 잘 자더라. 쟤 눈알이 빨간 건 더 자야 하는데 깨웠다고 그런 거야. 그거 내가 더 많이 쳤어. 뒷장이 궁금해서 치다 말고 그냥 다 읽어버렸어. '슬픈 물고기'라는 제목이 모든 걸 말해주는 것 같더라. 그래도 나는 슬픈 이야기는 싫어. 심장이 파열되기 전에 붕애가 투쟁을 했으면 어땠을까. 연못의 물고기들을 모아 인류라는 형들에게 소리치는 거지. 영혼이란 너희들만 있는 게 아니야! 여기 그 나라에 가기 위한 우리들의 시들이 있고, 연극이 있고 조각이 있어. 이 안에 있는 게 영혼이 아니고 뭐야. 너희들의 그 책은 가짜야. 우리도 너희들과 다르지 않아. 그런 함성이라도 질러봤다면 어땠을까?"

"그래서 나는 문학이 좋아요. 붕애의 심장이 왜 파열되었는지 알려주니까요. 알려줄 뿐 아니라 심장을 다시 뛰게 만들잖아요. 오빠가 말한 슬프지만 슬프지 않은 게 그런 거 아닌가요?"

"슬프지만 슬프지 않은 거라."

"언니랑 오빠가 여기서 하고 있는 일들도 그렇잖아요. 힘들지만 힘들지 않은 거, 아프지만 아프지 않은 거, 배고프지만 배고프지 않은 거. 나무에게 그걸 전해주고 싶어요. 슬프게도 슬픈데 슬프지 않는 방법이 있다고. 나는요, 이상하게 슬픈 게 좋아요."

그때 천막을 들추는 소리가 들리고, 바람이 들락거리다 누군가 도은의 뒤통수를 살짝 때렸다.

"슬픈 게 왜 좋아? 23번!"

콩자반 선생이었다. 담임이 부르는 23번에서는 교사는 노동자가 아니라고 말하던 도은이 담겨 있었다.

"너 여기서 뭐하는 거야?"

눈은 웃으면서 목소리는 명령하듯 천막을 울렸다. 갑자기 뒤통수를 얻어맞아서 그런지 도은이에게서도 단단한 목소리가 튀어나왔다.

"선생님이 내준 방학 숙제 하는 중인데요."

콩자반은 펑 하고 웃음을 터뜨렸다.

"이놈이 교실에서나 그렇게 말하지. 네 목소리가 이렇게 큰지 처음 알았는데. 너는, 교실에서는 입도 안 열면서 언제부터 여기 들락거렸니?"

도은은 단호할 때는 갈등하고 갈등할 때는 단호한 담임의 목소리에 갸우뚱 고개를 기울였다.

"아니, 오지 말라는 게 아니라."

담임은 좀 전에 때린 도은의 뒤통수를 쓰다듬으며 머리칼을 뒤섞었다. 길거리 도서관에서 만난 언니도 이런 느낌이었을까. 온몸에 소름이 돋았다. 소름이 돋기는 했지만 싫지가 않았다.

"참, 너 방학 때 여기 가볼래? 건대에서 하는 민주학교인데, 아마 너랑 비슷한 친구들을 만날 수 있을 거야."

담임은 가방에서 전단지를 꺼냈다.

"이런 걸 소개해주는 선생들을 이름하여 사회에서는 의식화 교사라고 부르더라. 나는 이거 나쁘지 않다고 봐. 선생이 뭐야."

담임은 허공에 한자를 그렸다.

"서언 새앵, 한자 그대로 너희들보다 먼저 산 사람들 아니냐? 그러니까 먼저 산 사람으로서 내가 아는 것들을 알려주는 것, 그게 나쁜 건 아니잖아. 어느 쪽이냐가 문제이겠지만."

담임은 도은에게 전단지를 내밀었다.

'민족, 민주, 인간화 교육을 위한 제1회 민주학교'

이게 뭐냐고 물었지만 담임은 손등을 부비며 콩 같은 점을 만지작거렸다. 콩자반 선생에게 손등의 점은 사랑과 고민이 공존하는 보따리 같았다.

"며칠 전에 온 편지, 그건 뭐였어? 나는 그게 자꾸 궁금하더라. 뭐였어? 1학년 7반 담임은 알면 안 되는 편지니?"

담임은 화제를 바꾸며 구걸하는 자세를 취했다. 농성장 안의 사람들은 담임의 익살스런 몸짓에 컬컬 웃었다. 담임만 모르고 농성장 안의 사람들은 다 아는 비밀이 담임의 뒤통수를 때리고 머리칼을 뒤섞었다. 도은은 담임의 손등에 있는 콩자반을 만질 수 있게 해주면 편지 내용을 알려주겠다고 말하려다 말았다. 콩자반을 만지면 교사가 노동자인지에 대한 답이 나올 것 같았다. 그건 너무 쉬운 길이었다. 도은은 난지도를 가려면 어떻게 해야 하냐고 물으려다 그것도 접었다. 담임이 건네준 종이가 난지도로 가는 길을 알려주는 지도 같았다. 그 안에서 길을 찾을 수도 있겠다는 이상한 믿음이 돋았다. 도은은 누군가를 이런 식으로 쉽게 믿어버린 것을 들키고 싶지 않아 다음에 와서 마무리를 해야겠다고 말하고 서둘러 천막을 나섰다.

# 천 개의 고약

방학이 시작되었지만 도은은 갈 곳이 없었다. 언덕을 오르는 길에는 잠자리들이 하늘을 다 메우려는 듯 날아다녔다. 바위가 있던 자리에도 잠자리들이 웅덩이를 메우고 있었다. 잡으려고 맘만 먹으면 늙은 잠자리는 잡기가 쉬웠다. 네 개의 눈앞에서 손가락 끝으로 동그라미를 그리면 그 순간 잠자리의 세계는 손가락 끝으로 모인다. 잡힌다, 잡힌다, 잡힌다, 최면을 걸 듯 세 번만 돌려도 잠자리는 네 개의 세계가 열두 개로 보이는지 자신의 세계에 집중한다. 갑자기 자기 분열한 열두 개의 세계를 다 보려면 어지러울 것이다. 혼란스러울 것이다. 도은은 방학과 함께 찾아온 자신의 세계에 집중하고 있었다. 누군가 보이지 않는 손을 들어 눈앞에서 동그라미를 그리며 최면을 거는 것 같았다. 잠자리는 자기가 잠자리임을 잊지 않으려는 듯 온몸을 바짝 긴장하고 있었다. 잠자리의 세상이 도은의 손가락 끝에 있다면 도은은 최면에 걸린 잠자리의 세계를 조정할 수도 있는 거였다. 도은은 죽은 듯 가만히 날개를 접은 늙은 잠자리를 잡아챘다.

"세상은 그렇게 간단하지 않아."

잠자리 날개를 집었던 손가락을 벌리며 도은이 말했다. 바위가 있던 자리로 비틀거리며 떨어지던 잠자리는 허공에서 정신을 차린 듯 날갯짓을 했다. 자신이 태어난 곳이 이곳이라고, 그러니 자신이 죽어야 할 곳도 이곳이라고 말하려는 듯 네 개의 날개를 엇박자로 움직였다. 도은은 웅덩이에서 날아다니는 잠자리들이 물고기들로 보였다. 잠자리 유충은 물에서 태어나 그곳에서 탈피한다고 했다. 어쩌면 잠자리들은 물을 떠나면서부터 슬픈 물고기의 운명을 살아내야 하는 건지도 모른다. 물속에서는 필요 없었던 날개를 얻은 대가로 짧은 여름 동안만 살아내야 하는 걸지도 모른다. 날개가 생긴 뒤에야 그 사실을 알아버리고 슬픔에 지쳐 저렇게 쉬지 않고 날갯짓을 하는 것일지도 모른다.

누군가 날개를 줄 테니 짧은 생을 선택해야 한다고 조건을 건다면 어떨까. 엄마를 만나게 해줄 테니 시한부 인생을 살라고 한다면? 몇 년 전이었다면 엄마를 선택했을 것이다. 시한부 인생과 바꿔도 될 만큼 엄마가 보고 싶어서? 천만에. 그동안 연락도 없는 엄마를 괴롭히고 싶었다. 이제야, 내가 죽을 때가 되어서야 나를 찾아왔으니, 이제부터는 엄마가 나를 기다릴 차례라고 벌을 주고 싶었다. 그런데 지금은? 도은은 강물이 흘러가는 서쪽을 오래 응시했다.

"지금은?"

한강의 서쪽으로 시선이 끌려갔다. 서쪽 어딘가에 있을 난지도와 나무가 떠올랐다. 얼어붙은 마음을 녹여주던 편지가, 나무에게 보내줄 슬픈 물고기가 한강을 따라 난지도에 닿는 꿈 같은 일이 떠올랐다. 도은은 자리에서 일어나 언덕을 내려왔다.

골목 끝 천막 지붕에서 고양이 두 마리가 젖은 몸을 말리듯 해바라기를 하고 있었다. 햇살이 떨어지는 평상 위에는 행운 상회 아저씨가 드러누워 코를 골고 있었다. 행운상회 아줌마가 우산을 펴고 아저씨의 얼굴을 가렸다. 그늘을 만들어주려는 것인지 꼴도 보기 싫다는 건지 알 수 없었다.

"씨발놈! 저런 화상을 뭐가 좋다고. 내가 미친년이지."

아줌마는 침을 뱉듯 욕을 뱉었다. 그러면서도 우산을 이쪽 저쪽으로 옮기며 햇볕을 가려주고 있었다. 아저씨가 잠결에 우산을 손으로 쳐내자 아줌마는 다시 욕을 하며 우산으로 아저씨의 얼굴을 가리며 도은에게 어디 가느냐고 물었다. 도은은 그제야 어디로 갈지 정하지도 않고 나왔다는 걸 알았다.

"학교요."

엉겁결에 학교라고 대답하니 그곳에 가야 할 이유가 있었다.

"아직 방학 안 했어?"

"두고 온 게 있어서요."

도은은 서둘러 걷기 시작했다.

을지로 지하도를 빠져나오는데 매캐한 냄새가 코를 찔렀다. 늘 맡던 냄새였지만 유독 눈이 따가웠다. 도은은 젊은 예수 그림이 걸려 있는 액자 가게 앞에서 잠시 멈췄다. 예수님이 서른세 살에 돌아가셨다고 그랬나. 액자 속의 예수는 세상의 죄를 대신하여 십자가에 못박힌 상처 입은 모습이 아니라 방금 샤워를 하고 나온 매력적인 젊은 남자로 보였다. 그림 속 예수의 목소리는 부드러우면서도 굵고 연약하면서도 강한 매듭이 있을 것 같았다. 액자 가게 앞에서 상인들이 모여 떠들썩하게 뭔가를 토로하고 있었다. 도은은 주변을 둘러보았다. 주말 동안 무슨 일이 있었는지 상가의 물건들이 조금씩 자리를 이동해 있었다. 아침마다 지나던 풍경과는 다른 각도로 입간판들이 한 뼘은 옮겨져 있었고, 골목으로 튀어나온 가판대도 옮겼다가 다시 자리를 찾은 듯 더러운 때의 선이 각도가 안 맞았다. 걸음이 빨라졌다. 마음도 급해졌다. 낯선 공기와 사람들의 웅성거림이 뭔가를 향하고 있었는데, 그것이 무엇인지는 확실하지 않았다.

도은은 뜀박질을 하듯 급한 마음으로 명동성당 계단을 올랐다. 나무의 아빠처럼 세상을 껴안을 듯 두 팔을 벌리고 사람들을 맞이하는 하느님이 이상했다. 하느님이 품고 있던 세상이 변해 있었다. 하느님 옆에 있던 천막도 보이지 않았다. 천막 앞에서 들리던 날 선 노래들도 들리지 않았다. 천막과 노래가 사라진 자리에는 교인들이 바자회를 벌이고 있었다. 누군가 나라를 말아먹을 불순한 사람들이 하느님을 이용해 명동성당을 자기들 변소로 사용했다는 불만을 터뜨렸다. 다시는 그런 사람들에게 명동성당을 내주지 말아야 한다면서 또누군가는 깨어진 블록을 들어 보였다.

　도은은 바자회로 떠들썩한 명동성당 마당을 돌고 또 돌았다. 인자한 얼굴을 한 성모상 앞에 선 도은은 예전과 같은 마음으로 성모상을 마주 볼 수 없었다. 성모상보다는 그 주위를 열심히 뒤졌다. 쥐똥나무로 둘러싸인 곳곳에 박혀 있는 종이들만이 도은의 시선을 사로잡았다. 어디로 갔을까. 사람들은, 타자기는, 슬픈 물고기는? 어디로 갔을까? 도은은 자꾸 뒤가 허전해 같은 자리를 빙빙 돌았다. 빵 언니나 투쟁 오빠가 걱정되기도 했지만, 그것보다는 처음으로 자기만의 책이라고 생각했던 「슬픈 물고기」와 그 속에 넣어둔 나무의 편지가 더 걱정이었다. 방학 전에 타자를 끝냈어야 했는데, 빈둥대지 말고 며칠 전에라도 들렀어야 했는데, 후회는 더 큰 후회만 낳았다. 도대체 잃어버린, 사라져버린 책과 편지를 어떻게 찾을 수 있을지 방법이 떠오르지 않았다. 사람들로 꽉 찼지만 아무것도 없는 텅 빈 언덕의 구석구석을 훑었다. 바자회 물건들도 하나같이 한밤의 잔해처럼 쓸쓸해 보였다. 햇살이 기울고 있었다.

같은 자리를 돌다가 돌멩이에 걸려 궤도를 이탈한 행성처럼 도은의 걸음이 빨라졌다. 멀찍이 바닥에 종이가 하나 떨어져 있었다. 종이에는 '이명래 고약'이라고 적혀 있었다. 도은은 형편없는 성적표를 받은 것처럼 전단지를 박박 구겨 버리려다 주머니에 넣었다.「슬픈 물고기」의 흔적은 어디에도 없었다. 성당 아래에선 '수와 진'의 노랫소리가 지난밤의 소란을 채우듯 감미롭게 흘렀다. 계단 옆으로 다리가 없는 고무 인간이 배로 바닥을 쓸며 지나갔다. 저녁 미사 시간에 맞춰 종소리가 울렸다. 사람들은 고무 인간의 바구니에 동전을 떨어뜨렸다. 그 소리에 맞춰 알 수 없는 눈물이 떨어졌다. 딱 한 번, 뚝 하고 떨어지는 눈물이었다.

이게 뭐지? 수와 진의 목소리는 고단한 발을 씻겨주듯 따뜻했고, 고맙다고 인사하는 고무 인간의 목소리는 물고기의 목소리처럼 신비로웠다. 물속에서도 목소리가 들린다면 그럴 것 같았다. 누구든 잊지 못할 생의 한순간이 있다고 어느 책에서 읽은 적이 있다. 도은은 누군가 자신에게 그런 순간이 언제냐고 물으면 바위가 사라진 몇 달 전보다 지금 느껴지는 이 알 수 없는 시간일 것 같았다. 일 년 반 동안 똑같은 시간에 똑같은 언덕을 오르고 내려갔지만 지금 이 순간은 분명 처음이었다. 그 길 위에 서 있는 그것이 쓸쓸함인지, 외로움인지, 슬픔인지, 그 모든 것이 섞인 새로운 감정인지는 분명하지 않았다. 머릿결을 스치는 바람도 생전 처음 만나는 것처럼 낯설었다. 도은은 주머니에 손을 넣었다. 돌멩이와 종이가 손에 잡혔다. 도은은 구겨진 종이를 꺼내 펼쳤다.

'이명래 고약! 고약 포장, 하루 3시간 주급 5000원 보장'

주급 오천 원이면 한 달에 이만 원을 모을 수 있다. 이만 원씩 석 달을 일하면 육만 원이 생긴다. 육만 원이면 타자기를 살 수 있을지도 모른다. 짧은 시간이었지만 도은은 속으로 계산하고 있었다. 자신에게 필요한 것이 무엇인지. 무엇을 갖고 싶은지. 필요한 것을 갖기 위해서는 움직여야 한다는 생각이 들었다. 「슬픈 물고기」는 잃어버렸지만 붕애는 도은에게 지금 무엇을 해야 할지 알려주고 있었다. 나무에게 편지를 보내려고 했던 마음 그대로 처음부터 다시 시작하자. 하던 대로 그대로 움직이는 것이 지금 도은이 해야 할 일이었다.

전단지에는 중앙극장 맞은편 충무로 쪽으로 난 길이 표시되어 있었다. 도은은 무턱대고 그쪽으로 걸었다. 실내화를 신고 명동 길을 헤맨 적은 있지만 충무로 길은 처음이었다. 미로처럼 펼쳐진 골목마다 한 평 남짓한 곳에 도장과 명함인쇄를 하는 작은 가게들이 다닥다닥 붙어 있었다. 도은은 걷다가 이층 건물로 일제시대에 지어진 공장 같은 건물 앞에서 멈추었다. 붉은 벽돌로 지어진 건물은 골목을 백 년 전으로 돌려놓은 것 같았다. 밖으로 튀어나온 하얀색 간판에는 '이명래 고약'이라고 적혀 있었다. 간판은 근처 공장과 구분되며 약국이나 동네 의원, 녹십자 같은 느낌을 풍겼다.

1층은 켜켜이 쌓인 박스와 유황 타는 냄새로 공장인지 한약방인지 모를 어수선한 분위기였다. 2층으로 올라가는 계단은 한 사람만 겨우 다닐 수 있을 정도로 좁았다. 한번 올라가면 내려올 수 없을 것처럼 도은은 계단을 하나 오를 때마다 갈등했다. 아무도 못 만났으니 그냥 내려갈까. 마음은 계속 뒷걸음치는데 걸음은 억지로 도은을 끌어올리고 있었다. 조금 있어 한바탕 터지는 사람들의 웃음소리가 들렸다. 머리가 하얗게 센 할아버지가 계단 앞에 나타났다. 할아버지는 도은을 위아래로 훑어보며 물었다.

"고약 싸러 왔어?"

할아버지의 목소리는 고약 집과 딱 맞아떨어졌다.

"지금?"

고약처럼 고약하다는 느낌이 가시지 않았다. 도은은 고개를 끄덕였다.

"그럼 얼른 올라오지 않고 뭐 하고 서 있어! 이거 안 보여?"

할아버지는 어깨를 들썩였다. 할아버지의 어깨에는 박스가 얹혀 있었다. 도은은 후다닥 계단을 올라 길을 터주었다.

"어이, 장미 여사! 이 애 좀 봐줘."

계단을 오르자 사방 벽을 에워싸고 있는 박스들이 보였다. 박스들의 정중앙, 그러니까 이층 정중앙에 커다란 책상이 있었다. 책상을 둘러싸고 앉은 사람들은 화투 치듯이 어깨가 들썩였다.

"방학하니까 애들이 몰려오네. 너는 어느 학교니?"

얼굴에 빈틈이 하나도 없이 진하게 화장한 여자가 물었다.

"명동성당 뜰에 있는 학교요."

"계성여고?"

도은은 고개를 끄덕였다.

"좀 전에도 너희 학교 애 둘이 왔다가 반나절 일하고 갔다. 근데 내일도 올지는 모르겠네. 집은?"

"옥수동이요."

"낮에 온 애들은 해방동이랑 아현동에 산다던데. 그 학교는 좀 이상하다."

"명동에는 학생이 별로 없어서 근처 중학교에서 뺑뺑이로 돌렸대요."

"뺑뺑이도 다 못 사는 동네들만 돌려나. 학교는 서울에서 제일 비싼 땅에 있으면서. 해방동, 아현동에 옥수동이면 다 서울 하늘 아래 가장 가까운 동네들로만 뺑뺑이를 돌렸나 봐!"

뽀글이 파마를 한 아줌마가 사람들을 웃기려는 듯 말했다.

"일하려면 이쪽으로 와봐."

장미 여사라는 여자가 움직일 때마다 진한 장미 향이 훅 끼쳤다. 숨을 들이쉬자 고약에 싸인 장미 냄새가 코가 아니라 눈을 맵게 했다. 장미 여사는 책상 한쪽에 손가락 고무와 고약, 기름종이와 고약 박스를 늘어놓았다.

"우선 출근하면 이 작은 박스들부터 접어야 해. 한 번만 설명할 거니까 잘 들어."

여자는 박스 하나를 들어 양쪽의 검지로 날개를 속으로 접으며 "하나" 하고 말했다. 다음에는 오른쪽 엄지로 상자 뚜껑을 앞으로 넘기며 "둘"이라고 했다. 마지막으로 뚜껑 끝을 박스 속으로 밀어 넣으며 "셋" 하고 순식간에 박스를 접었다. 하나 둘 셋, 도은은 속으로 따라 했다.

"다음은 고약을 이 속지에 싸는 거야. 이걸 박스에 넣고 아까처럼 하나 둘 셋으로 마무리하면 끝. 이게 일원이야."

장미 여사는 고약 박스를 흔들었다.

"낮에 온 애들은 그래도 오백 원어치는 했지?"

장미 여사가 나이 든 여자를 보며 말했다.

"악바리들이던데 '내일도 온다'에 걸 거야 말 거야?"

뽀글이 머리를 한 아줌마가 라디오에서 나오는 리듬에 맞춰 박스를 접으며 말했다.

"너무 악을 쓰는 년들은 며칠 못 가잖아. 하나는 악바리고 또 하나는 순둥이던데. 나는 순둥이 쪽에 걸 거야. 이게 재미있어지려면 몇 달은 진득하게 버텨야 하는데."

머리가 하얗게 센 아줌마가 도은에게 눈을 맞추며 찡긋 인사를 했다.

"너도 하루나 이틀 할 거면 아예 손도 대지 마라. 괜히 넘새만 배니까. 이걸 만지면 며칠 동안 손에서 고약 냄새가 가시질 않아. 어때? 물건 줄까?"

"전단지에는 주급 오천 원이라고 적혀 있었는데요. 하루 세 시간 일하고."

아줌마들이 약속이나 한 듯 한꺼번에 웃었다.

"주급 오천 원? 이런 미친 영감! 얘, 그거 받으려면 하루에 천 개씩 포장해야 하는데 그럴 수 있겠어? 세 시간 동안 천 개는 어려울걸. 구두쇠 영감! 그 애들이 다시 오긴 글렀네. 오천 원 건다."

천 개의 고약은 얼마나 될까. 우유 배달도 했고, 신문 배달도 해봤다. 삼십 개의 우유와 오십 개의 신문을 돌리는 일과 천 개의 고약을 싸는 일은 질이 다른 것 같았다. 천 개의 고약을 싼다는 것은 천 개의 고름을 뽑아낸다는 건데, 그것은 우유와 신문을 배달하는 것과는 전혀 다른 느낌이었다. 천 개의 고약을 싸다 보면 곪아 터진 일들이 해결될 것 같은 막연한 기대가 생긴 것도 따지고 보면 슬픈 물고기를 잃어버린 그날의 처방인지도 모른다.

도은은 엉덩이를 붙이고 앉아 아줌마들의 손놀림을 눈으로 좇았다. 수와 진의 노랫소리와는 다른 따뜻한 정적이 흘렀다. 손놀림이 정적을 고독으로 내버려두지 않았다. 한 시간 동안 한 무더기의 고약을 싸고 박스를 접었다. 도은은 똑같은 동작을 통해 위로받는 느낌이 들었다. 도은은 퇴근을 위해 서두르는 아줌마들과 함께 손목을 털어내며 자리에서 일어났다. 고약을 싸기 전보다 머릿속이 맑았다. 고약 덩어리에 고민을 싸서 박스에 봉해버린 것 같았다. 머리가 하얀 할아버지는 그날 일한 것은 일당으로 치지 않는다고 말했다. 도은은 저린 손가락을 주무르며 고개를 끄덕였다.


　어둑한 골목을 돌아 계단을 오르는 도은에게는 새로운 일이 생긴 듯 숫자들이 고르게 자리를 이동하고 있었다. 하나둘 셋, 하나 둘, 하나 둘 셋. 도은의 몸은 고약을 싸는 순서에 맞춰 리듬을 타고 있었다. 셋 이상을 벗어나지 않아도 좋은 발걸음이 명동성당을 내려올 때와는 다른 마음가짐을 얹어주었다.

　저녁 밥상에서 할머니는 내일부터 낮에는 방을 빌려주기로 했다는 말을 꺼냈다. 도은은 하나밖에 없는 방을, 집도 아니고 방을 뭐 하러 누구한테 빌려주냐고 했다. 할머니는 이빨 빠진 소리로 그렇게 알라고만 했다. 그러니까 뭐 하러, 방이 하나뿐인데 어떻게 나눠 써! 도은은 목소리 톤을 높였다. 그러기로 했으니까 낮에는 집에 있지 말고 다른 데 가 있으라는 말만 돌아왔다. 아홉시 뉴스에서 노점상들의 거리행진 장면이 보였다. 할머니는 숟가락을 들고 텔레비전으로 빨려 들어갈 듯 멈추었다. 도은은 그럼 낮에 누가 오는 거냐고 따졌다.

할머니는 저년이 왜 저기 있냐고 숟가락으로 삿대질을 했다. 밥알이 떨어져 할머니의 옷에 달라붙었다.

"할머니 지금 뭐 하는 거야?"

도은은 치매 할머니를 야단치듯 신경질을 부렸다. 할머니는 텔레비전을 부수려는 듯 숟가락을 던졌다.

"저년이 왜 저기 있냐고?"

그제야 도은은 텔레비전 화면을 쳐다보았다. 전투경찰과 몸싸움을 하는 장면 밑으로 '노점상 거리 불법 점거, 하루 종일 교통 체증'이라는 자막이 지나갔다. 이어 성난 택시기사의 인터뷰로 장면이 바뀌었다.

"저년이 누구야?"

"네 엄마가 왜 저기 있냐?"

도은은 엄마라는 말에 텔레비전 화면을 돌리고 싶었다. 엄마라고? 엄마가, 텔레비전에? 아니 엄마가, 있는 거라고? 없는 게 아니라 있다고? 엄마는 있다. 아니 있었다. 아니 없어졌다. 없어졌으니까 없는 거였다. 그런데 진짜로 있었다고? 텔레비전에도 나오는 엄마가, 있다고? 할머니는 공갈 밥알을 오래도 씹었다. 씹을수록 할머니의 눈가가 젖었다.

"네 엄마가 저기 있었어. 빨간 머리띠를 하고 테레비에서, 저기가 어디냐? 서울이냐?"

도은은 엄마의 얼굴을 더듬듯 스치고 지난 화면을 되감았다. 얼핏 돌로 지어진 대학의 교문을 보았고, 택시기사의 얼굴만 떠올랐다. '노점상 거리 점거'라는 글자가 떠올랐고, '불법'이라는 글자를 보았었다. 빨간 머리띠도, 여자의 얼굴도, 도은에게는 남아 있지 않았다. 불법, 이게 뭐 하는 짓이냐는 호통, 거리 점거. 불법. 불법. 칠 년 만에 찾아온 엄마는 불법 점거를 한 노점 상인이었다.

"왜 엄마라는 거야? 눈도 안 좋으면서 엄마인지 어떻게 알아?"

할머니는 대답 없이 도은을 쳐다보았다. 자신의 딸을 쳐다보듯, 아득하고 먼 기억을 끄집어내듯 아무 말도 없었다. 할머니는 그동안 엄마가 조금씩 돈을 보내왔다는 말을 꺼냈다. 글자를 모르는 할머니에게 봉투에 담긴 돈은 엄마가 살아 있다는 증거였고, 소식이었다. 그런데 몇 달 전부터 돈이 오지 않았다고 했다. 할머니는 장판을 들어 밑에 깔려 있는 돈 봉투를 내밀었다. 도은은 엄마가 자신을 버린 것이 아니라는 것을 할머니가 꺼내놓은 돈을 통해 느낄 수 있었다. 돈이란 것이 돌고 돌아서 돈이라는 장씨 아줌마의 말은 틀렸다. 돈은 끈이었다. 헨젤과 그레텔에 나오는 집으로 가는 길을 알려주는 빵이다. 깃발이다. 주소다. 편지였다.

다음 날 새벽, 할머니는 도은이를 흔들어 깨웠다.

"오늘부터 낮에는 집에 있지 마라. 그 사람은 아침 열 시에 와서 잠만 자고 저녁참에는 일하러 간다고 하더라. 좁은 방이라도 방세를 나눠 내기로 했으니까 반 갈라서 쓰는 게

수다. 낮 동안 비어 있는 방을 놀리자니 이런 방법도 있더라. 나가기 전에 저쪽에 이부자리 나오게 치워놓고 나가!"

　도은은 박스로 만든 책상과 책꽂이를 한쪽으로 밀었다. 반을 가르고 한쪽 벽면을 치우고 보니 방은 조금씩 줄어들어 마지막에는 박스만큼 작아질 것 같았다. 도은은 박스만 한 방에서 나와 새끼 박스를 접으러 가는 자신이 우스웠다. 간밤에 올랐던 계단은 어제의 계단이 아니었다. 그새 몸속에 새겨진 리듬은 사라지고, 그저 아득한 발걸음이 질질 끌리는 복잡한 골목으로 이어졌다. 어차피 나오려고 하긴 했지만, 왠지 방에서 쫓겨난 기분이었다. 고약 집의 이층에 올라 자리를 잡고 박스를 접고 있을 때였다. 후다닥 하며 계단을 올라오는 빠른 발소리에 맞춰 고약 박스가 흔들렸다.

　"안녕하세요?"

　도은은 그 목소리가 자신을 부른 것처럼 뒤로 돌았다. 58번, 아무씨가 거기 있었다. 향오도 도은을 보고는 놀란 자세로 뭔가 말하려다 말고 말을 삼켰다.

　"안 올 줄 알았는데 왔네. 어서 와라. 너희 둘 다 악바리 체질인 것 같은데. 어제 일하고 다시 올 생각이 들든?"

　향오의 등장이 반가운지 내내 손놀림을 멈추지 않던 아줌마들은 일시에 손을 놓았다. 향오는 도은을 지나쳐 박스들을 책상으로 옮겼다. 좀 전까지 하루에 백 개면 일주일에 육백 개. 그러면 고작 육백 원을 계산하던 도은의 손놀림은 괜히

바빠졌다. 어제 반나절 먼저 왔을 뿐인데도 향오는 그 일을 오래 해왔던 것처럼 박스를 접는 손놀림이 빨랐다. 뽀글이 아줌마는 향오의 손놀림에 박자를 맞추며 제법이라고 추켜세웠다. 박스를 하나씩 접을 때마다 향오의 굳은 표정은 이상하게 순하게 변하고 있었다. 바짝 긴장하고 누구든 자신을 건드리면 잡아먹을 것처럼 날카롭던 교실에서의 모습은 찾을 수 없었다.

"어깨 좀 풀면서 해라. 한 번씩 풀어줘야 또 한 시간 할 힘이 생기는 거야. 독기 품은 사람처럼 그렇게 덤벼들면 불량이 나와."

조금 있어 또 다른 발소리가 들렸다. 앞니가 깨져 웃을 때면 바보 같아 보이는 옆 반의 영임이였다. 영임이는 누가 뭐라고 하든 우선 한번 웃어주는 습관이 있었다. 향오는 영임이와 친한지 먼저 아는 척을 했다. 영임이는 도은이와 눈이 마주치자 학교에서와 마찬가지로 환하게 웃으며 인사를 건넸다.

"어라, 너도 여기서 일하기로 했어? 나는 영임이, 이영임이야. 너는 향오랑 같은 반이지?"

도은은 향오를 힐끗 보고 고개를 끄덕였다.

"도은이야. 정도은!"

향오의 입에서 이름이 불리자 도은은 어색함을 감추려고 더 빨리 박스를 접기 시작했다.

"오늘 또 무슨 일 있나 봐요. 밖에 최루탄 냄새가 장난이 아니에요. 고약 냄새 맡으니까 좀 살겠다."

"고약 냄새가 이럴 때는 좋지?"

뽀글이 아줌마가 씽긋 웃으며 말했다.

"눈이 맵지는 않잖아요. 손가락이 아프긴 하지만. 여기까지 오는 길에도 백골단이 쫙 깔렸더라고요. 그래서 좀 늦었어요. 죄송해요."

영임이는 준비운동을 하듯 손가락을 털었다. 도은은 향오의 속도를 따라잡느라 아무 말 없이 박스만 접었다.

"씨발놈들이 늙은이들 빨리 죽으라고 아침이고 저녁이고 아무 때나 쏴댄다니까. 집에 가면 고약이랑 최루탄 냄새가 섞여서 기침이 얼마나 나는지. 냄새를 떼려고 고약을 붙일 수도 없고, 진짜 고약한 세상이야."

나이 많은 아줌마의 말에 모두들 떠들썩하게 웃었다. 향오도 웃었다. 영임이도 웃었다. 도은은 웃을 수가 없었다. 최루탄과 불법이 머릿속에서 떠나지 않았고, 있지도 않은 밥알을 씹던 할머니와 화면에서 놓친 엄마의 얼굴이 떠오를 듯 떠오르지 않아서 손은 바쁘고 손을 따라가려는 머리는 복잡했다. 머리를 따라가려는 마음은 끝이 보이지 않는 계단을 오르듯 숨이 가빴다. 신문배달을 할 때처럼 뛰어다니는 것도 아닌데, 급한 마음은 계속 어딘가로 달리듯 숨이 찼다. 하루 지나면 괜찮아질까. 그런 생각이 끼어들면 어김없이 박스를 접는 동작이 느려지고, 하나 둘 셋 하던 리듬이 깨져 박스가 찌그러졌다. 잠깐의 생각도 접어놓아야 한다는 듯 접어야 할 박스는 접을수록 더 늘어났다. 집안 얘기와 세상 이야기를 하면서도 같은 속도로 손을 계속 움직이는 아줌마들이 대단해 보였다. 접어놓은 박스에 기름종이로 싼 고약을 집어넣고 마지막으로 하나 둘 셋에 맞춰 박스를 봉할 때는 잠깐 쉬어야지 싶지만, 손은 생각을 배반하고 다음 박스를 접고, 기름종이에 고약을 싸고, 그것을 다시 작은 박스에 넣고, 하나 둘 셋으로 움직였다. 다음, 그 다음도 마찬가지였다.

박스를 접는 엄지와 검지 손가락에는 손가시가 생겼다. 반창고를 붙이려고 어깨를 털며 일어선 도은은 향오의 자리에 쌓인 박스를 눈으로 훑었다. 늦게 온 영임이도 도은이보다 박스가 더 많이 쌓여 있었다. 반나절 차이가 이렇게 큰 건가. 도은은 손가락에 반창고를 붙이고 앉아 다음 날 고약을 넣을 박스를 마저 접었다. 하루에 오백 개면 고작 오백 원, 일주일이면 삼천 원, 한 달이면 만이천 원. 손놀림이 점점 느슨해졌다. 세 시간을 꼬박 앉아 있어도 오백 개 이상은 힘들어 보였다. 하루 지나면 천 개가 가능할까. 향오를 보면 가능할 같고, 고약을 보면 불가능해 보였다.

한숨을 내쉴 틈도 없이 박스는 하나 둘 셋에 접혔고, 하나 둘에 기름종이에 싸였고, 하나에 박스에 넣어졌고, 하나 둘 셋에 날개가 접혔고, 하나에 완성된 쪽으로 던져졌다. 일 원을 벌려면 십 초가 걸리는 셈이다. 일 분에 여섯 개가 완성되면 한 시간에 고작 삼백육십 개. 세 시간이면 천팔십 개가 가능하다. 일 분에 여섯 개의 고약을 싸고 박스를 접어도 어느 틈엔가 불법, 점거, 최루탄과 대학의 대리석 문이 끼어들었다. 시간의 틈은 도대체 어느 정도까지 나누어질 수 있을까. 일 분, 일 초까지 틈을 메워도 생각은, 기억은 그 틈새를 비집고 알을 까고, 구더기처럼 머릿속을 갉아댔다. 그 틈으로 엄마의 얼굴이 떠올랐고, 또 떠오르지 않았다. 도은은 구더기들을 끄집어내듯 생각을 돌렸다.

그래봤자 하루 받는 돈은 천 원밖에 안 되니까 타자기를 사려면 석 달이 아니라 여섯 달 동안 꼬박 세 시간씩 일해야 한다는 소린데, 도은은 고개를 저었다. 계획이 틀어져서가 아니었다. 접은 박스에 고약을 넣고 있는 향오와 영임이의 손놀림에서는 도은이와 같은 망설임이 없어 보였다. 내일 나와야 할지 말아야 할지를 고민하고 있는 도은이와는 다르게 그들의 손은 이미 관성에 의해 움직이고 있었다. 잠자리의 네 개의 날갯짓처럼 규칙적이고 심지어 숨 쉬듯 자연스러운 리듬으로 움직였다. 고작 하루 일찍 탈피하고 나온 늙은 잠자리가 누리는 여유를 가질 수 없다는 이상한 질투심이 일었다.

그때 방학식을 앞두고 담임이 준 종이가 떠올랐다. 민주학교라고 했던가. 그곳에 가면 자신과 비슷한 친구들을 만날 수 있을 거라고 담임은 말했었다. 도은은 민주학교에 대한 궁금함보다는 대학이라는 곳을 가보고 싶었다. "저기가 어디냐?

서울이냐?"고 묻던 할머니와 똑같은 물음이 굳혀지자 머릿속 구더기들이 일제히 터지면서 파리 날갯짓을 하며 윙윙거렸다. 각자 한마디씩 외치고 있었다. 대학을 가봐. 서울에 있는 대학을 다 가보면 어때? 나는 다 가볼 수 있지롱. 구더기는 꽃처럼 피어나고 있었다. 터지면서 날개를 갖고 일제히 날아올랐다.



  고약 집을 나온 도은은 집과는 반대 방향으로 걸었다. 집으로 가는 새로운 길을 찾기라도 하듯 집으로부터 멀어지는 길이었다. 명동성당으로 올라가는 계단을 오르려다 언덕에서 자신을 굽어보고 있는 하느님과 눈이 마주쳤다.

  "어디로?"

  도은은 하느님에게 물었다. 하느님은 더 이상 도은을 품어주지 않을 작정인지 '어디로 갈지는 네가 정해'라고 말하였다. 사람들이 많은 곳에서는 외로움이 더 깊어졌다. 길이 좁은 것도 아닌데 아무렇지도 않게 어깨를 툭툭 치고 지나가는 사람들을 따라가 발이라도 걸어 넘어뜨리고 싶었다. 사람들을 피하려면 차라리 자동차가 다니는 길이 편할 것 같았다. 도은은 명동 길을 빠져나와 남산터널 쪽으로 발길을 옮겼다.

  터널 입구에서 이상한 장면이 눈에 들어왔다. 톨게이트 앞에서 자동차들이 창문을 내리고 바구니를 향해 무언가를 던지고 있었다. 그것은 바구니에서 튕겨 나와 도로로 굴러 차바퀴에 깔렸다. 도은은 발밑을 내려다봤다. 한번 눈에 들어온 그것은 반짝이며 자신의 위치를 알려주었다. 하나를 주우면 다른 하나가 눈에 잡혔다. 누군가 저금통을 박살 낸 것처럼 여기저기 동전이 흩어져 있었다. 도은은 톨게이트에 앉아 있는 사람이 눈치채지 않도록 동전이 보이면 발로 밟아 잠시 기다렸다가 얼른 주웠다. 주머니는 동전들로 묵직해졌다.

터널을 지나면 그 동전들을 다 뺏길 것 같아 뒤돌아 왔던 길을 천천히, 아주 천천히 걸었다. 올 때는 보이지 않던 동전들이 눈에 띄었다. 주머니가 채워질수록 고민은 가벼워졌다. 천 개의 고약을 싸고도 한참 남을 시간이 덤으로 얹어졌다. 개중에는 오백 원짜리도 끼어 있었다. 등 뒤에서 누군가 소리를 질렀다. 호루라기도 불었다. 도은의 발걸음은 빨라졌다. 뒤돌아보면 안 돼! 신발 속에 돌덩이를 넣은 것처럼 걸음이 무거웠다. 목소리는 점점 작아지다가 호루라기 소리만 파리 날갯짓만큼 작아지며 등짝에 붙었다. 더 이상 소리가 들리지 않자 도은은 몸에 붙은 소리를 떨쳐내듯 손으로 몸을 털었다. 그리고 뒤를 보았다. 터널 입구로 자동차들이 빨려 들어가다 멈칫하는 것이 보였다. 그곳으로 들어갈 때는 알 수 없었던 풍경의 세부였다.

자동차 하나에 동전 하나.

사람들은 알까. 저 길을 통과하려면 고약을 오백 개는 싸야 한다는 걸. 톨게이트 직원은 얼마를 받을까. 그는 알고 있을까? 몸이 하나밖에 없는 톨게이트 직원은 처음부터 자신을 따라올 수 없었을 것이다. 그는 알고 있을 것이다. 톨게이트 박스 안에서 그는 고약 대신 동전을 세고 있다. 자동차 한 대에 오백 원, 오백 원이 간다. 누군가 오백 원을 집어 간다. 개새끼, 동전을 잘 던지지. 적선하나. 아무 데나 던지고 지랄이야. 고약을 싸듯 튕겨 나간 동전을 보며 그는 박스 안에서 벗어날 시간을 재고 있을 것이다. 그는 고약 대신 시간을 싸고 있을 것이다. 도은이 동전을 집어 가는 동안 그가 할 수 있는 일은 고작 소리를 지르고, 호루라기를 부는 것밖에 없다.

도은은 자신을 도둑으로 몰고도 낄낄대던 반 아이들의 무기를 알아낸 것 같았다. 그렇게 해도 자신이 아무 말도 하지 못하리라는 것을 그 애들은 진작부터 알고 있었구나. 억울하다고 울지도 않았고, 훔치지 않았다고 악을 쓰지도 않았으며, 그 사실을 얘기할 아무도 없다는 것을 아이들은 알고 있었던 것이다. 도은은 진짜 자기 주변에는 아무도 없었는지 찬찬히 생각을 되돌렸다. 할머니는 자신이 보호해야 할 대상이지 자신을 보호해주는 사람이 아니었다. 왜지? 혼자서 너무 많은 것을 결정하고 주변을 막아버린 것은 아니었을까. 명동성당의 언니와 오빠에게 한 것처럼 손을 내밀었으면 조금 달라졌을까.

도은은 어딘가에 있을 엄마가 돌아오면 그동안 있었던 일들을 다 일러바치고 펑펑 울고 싶었던 한 시기를 떠올렸다. 기다려도 오지 않는 시간을 거치며 그것을 잃어버린 것 같았다. 기다리는 마음을 지키기 위해 무심하고 냉정하게 얼어버린 마음을 처음으로 녹여준 숙자와 나무의 편지를 떠올렸다. 그러고 보니 자신의 주변도 그리 나쁜 것만은 아니라고 느껴졌다. 손을 내밀면 잡아줄 누군가가 어딘든 있었다. 있다. 그래, 있다. 어딘가에 있을 엄마처럼. 그런 건 있다.

걸을 때마다 찰랑거리며 주머니 속의 동전들이 리드미컬하게 움직였다. 도은은 그 소리들이 듣기 좋아 걷고 또 걸었다. 걷다 보니 어느새 어둠이 내려앉은 골목 입구까지 닿았다. 집으로 오는 길은 한 가지만 있는 것이 아니었다.

할머니는 어딜 쏘다니다 이제 오느냐고 잔소리를 늘어놓았다. 도은은 방 구석구석을 눈으로 훑었다. 누군가 다녀간 흔적은 새로 산 듯한 깨끗한 이불 한 채가 전부였다.

"갔어?"

할머니는 밥통을 열어 밥을 푸고 있었다.

"남의 것에 손을 대지는 않는 것 같어. 밥이 그대로더라."

도은은 늘 누군가를 기다리던 방에서 할머니가 먼저 와 자신을 반기는 것이 반가웠다.

"배고파, 할머니!"

할머니는 밥통을 닫으려다 말고 밥 한 덩이를 더 얹었다. 도은은 주머니에서 동전 대신 고약을 꺼냈다. 할머니는 요즘에도 고약을 파느냐고 물었다. 도은은 낮 동안 그걸 싸고 왔다고 했다.

"지랄한다. 그게 얼마나 된다고?"

공부나 열심히 하라는 할머니의 타박은 밥그릇에 얹힌 한 덩이의 밥 냄새처럼 푸근했다. 밥상을 치우고 자리에 누운 도은은 박스로 만든 책장으로 손을 뻗어 난쟁이 책을 뽑았다. 그러다 벌떡 일어났다. 박스 위에 낯선 라디오가 하나 얹혀 있었다. 오래된 물건처럼 회칠이 벗겨지고 테이프도 걸 수 없는 낡은, 그야말로 늙은 라디오였다. 도은은 할머니가 자는 것을 확인하고 라디오를 틀었다. 얼굴도 본 적 없는 남자의 목소리가 그럴까. 낮은 저음의 목소리가 나지막하게 속삭였다.

"음악세계 애청자 여러분, 오늘은 여러분에게 시 한 편을 소개하며 문을 열겠습니다. 세상 어디쯤에선 어린 시절 이런 기다림이 있었던 분들이 있겠지요. 저도 그랬답니다. 세상의 가장 아름다운 말, 아름다운 기다림이었다고 하면 너무 오래 기다리고 있는 분들에게 누가 될까요. 그래도 시인은 그런 모든 기다림의 시간을 이렇게 아름답게 말하고 있군요. 「엄마 걱정」입니다. 이어지는 곡은 독일 그룹 발렌슈타인의 「마덜 유니버스」입니다. 시와 함께 감상해보시죠."

군더더기 없이 담담하면서도 섬세하고 그러면서도 부드러운 목소리였다. 전영혁의 음악세계라. 그는 천천히 시를 읊었다.

"열무 삼십 단을 이고 시장에 간 우리 엄마 안 오시네, 해는 시든 지 오래. 나는 찬밥처럼 방에 담겨 아무리 천천히 숙제를 해도 엄마 안 오시네. 배춧잎 같은 발소리 타박타박 안 들리네. 어둡고 무서워 금 간 창틈으로 고요히 빗소리, 빈방에 혼자 엎드려 훌쩍거리던…… 아주 먼 옛날, 지금도 내 눈시울을 뜨겁게 하는, 그 시절, 내 유년의 윗목."

그의 목소리에 담긴 시는 시라기보다는 노래였고, 노래라기보다는 세계였으며, 그 세계는 할머니와 함께 누운 좁은 방 안으로 조용히 스며들었다. 할머니의 뒤척임에 도은은 급하게 방문을 잠그듯 이불을 뒤집어썼다. 처음엔 읊조리듯 조용한 클래식 기타 연주가 흐르다 점점 떼쓰듯 소리를 지르는 발렌슈타인의 노래 중반에서 도은은 헉 하고 숨이 막혔다. 이 사람들은 누굴까? 동시처럼 어려운 말이 하나도 없는데도 너무 깊숙이 가슴을 찌르는 말, "아무리 천천히 숙제를 해도"를 쓴 이 시인이 누구라고 했지? 그걸 이렇게 담담하게 천천히 숙제하던 그날들처럼 읊어대는 이 사람은 또 누구야? 알아듣지는 못하겠지만 아주 먼 옛날, 유년의 윗목을 떠올리듯 기억하다 폭발하듯 '마마'를 부르며 소리 지르고 있는 이 사람들은 도대체 누굴까? 이런 세상을 알려준 이 라디오의 주인은 어떤 사람일까?

지구를 벗어나 우주에서 지구를 내려다본 것처럼 세상에 치이지 않고 세상을 바라볼 수 있는 거리, 음악은 도은에게 그런 거리를 주었다. 그 안에서 도은은 이제껏 한 번도 느껴보지 못한 자유를 느꼈다. 도망가지 않고, 끼어들지 않고도 세상을 이해할 수 있는 느낌들, 언제 맞을지 몰라 잔뜩 주눅 든, 비에 젖은 개처럼 웅크리고 있던 마음을 다독이는 목소리. 그러면서 내가 얼마나 슬픈지, 아픈지 아느냐고 마마를 향해 소리를 지르는 삼박자는 도은에게 말을 걸고 있었다. 세상에 네 편이 하나도 없을 거라는 생각을 버리라고. 기다린 시간만큼 그 시간의 아픔만큼 살아내라고. 그 기다림의 힘으로 살아보라고 다독이고 있었다.

도은은 한 번쯤은 이 낡은 라디오의 주인과 만나봐야겠다고 생각했다. 집으로 오는 길이 하나가 아니듯 누구를 만나도 길은 이어질 것 같았다. 그러자 투쟁 오빠와 빵 언니를 언젠가는 만날 수 있을 거라는 기대가 싹텄다. 잃어버린 책과 나무의 편지를 찾을 수 있을 거라는 생각도 들었다. 도은은 처음으로 개학 날을 기다리게 되었다. 담임을 만나면 난지도로 가는 길을 물을 것이다. 난지도를 다 뒤져서라도 나무를 만날 것이다. 도은은 난쟁이 책 사이에 접어놓은 종이를 펼쳤다.


전철이 한양대를 빠져나오자 밖이 환해졌다. 한강 쪽으로 도은의 동네가 보였다. 멀리서 보니 녹색으로 가득한 평화로운 언덕 같았다. 바위가 사라지고, 웅덩이가 생기고, 매일 사람들이 싸우고, 술잔이 깨지고, 누군가 머리채를 잡혀 비명을 지르는 동네는 먼 거리에서는 보이지 않았다. 전철은 뚝섬을 지나 성수역으로 들어섰다. "다음 역은 건대입구입니다"라는 안내방송이 나왔다. 도은은 약속이 있는 사람처럼 그곳에서 내렸다. 대학교 입구로 들어서는 마음이 들떠 있었다. 고약 집으로 들어갈 때와는 다르게 망설임이 없는 담담한 걸음이었다. 대학 입구에는 양옆으로 대리석이 세워져 있었고, 대리석에는 생전 처음 보는 글자들이 그림처럼 새겨져 있었다. 무슨 말인지 전혀 짐작할 수 없는 사우디아라비아의 그림 같은 문자 옆에는 칠레의 글자가 새겨져 있었다.

'벨레자 코모 에스타 벨레자(belleza como esta belleza)'

도은은 떠듬거리며 낯선 글자를 생것 그대로 발음해보았다. 벨레자 코모 에스타 벨레자 아래에는 '네루다'라는 글자가 새겨져 있었다. 도은은 알지도 못하는 이국의 문자를 마음대로 해석했다.

'아름다움은 모두 있어, 아름다우니까.'

네루다는 지중해나 남태평양 어딘가에 있을 작은 해협 이름 같았다. 고등학생은 여기 들어오면 안 된다며 누군가 붙잡을까 봐 발걸음을 서둘러 대학문을 통과하긴 했지만 대학은 도은의 생각보다도 넓고 자유로웠다. 다들 대학에 들어가기 위해 기를 쓰고 공부하는데 이렇게 쉽게 대학에 들어올 수 있다니. 아무도 도은을 붙잡지 않았고 관심을 두지도 않았다. 멀리 커다란 동산이 보였고, 그 앞에는 명동성당 마당이 다

들어갈 만한 호수가 있었다.

"네루다!"

네루다는 바다보다는 호수와 더 잘 어울렸다. 표지판을 따라 걷다 보니 학생회관이 나왔다. 그 앞에는 '애국학생 여러분'으로 시작하는 대자보들이 붙어 있었다. 명동성당에서 보았던 글씨체였고, 대부분 대자보의 마무리는 '투쟁'으로 끝났다. 도은은 학생회관으로 들어가지 않고 호수를 한 바퀴 돌았다. 호수를 한 바퀴 도는데 칠십 개의 고약을 쌀 수 있는 시간이 지났다. 도은은 학생회관 앞에서 서성이다 다시 호수를 돌았다. 호수의 가운데에는 작은 섬이 있었다. 섬은 고약을 싸던 책상으로 보였다. 아니 커다란 고약으로 보였다. 멀리서 보이던 동산은 언덕이라기보다는 하나의 커다란 무덤 같았다. 가까이 가보니 실제로 언덕에는 무덤이 있었다. 누구의 무덤이기에 교정 한복판에 자리하고 있을까. 죽어서도 이 대학이 자기 거라고 과시하듯 무덤은 왕릉처럼 크고 웅장했다. 무덤가의 나무들도 잘 다듬어진 비싼 나무들 같았다.

도은은 또 한 바퀴 네루다를 돌았다. 이번에는 호숫가에 일정하게 서 있는 가로등이 눈에 들어왔다. 가로등에는 번호가 붙어 있었다. 도은은 호수의 173번 가로등 아래에 섰다. 173번 가로등은 지나가는 전철을, 그 뒤에 쳐진 야구장 그물을, 또 그 뒤로 이어진 그 뒤를 바라보며 서 있었다. 도은은 가로등을 향해 말했다.

"야, 네루다 호, 173번 가로등!"

콩자반 선생이 번호로 부를 때도 이런 느낌이었을까. 나는 너를 알아봤어. 이번엔 네가 답할 차례야. 너는 누구니? 번호는 가로등이 하나가 아니라 여럿이고, 그것들 중 173번은 너하나뿐이라고 일러주고 있었다. 가로등에도 번호가 있다니, 그것도 단번에 173번 가로등을 만나다니 신기한 일이었다. 책에서 보았던 가스등처럼 가로등에도 불을 붙이는 사람이 있을 것 같았다. 이대로 그냥 가버릴까. 학생회관을 들어가기 위해서는 용기가 필요했다. 낯선 사람들 사이에서 자신을 소개해야 하고, 관계를 맺어야 한다. 또 더듬거리며 앞에 한 말을 놓치고, 다음에 무슨 말을 하는지도 모르겠는 상황이 연출되면 어쩌지. 둘 이상의 대화에 익숙하지 않은 도은은 어떻게 용기를 내야 하는지 몰라 네루다 호의 173번 가로등만 뚫어져라 쳐다보았다. 낡은 라디오를 통해 전해진 전율에 틈이 생기고 있었다.

"자, 바로 지금이야. 이제 움직여봐."

고약을 쌀 때처럼 하나 둘 셋을 셀 때 딱 맞춰 가로등에 불이 켜지면 걱정을 자르고 벌떡 일어설 거라고 속으로 다짐했지만, 벌써 속으로 하나 둘 셋을 너댓 번이나 반복한 후였다. 내가 왜 여기 와 있는 거지. 뭐하러 여기까지 왔을까. 도은은 전날에 들었던 목소리를 떠올렸다. 열무 삼십 단을 이고 시장에 간 우리 엄마 안 오시네, 해는 시든 지 오래, 나는 찬밥처럼 방에 담겨 아무리 천천히 숙제를 해도 엄마 안 오시네. 몸에 새겨진 문신처럼 시구가 술술 풀려나왔다.

칠 년이 넘도록 해가 시들고, 찬밥은 썩고 말라 먼지가 되어버린, 단 하루였으면 아름다울 수 있었겠지만, 칠 년 동안 기다리다 보니 미움이 되어버린 엄마. '그래도 살아'라고 위로해주던 목소리. 엄마는 열무 삼십 단이 아니라 아무것도 안 가지고 시장에 물건을 팔러 간 거라고, 그래서 오래 걸리는 거라고, 이제야 팔아치울 열무가 생겨 팔려고 하는데 하필이면 지금 열무를 빼앗긴 거라고, 그러니까 엄마가 할 수 있는 건 다시 열무를 키우는 것이 아니라 빼앗긴 열무를 찾기 위해 싸우는 것밖에 없는 거라고. 내가 이곳에 온 이유? 나도 엄마와 같은 편이라고, 엄마를 만날 수 있는 방법은 엄마와 함께 싸우는 거라고, 왜 그런지는 모르겠지만 이곳에 오면 엄마처럼 싸우는 사람들을 만날 수 있지 않을까. 그래서 여기 왔다고. 도은은 받아쓰기를 하듯 같은 생각을 포갰다. 배추 잎사귀처럼 겹겹이 싸인 용기를 펼쳐야 했다.

꾹꾹 다져놓은 생각을 가로채며 섬처럼 떠 있는 곳으로 커다란 새가 날아들었다. 저녁에 귀가하는 아빠 새 같았다. 섬에서는 코끼리 울음소리가 들렸다. 새의 몸통을 보지 않았다면 네루다 호의 섬에는 코끼리가 산다고 생각할 수도 있는 울음소리였다. 커다란 새는 잠자리와는 비교도 되지 않는 날갯짓으로 섬을 향해 나선형으로 돌고 있었다.

"바람을 타고 있구나."

힘을 빼고, 바람에 몸을 맡기고, 자기가 앉을 곳을 향해 가장 편한 자세로 착지하려는 새는 호수의 저녁을 끌어당기고 있었다. 얼마나 날아야 저렇게 날 수 있을까. 용기도 습관일 거야. 같은 일을 반복하다 보면 용기는 용기를 내지 않아도 생길 거야. 날갯짓처럼, 밥 먹는 것처럼. 고약을 쌀 때처럼.

"자, 지금이야!"

도은은 가로등 불이 켜지는 것을 포기하고, 새가 나무 위에 내려앉는 순간에 자리에서 벌떡 일어났다.

학생회관에는 도은이 또래 학생들이 삼삼오오 모여 있었다. 귀는 아이들의 말소리 쪽으로 기울었다. 학내 소모임이 어쩌구, 교원노조가 어쩌구, 선생님들을 지지해야 하지 않겠냐는 이야기들이 들렸다. 그들과 섞이지 않고 멀찍이 앉아서 책을 읽고 있는 한 남자가 보였다. 도은은 남자를 힐끗거리며 쳐다보았다. 책장을 넘기는 손에서 옆으로 비스듬히 다리를 꼬고 앉아 있는 다리까지. 다시 봐도 뭔가 색다르고 낯설었다. 도은은 그 낯선 느낌이 어디서 온 것인지 몰라 자꾸만 남자를 훔쳐보았다. 그러고 보니 책을 읽는 남자의 옆모습을 본 것이 처음이었다. 그전에는 보이지 않았던 남자와 책이었다. 남자도 책을 읽는구나. 도은은 속으로 말하며 웃었다. 아이들의 대화 내용도 남학생들과 함께한 공간에 있는 것도 모두 낯설었다. 도은은 가방을 뒤져 난쟁이 책을 펼쳤다.

"사람들은 아버지를 난장이라고 불렀다. 사람들은 옳게 보았다. …… 울지 마, 영희야, 자꾸 눈물이 나와. 그럼 소리를 내지 말고 울어."

책 속의 영희가 튀어나온 것처럼 학생회관 구석에서 울음소리가 들렸다. 책을 읽던 남자도 울음소리가 들리는 쪽으로 고개를 틀었다. 남자의 얼굴은 하얗다. 도은은 반대편에서 들리는 울음소리를 하얀색으로 기억하게 될 터였다. 하얀 울음. 영희의 울음에 소리를 내지 말고 울어, 라고 소리치는 오빠의 시선. 남자는 그런 눈빛으로 울음소리를 쳐다보았다. 조금 있어 행사 관계자들인 대학생이 연단에서 마이크 볼륨을 높이며 테스트를 했다.

"민주 학우 여러분, 제 목소리 들리세요?"

모두들 도은을 쳐다보았다.

"거기 맨 뒤까지 들리나요? 들리면 손을 흔드세요."

도은이 가만히 있자 책을 읽던 남자가 손을 흔들며 말했다.

"잘 들립니다."

"자, 그럼, 제 소개부터 하겠습니다. 저는 이 학교 철학과 3학년 김철민이라고 합니다. 반갑습니다. 저희가 작년에 준비 모임을 가졌고, 올해는 진짜 민주학교를 진행할 수 있게 되었어요. 작년 준비 모임에 참여하셨던 분들도 있고, 새로 오신 분들도 생각보다 많네요. 아무래도 전교조에 가입한 선생님들이 지금 해직 아니면 정직 먹거나 학교로부터 불이익을 당하는 일들이 많아지면서 동부 지역의 여러 친구들이 더 많이 이곳에 모이게 된 게 아닌가 싶습니다."

대학생의 소개가 끝나고 자신을 해직 교사라고 밝힌 선생님의 소개가 이어졌다. 제자로 보이는 한 무리의 남학생들이 휘파람을 불었다. 선생님은 첫날 프로그램을 설명하고, 황소상 앞에 모여 각자 자기소개를 하는 시간을 갖자고 했다. 민주학교에 모인 사람들은 학생회관을 빠져나와 풀밭에 빙 둘러앉아 자기소개를 시작했다. 도은이 옆에는 중학생으로 보이는 작은 아이가 앉았다. 아이는 도은이에게 먼저 눈인사를 건넸다. 키는 작지만 차돌멩이처럼 찰지고 단단한 인상이었다. 자기소개는 순서대로 돌아가지 않고 앞서 소개한 사람의 이름을 불러주고 아무나 다른 사람이 자신을 소개하는 방식으로 돌아갔다. 스무 명 남짓한 아이들은 자기 학교와 학교 상황, 왜 이곳에 오게 되었는지를 말하며 인사를 건넸다.

가로등이 하나둘씩 커졌다. 네루다 호 173번 가로등에도 불이 켜졌을 것이다. 172번 가로등도, 171번 가로등도. 조금 있어 별들도 각자 자기소개를 하듯 하나둘씩 호수에 빠질 것이다. 눈인사를 건넨 아이의 목소리는 호수에 돌멩이 하나를 던지면 그럴까 싶게 명랑하고 똑똑하게 들렸다. 차돌멩이 같은 아이는 중학교 3학년이라고 했지만 다부진 목소리처럼 당당했다. 선생님을 시작으로 옆에 앉은 김선희까지 스물두 명의 소개가 끝났다. 도은은 용기를 내어 차돌멩이의 이름을 불렀다.

"김선희 씨 안녕하세요! 저는 명동성당 뜰에 있는 계성여고에 다닙니다."

다들 편하게 말을 놓는데 자기보다 어린아이를 씨라고 부른 것이 우스운지 맞은편에 앉아 있던 남자가 도은을 바라보며 빙그레 웃었다.

"……그리고, 저는 1학년 7반 23번입니다."

빙그레 웃음은 쾌활한 웃음으로 바뀌었다.

"이름, 이름은?"

맞은편에 앉은 남자가 손을 들어 소리쳐 물었다.

"아, 제 이름은 정도은입니다."

"도은, 반가워. 내가 마지막이네. 내 이름은 김시원이야."

남자는 도은의 이름을 부르고 자기소개를 이어갔다. 부끄러움도 없고, 처음부터 맨 마지막에 자신을 소개하려고 기다렸다는 듯 강약이 있는 목소리였다. 그는 강 건너 강남에 있는 학교에 다니고 있었고, 도은이보다 두 살 많은 3학년이었다. 그는 짓궂게 웃으며 말했다.

"아, 그리고 나는 36번. 무슨 죄수 번호 같네."

모두 더 큰 소리로 웃었다.

"난 22번."

"저는 43번이요."

"하하, 난 18번이야!"

앞서 소개를 마친 아이들이 소란스럽게 자신의 번호를 소개하다 18번에서 팡 웃음이 터졌다.

"그러면 나는 학교에서 쫓겨난 45번쯤 되려나. 살다 보니 신문에 내 이름도 다 실리더라. 첫번째 해직교사 명단에 보면 백여 명 중에 내가 45번쯤에 들어가 있어."

황소상 아래 있던 선생님이 입을 열자 다들 박수치며 맞장구를 쳤다. 자신을 18번이라고 소개한 아이가 장난스런 목소리로 말했다.

"저는 전교조 선생님들 지지 선언했다고 유기정학 먹었어요. 학교가 미친 것 같아요. 선생님들이 선생님들로 안 보이고 무슨 정부의 따까리로 보인다니까요. 모임 친구들끼리 그런 농담도 해요. 참교육 선생님들 다 자르고 감옥에 잡아넣으면, 우리도 거기 들어가서 들어오는 밥 먹으면서 진짜 참교육하자. 요즘에는 학교가 감옥 같다고 하는데, 전교조 선생님들 감옥에 들어가면 저희도 감옥에서 받아주면 좋겠어요. 감옥이 학교가 되면, 진짜 참교육이 이루어지는 거잖아요."

"맞아요, 선생님! 저는 선생님들 지지하는 종이비행기 날렸다고 정학 일주일 먹었어요. 정말 어이가 없어요."

농담으로 시작된 학교 이야기는 진지하게 이어졌다. 다들 학교에서 벌어지는 일들이 미친 것 같다고 한목소리로 입을 모았다. 학생회도 학생부에서 정해놓은 아이들을 중심으로 꾸려져 있어서 아이들이 민주적인 절차를 학습할 수 있는 기회조차 차단되어 있다고 토로했다. 민주 학생회까지는 바라지도 않는다는 누군가의 목소리, 교실에서만이라도 이런저런 활동을 해보려고 하면 학생주임한테 찍혀서 학생부에 불려간 적이 한두 번이 아니라는 이야기가 오고 갔다.

"저는 방송부에서 활동하는데요, 점심 방송에서「참교육의 함성으로」를 틀었다가 정학 먹었어요.「참교육의 함성으로」노래 좋지 않아요? 저는 좋더라구요. 그걸로 정학 먹을 줄은 솔직히 전혀 몰랐어요. 당연히 방송부 활동도 한 달 동안 정지고요. 저는 전교조에 가입한 선생님들이 참 멋지다고 생각했거든요. 선생님들이 우리를 잘 이해해주셨거든요. 방송부 담당 선생님을 통해 소모임 활동도 하고, 학교의 여러 이야기를 전달하기도 하고 그랬는데…… 대부분의 선생님들은 학생들이 사회적인 이슈들을 갖고 토론하는 것 자체를 싫어하는 것 같아요. '니들이 뭘 아냐'는 식으로 윽박지르고, 부모님이 일하시는 데 지장이 있을 거라고 협박까지 한다니까요. 선생님이라고 다 선생이 되는 건 아니라는 걸 자꾸 더 느끼게 돼요."

이야기 사이 누군가 기타를 집어 들었다. 철학과에 다니는 대학생이라던 그는 몇 번 키를 잡더니 노래를 시작했다.

"굴종의 삶을 떨쳐"

아이들은 오른손을 들어 "떨쳐"라고 합창했다.

"반교육 벽 부수고"

"부수고!"

방송부에서 이 노래를 틀어 정학을 먹었다는 아이가 유독 크게 소리쳤다.

"침묵의 교단을 딛고 참교육 외치니"

대학생 언니 오빠들이 노래 가사가 적힌 종이를 돌렸다. 몇몇은 도은이처럼 이 노래를 처음 들어본 것 같았다. 도은은 아이들을 따라 작은 소리로 노래를 따라 불렀다.

"아아아 우리의 깃발"

아이들이 자연스럽게 서로 어깨에 손을 걸고 같은 리듬에 맞춰 몸을 흔들었다. 전영혁의 '음악세계'에서 들었던 음악과는 다른 느낌이었다. 음악세계가 먼 거리에서 세계를 바라보는 자유로움을 주었다면, 서로 어깨에 손을 얹고 오른쪽 왼쪽으로 몸을 흔들며 합창하듯 부르는 노래는 혼자가 아니라고 다독여주고 있었다.


아침에 집을 나와 고약을 싸고, 오후에는 민주학교에 들렀다가 집으로 오는 방학 동안 도은은 낡은 라디오의 남자를 한 번도 만나지 못했다. 대신 도은은 매일 밤 전영혁을 만났고, 그가 소개하는 음악을 들었다. 민주학교에서는 날마다 새로운 아이들이 들어와 첫인사를 나누었다. 서초동에서도 왔고, 영등포에서도 왔다. 방학동에서도 왔고, 수유리에서 오는 친구들도 있었다. 도은은 그 아이들이 세상에서 처음 듣는 음악, 모두 다른 목소리의 악기 같았다. 그리고 그것들이 모여 있는 민주학교는 하나의 노래 같았다.

도은은 자신과 이름이 같은 은평구에서 온 동명여고 친구와 친해졌다. 도은과 도은은 이름만으로도 비슷한 분위기를 풍겼다. 다른 것이 있다면 은평구의 도은이는 부드러운 인상을 더 매력적으로 보이게 해주는 확고한 신념이 있어 보였다. 그녀는 셋째 날에 어릴 때부터 단짝이라는 친구와 함께 왔다. 그녀는 첫날부터 다른 아이들의 주목을 받았다. 특별히 자신을 소개하지 않아도 그녀의 얼굴은 아이들에게 똑같은 궁금증을 품게 했다. 어디가 아픈 거니? 직접 묻지는 않았어도 다들 그녀의 신상이, 내력이, 아니 분명히 중증일 것 같은 병명을 궁금해했다. 오랫동안 병마와 싸운 듯한 다부진 단어들이 그녀의 입에서 쏟아질 때마다 도은은 흔들림 없는 그녀의 의지가 어디서 생긴 것인지 궁금했다.

그녀의 얼굴에는 수십 개의 혹이 달려 있었다. 손등에도, 목 뒤에도, 옷으로 감춰져 있겠지만 아마 몸 전체에 혹이 달려 있을 것이었다. 콩자반 선생의 손등에 난 하나의 혹에도 그렇게 애틋한 사랑의 기억이 숨어 있는데, 저 아이의 혹에는 얼마나 많은 사연이 숨어 있을까? 혹 하나 하나에 이야기가 숨어 있듯 그녀의 이야기는 막힘이 없었다. 단어를 선택할 때에도, 음음 하며 혹을 만지작거리다 적확한 단어를 뽑아냈다. 그녀는 교육 문제뿐 아니라 노동자들의 현실에 대해서도 분개했다. 늘 바쁘게 움직이며 흥사단에서 하는 공개 행사를 소개하기도 했다.

민주학교에서는 늘 새로운 문제들이 부각되었다. 하루는 우루과이에서 열릴 농산물 개방 협상에 관한 이야기가 소재가 되었고, 또 하루는 학급에서 할 수 있는 우수 사례를 뽑아 소개하고, 학급 소모임에서 하는 일들에 대한 경험담이 토론되었다. 마지막 날에는 방송부 활동을 하다 정학을 먹었다는 친구의 제안으로 시작된 짧은 연극을 공연했다. 도은은 북 치는 소녀 역을 맡았다. 쇠를 잡은 선배를 따라 네루다 호를 돌아 학생회관으로 들어가 자리를 잡고 앉기까지, 직접 연극 대본을 쓰고, 북 치는 방법을 익히고, 「사랑가」를 부르고, 꼬리잡기를 하며 놀았다.

그러는 동안 한마음 바자회가 열렸고, 슬픈 물고기의 언니를 찾아보았지만 언니를 만날 수는 없었다. 하지만 민주학교를 통해 알게 된 슬픈 물고기들은 어디에도 있었다. 도은이 태어나기도 전에 자신의 몸에 불을 지른 전태일을 통해서도, 그가 함께하고자 했던 청계천 어린 여공들에게도, 여전히 현재형인 노동의 현실 속에도 슬픈 물고기들이 있었다.

민주학교가 끝날 때면 도은은 네루다 호의 173번 가로등 아래에 서 있곤 했다. 슬픈 물고기는 네루다 호에도 있었다. 호수에는 헤엄치기보다는 천천히 산책하는 듯한 잉어가 보였다. 하나의 잉어는 또 하나의 잉어로, 줄을 서듯 따라붙었다. 풍물패 꼬리잡기처럼 서로의 꼬리를 잡고 앞을 보는 것 같았다. 호숫물은 한강으로 이어져 있다고 했다. 언젠가는 잉어들도 네루다 호를 벗어나 한강으로 헤엄쳐 갈까? 흘러 난지도에도 닿게 되겠지. 나무는 안녕한가? 하루에 천 개는 어림도 없는 고약을 싸면서도 나무의 안부는 고약에 싸지지 않았다.

도은은 다시 남산터널을 찾지 않았지만, 민주학교가 끝나기 전날에는 주머니에 동전 대신 지폐를 넣을 수 있었다. 타자기를 구하기에는 턱도 없는 돈이었지만, 도은은 월급을 받은 날 약국에 들러 반창고를 샀다. 다음 날 향오와 영임이에게 선물로 반창고를 내밀었다. 도은이도 그렇지만 향오와 영임이의 손가락에도 반창고가 떨어질 날이 없었다. 작은 박스 끝에 손가락이 걸려 늘 손가시가 일었다. 민주학교 졸업식 날 쇠를 잡은 시원 선배는 도은의 손가락에 붙어 있는 반창고에 대해 물었다. 그러고 보니 반창고는 상처를 봐달라는 훈장 같았다. 도은은 그것을 알아본 선배의 섬세함이 좋았다. 그리고 민주학교에 들어온 이후 처음으로 먼저 질문을 던졌다.

"선배도 교사가 노동자라고 생각해요?"

선배는 잠시 생각하다 진지하게 말했다.

"예전에는 그렇다고 생각했어. 그때라면 그렇다고 말했을 거야. 그런데 지금은, 사실 고민 중이야. 어떻게 알았어? 내가 고민 중이라는 걸?"

가식이나 의무감을 벗은 말들은 헐벗은 듯해도 상대방에게 진실한 내면을 보여주었다. 선배와의 대화는 '이 사람이 진심으로 고민하고 있구나'라는 믿음을 주었다.

"나는 이제야 고민을 시작했어요. 교사가 노동자인지."

"거리 시위에 나가보면 노동자의 깃발이 있어. 그 옆에 서면 어떤지 아니?"

노동자의 깃발이라. 대학교 안에서 수많은 깃발을 보았지만 노동자의 깃발은 보지 못했다.

"어떤데요? 노동자의 깃발은 다르게 펄럭이나?"

"그런 게 아니라, 뭐랄까, 설명하기 힘든데……"

선배는 농담 속에서도 진지함을 잃지 않으려는 듯 생각을 끌어냈다.

"전율이 느껴져. '불의'라는 단어가 떠오르고. 아지를 할 때도 좀 더 힘이 실리고. 그 힘이라는 게 단순히 물리적인 것이 아니라 내 속에서 뜨겁게 끓어오르는 그런 거 있잖아. 그런 게 느껴진단 말이야."

도은은 주머니에서 만지작거리던 고약을 내밀었다.

"이게 뭐야?"

"졸업 선물요."

"이런 게 아직도 있었어?"

"반창고가 뭐냐고 물었잖아요. 하루에 고약을 천 개씩 박스에 넣다 보면 손가시가 생기거든요. 그래서 이게 떨어질 날이 없어요."

도은은 '천 개'를 강조했다. 천 개의 고약은 어쩐지 '천천히 숙제를 하는 밤'처럼 열심히 기다리는 시간 같아서 좋았다.

"그랬구나."

고약을 바라보며 선배는 순하게 웃었다.

"선배, 나는 교사는 노동자가 아니었으면 좋겠어요. 노동은 너무 힘들어."

"그래서 노동은 신성하다고, 만국의 노동자가 단결하지 않으면 노동의 신성은 이루어지지 않는다고, 백 년도 전에 마르크스 선생이 말했잖아. 시위에 한 번도 안 나가봤을 거 같은데 어때? 나중에 같이 시위에 나가볼까?"

"마르크스 선생에 대해서 알아보려면 어떻게 해야 하지요?"

선배는 기특하다는 듯 도은의 머리를 쓸었다.

"나중에 또 연락하고 지내면 되지. 설마 연락도 안 하려고 했어?"

선배는 얼른 종이를 꺼내 전화번호를 적었다. 도은은 우물거리며 그것을 받았다.

"나는, 우리 집에는, 아직 우리 집에는……"

선배는 맑은 눈빛으로 도은을 바라보았다.

"네가 먼저 전화해라."

몇 주 사이 도은의 성격을 파악했는지, 선배는 다시 말을 바꾸었다.

"아냐, 네가 먼저 전화할 인간이 아니지. 대학로에 가면 성균관대학이 있는데, 정문 쪽에 풀무질이라는 서점이 있어. 가봤니?"

도은은 고개를 저었다.

"내가 거기 자주 들르거든. 거기다 메모를 남겨둘 테니까, 시간 날 때 거기 들러봐. 그럼 내가 찾아갈게. 약속, 장소 다 적어봐. 내 이름은, 거기서는 지상이로 통해. 내 앞으로 쪽지를 남겨두면 돼, 오케이?"

"성은 뭔데요?"

"성은 따로 없는데. 음, 박이라고 할까. 박지상! 박지상 앞으로 온 쪽지를 보면, 네가 왔다 간 걸 알 수 있지."

"근데 왜 가짜 이름을 써요?"

"보안이 필요하거든. 너도 가명을 하나 만들어야겠다. 뭐라고 부를까?"

선배는 고약을 쳐다보다 생각났다는 듯 말했다.

"창고, 반창고! 아님, 고약? 명약? 평범한 게 좋은데. 뭐가 좋을까?"

도은은 자신의 이름을 버리고 다른 이름으로 불리는 것이 마음에 들었다. 다른 사람으로 살고 싶다는 오래된 열망을 채워줄 것 같아 가슴이 두근거렸다.

"루다! 어때요?"

"루다가 뭐야? 유다도 아니고. 성은?"

이 사람에게 성을 알려줄 날이 올까. 도은은 속으로 조심스럽게 대답했다. '네!' 성은 네, 이름은 루다. 도은은 나중에 성을 알려줄 날이 오면 이 사람과 이곳으로 올 때의 고민이 떠다니는 네루다 호에 대해, 길거리에서 만난 붕애의 심장에 대해, 난지도에서 온 나무의 편지에 대해 이야기하고 싶다고 생각했다.

# 물고기의 집

"절대로, 실내화로 갈아 신고 들어가!"

수위실에서 뛰어나와 아이들을 향해 삿대질하는 수위 아저씨의 목소리가 교문 밖에서도 들렸다.

"아이씨, 지금 갈아 신고 있잖아요. 절대로, 갈아 신는다고요!"

"너 뭐라고 그랬어? 아이씨라고? 아가씨들이 아이씨가 뭐야? 절대로, 예쁜 말을 써야지."

"아저씨, 아이씨가 아니라, 절대로, '아저씨'라고 그랬어요."

아이들이 말끝마다 '절대로'를 붙이는 수위 아저씨의 말투를 따라 하며 놀렸다. 교문 앞에는 학생주임이 자를 들고 아이들 복장과 머리를 검사하고 있었다. 도은은 멀찍이 보이는 향오에게 아는 체를 하려고 달려가려다 멈추었다. 학생주임이 향오를 붙잡고 머리카락을 자로 들어 보이며 훈계하고 있었다. 학생주임은 향오의 손가락에 감겨 있는 반창고 따위는 죽었다 깨어나도 모를 것이다. 왜 매일 반창고를 붙이고 있는지, 학생주임의 눈에는 그야말로 '절대로' 보이지 않을 것이다. 삐딱하게 서 있던 향오의 자세가 마음에 안 들었는지 학생주임은 자로 향오의 머리를 한 대 갈겼다. 원래 곱슬머리여서 매번 붙잡혀 욕을 먹으면서도 한 번도 파마한 게 아니라고, 원래 곱슬머리라고 변명하지 않은 향오였다. 그런데 이번에는 향오의 머리 색깔이 밝은 갈색이었다. 향오 옆을 지나던 애들이 "이쁜데 왜 저래" 하면서 조용히 떠들었다. 학생주임은 지금이 어떤 시긴데 염색을 하느냐고, 그럴 시간 있으면 영어 단어나 하나 더 외우라고 소리치며 내일도 그대로면 머리칼을 잘라버리겠다고 소리쳤다.

"씨발, 백설공주도 열네 살에 왕자를 만났고, 라푼젤도 열여섯에 긴 머리칼로 성에서 탈출했는데, 우린 뭐냐? 염색했다고 머리카락을 자르겠다는 게 말이 돼? 부모님한테 받은 머리카락을 지가 뭔데 잘라! 저러니까 개라는 소리를 듣지. 안 그러냐?"

선배들이 신발을 갈아 신으며 속닥거렸다.

"정말? 백설공주가 왕자를 만난 게 열네 살이었다고? 그럼 신데렐라가 파티 갔다가 유리구두 잃어버린 건 몇 살 때야?"

"신데렐라는 좀 나이를 먹었지. 열아홉인가, 스무 살이라는 말도 있고."

"진짜? 아, 시바, 좆나 열 받네. 열아홉이면 우리 나이잖아. 걔들이랑 비교하면 우리는 뭐냐? 걔들은 남자 만나려고 온갖 치장을 하는데, 우리는 영어 단어나 외우고 있고. 그러니까 우리나라가 출산율이 떨어지는 거야."

"거기서 출산율이 왜 나와?"

"그렇잖아. 다른 나라 애들은 열아홉에 남자 만나러 파티에도 가고, 열네 살에 가출해서 일곱 명의 남자들이랑 같이 살잖아. 그런데 우린 뭐냐고?"

옆에 있던 다른 선배가 물었다.

"야, 그럼 장화홍련에서 그 착한 애, 걔가 장화였나 홍련이었나. 아무튼 걔들은 몇 살이야? 아니다, 심청이가 인당수에 빠질 때, 그때 걔는 몇 살이었다니?"

"또 삼천포로 빠지신다. 내가 그걸 어떻게 알아? 아무튼 쟤 진짜 재수 더럽게 없다. 개학 첫날부터 걸리고. 학주 눈알 돌아가는 거 봤어? 내일도 그대로면 진짜 사고 치겠더라. 누구 하나 쓰러져야 선생들도 정신을 차리지. 저게 뭐야, 우리가 개나 소도 아니고. 저런 식으로 머리통 맞으면 진짜 기분 더러운데."

평소 같으면 규율에 맞지 않는 행동을 한 향오가 불편했을 텐데, 향오가 불쌍하다기보다는 선배들의 대화처럼 선생에 대한 반감이 더 컸다. 향오 대신 고개를 숙이고 걷는데 유리구두 대신 사이즈만 다르고 똑같이 생긴 실내화가 눈에 들어왔다. 실내화를 빨 시간이 없었는지 지우개로 지운 것, 깨끗하게 빤 것, 방학 전에 신던 그대로 더러운 것들도 있었고, 새로 사서 빳빳한 것도 있었다. 똑같은 실내화도 다 다른데, 머리 색깔은 왜 다 똑같아야 한다는 건지.

교실에 들어서자 아이들이 군데군데 모여 심각하게 이야기를 하고 있었다. 향오에 대해 수다를 떨고 있나 했지만 그것만도 아닌 것 같았다. 얼마 안 돼 향오가 들어왔다. 몇몇이 향오에게 다가가 괜찮냐고 한마디씩 던졌다.

"근데 그거 알아? 우리 담임 잘렸대. 내가 교무실 갔다가 들었어. 진짜 우리 담임만 없더라고."

도은은 아찔했다. 민주학교에서 만난 박 선생님처럼 담임도 전교조에 가입했을까. 민주학교를 소개해주었으니 그럴지도 모른다. 민주학교에 처음 갔을 때 강당에서 들었던 울음소리가 교실에서도 들렸다. 여기저기서 속닥이는 소리, 격하게 반응하는 아이들의 소리, 울음소리들이 서로 부딪히고 엉켰다. 이유를 알 수 없는 불안함 속에서 아이들은 조회 시간을 기다렸다. 소문은 소문일 뿐 아무것도 아니라고 말하며 담임이 교실 문을 열고 들어오기만을 바라고 있었다. 도은은 방학식 날 담임이 했던 말들이 떠올랐다. 함께 고민할 시간도 없이 결정을 내렸다고, 그만큼 사회가 급박하게 돌아가고 있다고 했던 말들.

이런 것이었나. 급박하다는 건 이런 것이었나. 그래서 그날 교실을 나서던 담임의 얼굴이 그렇게 허전해 보였던 건가. 이렇게 담임을 보내서는 안 된다는 생각이 들었다. 담임에게 물어볼 것들이 많았다. 그래서 첫사랑은 어떻게 되었는지, 방학식 때 내준 '교사는 노동자인가'에 대한 숙제도 풀지 못했다. 무엇보다 난지도로 어떻게 가야 할지 누구보다 자세하게 알려줄 수 있는 사람, 담임은 도은에게 그런 사람이 되어 있었다. 이제야 그 모든 것들이 궁금해졌는데, 이렇게 보내는 것은 말도 안 된다. 도은은 '교사는 노동자인가'라고 적혀 있던 칠판을 뚫어지게 쳐다보았다. 조회를 시작했는지 다른 반은 조용해졌는데, 여전히 도은이네 반만은 소란스러웠다.

조회 시간도 없이 1교시 수업이 시작되었다. 아이들은 교과서를 펴는 대신 담임이 어떻게 된 거냐고 따지듯 물었다. 진한 눈썹이 아래로 처져 안 그래도 우울한 표정인 국어 선생이 뭔가를 말하려다 말고 질문을 묵살했다. 반장이 자리에서 일어났다.

"선생님, 지금 교과서가 눈에 안 들어옵니다. 개학을 했는데 저희 담임 선생님은 안 나오셨어요. 어떻게 된 일인지 알려주셔야죠. 다른 반 선생님은 다 오셨잖아요."

"맞아요. 저희도 알 권리가 있어요. 무슨 일이죠? 저희 담임 선생님 진짜 잘린 거예요?"

"누가 그러니?"

국어 선생은 부정도 긍정도 아닌 애매한 어조로 되물었다.

"저희도 알 만큼은 안다고요. 말씀해주세요."

"글쎄, 너희들한테 할 말이 없구나. 종례 시간에는 다른 선생님이 들어오실 거다."

1교시가 끝나고 아이들이 반장 주위로 몰려들었다. 다들 의견이 분분했다. 혹시 방학 전에 내준 숙제가 문제가 된 거 아니냐. 담임이 수학 시간에 수학은 안 가르치고 다른 것만 가르친다고 교육청에 투고가 들어간 것 같다. 아니다, 담임이 말한 첫사랑이 이상했다. 아무래도 그 첫사랑이 우리 불어 선생 아니냐는 식의 말들이 오고 갔다.

"맞아. 불어 선생이 있었지. 나도 담임이 첫사랑 이야기할 때 불어 선생이 떠올랐는데, 너도 그랬구나."

"그렇다 쳐도, 그게 담임이 잘린 거랑 무슨 상관인데?"

모르는 소리 말라는 투로 미진이가 말했다.

"원래 고등학교에는 한 이불 덮고 자는 사람들이 함께 있을 수 없단 말씀이야. 우리 학교에 결혼한 선생들 중에 배우자가 선생인 사람들 몇 명 있잖아. 다들 다 다른 학교에 있지?"

"그렇지."

"왜 그러겠어? 같은 학교에 있으면 안 되는 원칙이 있단 말씀이야. 그러니까 담임도 결혼을 결정한 거 아닐까."

"불어 선생이랑? 결혼을?"

"생각해봐, 방학식 날 왜 그런 말을 했겠어?"

"그건 우리가 첫사랑 이야기해달라고 졸랐잖아."

민영이가 받아쳤다.

"그래도, 반 년 동안 아무리 졸라도 그런 얘기는 안 해줬잖아. 그런데 하필이면 방학식 날 딱 맞춰서 사타구니가 어쩌고, 애무가 어쩌고 그러면서 첫사랑 얘기한 게 아무래도 결혼 때문이 아니겠는가, 나는 그런 의심이 든단 말이야."

"아무리 그래도 담임이 우리한테 마지막 인사도 안 하고 그냥 다른 학교로 가버린 거라면, 그것도 이상하잖아. 방학식 날은 아무 말도 없다가."

"그건 그래."

"아무튼 불어 선생이 문제야. 난 그렇다고 봐."

미진은 자기 추리를 확신하듯 물러서지 않았다. 도은은 담임이 소개해준 민주학교에 대해, 그곳에서 만났던 박 선생님처럼 담임도 교사들의 노동조합에 가입해서 잘린 것일지도 모른다는 이야기를 하려다 향오를 쳐다보았다. 향오는 당장이라도 뛰쳐나갈 자세로 잔뜩 긴장한 채 두 팔을 책상에 괴고 고양이처럼 등을 구부리고 있었다.

종례 시간에는 학주가 들어왔다. 학주의 등장만으로도 아이들은 담임이 잘린 게 분명하다고 마침표를 찍었다. 출석을 체크하고 방학 숙제를 걷어서 내라는 학주의 지시는 어기면 안 될 것 같은 위압적인 명령이었다. 학주는 아이들이 질문할 틈도 없이 성공하는 사람들의 습관에 대해 늘어놓았다. 학주의 이야기를 자르며 향오가 손을 들었다. 학주는 자기 이야기에 도취된 듯 "오늘 우리가 살고 있는 지금은 어제 죽은 사람들이 그토록 살고 싶었던 내일이다"라는 말을 하며 종례를 마쳤다. 아이들은 질문을 무시하는 학주와 끝까지 손을 들고 있던 향오를 번갈아 쳐다보며 무슨 일이든 생기길 바라는 눈치였다.

"너는 질문을 하려면 그 머리 색깔이나 먼저 바꿔!"

학주는 출석부로 교탁을 내리치고는 종이 치기도 전에 교실에서 나가버렸다. 향오의 눈빛은 사납게 이글거렸다. 어떻게든 학주와 끝장을 보겠다는 결기가 느껴졌다.

"머리 색깔이 저게 뭐니? 꼭 튀는 짓만 골라 해."

미진이 말했다. 향오의 소리 없는 항변으로 학주에게 한 마디도 대들지 못한 비겁한 사람이 되어버린 아이들이 미진이 쪽에 모여 비죽거렸다.

다음 날 향오의 머리 색은 짙은 검정으로 바뀌었다. 향오는 조회 시간에 다시 손을 들었다.

"저희 담임 선생님은 왜 안 나오시는 거지요?"

학주는 눈살을 찌푸리며 뭔가 트집 잡을 것을 찾듯 향오의 모습을 머리부터 발끝까지 훑었다.

"그렇게 학생답게 머리를 하니까 얼마나 좋아."

트집거리를 찾지 못했는지 눈에 힘이 풀린 느글거리는 말투였다.

"이것도 염색한 겁니다. 검은색으로!"

순간 학주의 표정이 일그러졌다.

"그러니까 염색이 문제가 아니라 색깔이 문제였던 거네요. 선생님, 도대체 저희 담임 선생님은 어떻게 된 겁니까?"

학주는 자신에게 정면 도전하는 향오에게 앞으로 나오라고 명령했다.

"너는 선생을 대하는 태도가 이게 뭐야 새끼야!"

학주는 출석부로 향오의 머리를 툭툭 치다가 엉덩이를, 종아리를 찌르며 점점 더 힘이 실렸다. 그래도 흐트러지지 않고 꼿꼿하게 서 있는 향오에 대한 화가 가라앉지 않는지 기어이 손바닥으로 향오의 오른쪽 뺨을 쳤다. 얼마나 힘을 줬는지 착하고 종이 찢어지는 소리가 나며 향오가 나가떨어졌다. 향오는 일어나 다시 제자리로 와서 섰다.

"건방진 년, 너 이래도 눈에 힘 안 빼! 이게 학생이 어디서 선생한테 이따위로 대들어!"

이번에는 발길질이었다. 향오는 넘어진 채로 그대로 있었다. 아이들은 술렁였다. 반장이 나서서 선생을 말렸다.

"담임이 빨갱이니 애들이 이 모양이지. 니들 담임이 어떻게 된 거냐고 물었나? 이게 니들이 어제 제출한 방학 숙제라는 거다."

학주는 흥분해서 아이들이 제출한 방학 숙제를 흔들다 책상을 향해 내던졌다.

"뭐, 교사가 노동자라고? 교사가 왜 노동자야. 이런 싸가지 없는 것들. 교사가 공순이, 공돌이들이랑 같아? 너희들 중에 교사가 노동자라고 생각하는 놈들은 내가 명단 작성해놨으니까 두고 보자고. 내가 그 골을 파서 다 갈아 끼울 테니까 그렇게들 알아!"

학주는 넘어진 향오를 보며 숨을 돌렸다. 그제야 자신이 무슨 짓을 했는지 깨달은 것처럼 머뭇거리며 목소리를 가다듬었다.

"교단은 신성한 거야. 그런 신성한 교단에서 교사가 노동자라고 가르치는 선생을 그냥 놔두란 말이냐? 그런 선생이 있으니 학생들이 선생을 공돌이 보듯 대하는 거 아니냔 말이야. 옛날에는 선생 그림자도 밟지 않았다는 거 모르나!"

학주는 다시 목소리가 커지며 씩씩거렸다. 학주는 넘어져 있는 향오를 발로 밀치고 술 취한 사람처럼 문을 걷어차며 나가버렸다. 학주가 나간 교실은 미친개에게 물린 듯 울음바다가 되었다. 향오도 더는 견디지 못하겠는지 주저앉아 울었다. 향오를 걱정하며 몰려나온 아이들은 향오의 꼴을 보고는 더 크게 울었다.

"개. 새. 끼."

아이들이 일제히 도은을 쳐다보았다. 향오도 고개를 들었다. 울고 있던 아이가 벌떡 일어나 말했다.

"맞아, 개새끼. 저게 무슨 교사야. 교단이 신성한 거라고? 지랄하고 있네. 신성한 교단에서 애를 저렇게 개 패듯 패는 게 무슨 선생이라고. 진짜 엿 같다. 무슨 학교가 이러냐."

아이들이 맞장구를 치며 폭발했다.

"야, 반장! 네가 대표로 어떻게 좀 해봐. 이게 말이 되냐고. 담임도 우리처럼 두들겨 맞고 쫓겨난 거 아니야? 그럼 우리가 담임 편에 서야 하는 거 아니냐고?"

"학주가 우리들 명단도 다 작성해놨다잖아. 시발! 그냥 내 생각을 적은 건데, 골을 파서 뭘 어떻게 한다고? 진짜 어떻게든 해보자. 다른 반 아이들한테도 알리고."

미친개가 휩쓸고 간 교실은 대양에 표류하는 구멍 뚫린 보트처럼 시끄러운 침묵으로 가득했다.


담임의 자리는 생각보다 크고 넓게 퍼져 있었다. 2학기가 시작된 후로 학교에서는 선택형으로 운영되던 야간 자율학습을 강제로 부활시켰다. 자율학습뿐 아니라 '아침형 인간'이라는 모토를 걸고 전 학년이 한 시간 일찍 등교해야 했다. 아침 일곱시부터 밤 열시까지 꼼짝없이 학교에 있게 된 아이들의 볼은 보이지 않는 손에 얻어맞은 듯 불만으로 부풀어 있었다. 하루 열다섯 시간을 학교에 있다 보니 웃지 못할 일도 생겼다. 야간 자율학습을 마치고 한 아이가 "집에 갔다 오겠습니다"라고 인사했다는 것이다. 아이들은 약속이나 한 듯 "집에 갔다 오겠습니다"라고 인사하며 선생들을 향해 한 방을 먹였다. 도은이네 반뿐 아니라 다른 반, 다른 학년들도 이 모든 일들을 그동안 콩자반 선생이 온몸으로 막고 있었다고 느낄 정도로 학교 분위기는 점점 험악해졌다.

콩자반 선생의 빈자리가 크게 느껴질수록 불어 선생을 바라보는 아이들의 시선은 곱지 않았다. 불어 선생이 콩자반 선생의 첫사랑인 연상의 여인이 아니라는 것은 분명했다. 콩자반 선생이 결혼을 결정하고 전근 간 것이 아니라는 것도 분명했다. 하지만 소문은 소문을 낳았다. 불어 선생한테 아이가 있었다더라. 그래서 콩자반과 헤어졌다더라. 그런데 그 아이가 죽었다더라. 심지어 불어 선생이 방귀쟁이라는, 아무 때나 방귀를 뀌어서 남자들이 다 떨어져 나간 거라는 유치한 소문까지 돌았다. 아이들은 콩자반 선생의 부재에 대한 원인 제공자로 불어 선생을 겨냥했다. 학주와 대항하기에는 힘이 없었고 그나마 만만한 불어 선생을 째려보는 것으로 만족하는 것 같았다. 마녀 사냥을 하듯 계속해서 덧붙여지는 소문은 어른들의 사랑과 선생들의 강제를 넘어 누군가를 끊임없이 미워해야만 살아남을 수 있는 현실의 거울이었다.

9월이 시작되고 얼마 지나 향오를 중심으로 모인 아이들은 디데이를 잡고 다들 3교시 종이 울리면 창가로 모여 종이비행기를 날리기로 했다. 종이비행기에는 학교에 바라는 요구 사항들을 자유롭게 적어넣자고 했다. 누구는 콩자반 선생의 해직이 부당하다며 서명운동을 벌이자고 했지만, 그것은 학교로부터의 불이익과 정면으로 맞서는 일이었다. 방학 숙제 때문에 학주에게 반성문을 내고 윤리 훈시를 들어야 했던 열다섯 명은 선뜻 서명에 찬성하지 못했다. 서명 대신 찾은 방법이 자기 이름을 내걸지 않아도 되는 종이비행기였다. 요구만 있고 이름은 없는 방식이었다.

문제는 일기예보를 믿을 수 없다는 점이었다. 디데이 날짜는 다가오는데 비는 멈추었나 싶으면 다음 날 장대같이 쏟아졌다. 뉴스에서는 빗물에 침수된 곳을 보여주고 침수대비 요령을 연일 보도했다. 빗물은 누적된 불만을 흙탕물로 만들어버리며 도은의 마음에 웅덩이를 만들고 있었다. 무언가 해야 한다는, 이렇게 가만있을 수는 없다는 울분 같은 것이 하루씩 쌓이고 또 흩어졌다. 울분은 친구들을 모으기에 충분했지만 시간이 갈수록 반 아이들은 학주의 계획대로 쉽게 현실에 적응했다. 그들 중 몇몇은 여전히 울분을 터뜨리며 목소리를 높였다. 도은은 그들과 함께하고 싶었지만 그들 속에 섞여드는 것이 힘이 들었다. 그들의 요구가 정당하다는 것은 알고 있었지만, 선천적으로 몸에 밴 우울함과 여럿이 모이면 불편해지는 심정은 궤도에서 벗어나면 떨어져버릴 듯 늘 같은 길로 도은을 되돌려놓았다.

함께 행동하기로 한 비밀 결사의 날이 다가왔다. 그날은 몇 십 년 만에 찾아온 집중 폭우로 서울이 물바다가 된 날이었다. 종이비행기를 날려봤자 날지도 못하고 젖어버릴 게 뻔했다. 교실에는 전날 밤새 내린 비로 집이 물에 잠겼는지 몇몇 아이들의 자리가 비어 있었다. 비는 금방 그칠 것 같지 않았다. 종이비행기를 날리기로 한 3교시 수업이 끝나기도 전에 학교에서는 비상 사이렌이 울렸다. 곧 이어 한강변 성수동에 사는 친구들은 즉시 귀가하라는 교내 방송이 나왔다. 수업을 하던 역사 선생님은 급하게 교무실에 다녀오더니 몇몇 친구들의 이름을 불렀다. 아이들은 혹시 종이비행기를 날리기로 한 비밀이 새 나간 것이 아닌가 걱정하며 서로에게 불안한 사인을 보냈다. 역사 선생은 이름이 불린 아이들이 사는 지역을 확인하며 한강이 넘칠 수도 있는 긴급 상황이라고 했다. 불안함이 해결되자 책가방을 싸던 아이들은 남은 친구들의 부러운 시선을 한몸에 받았다.

　"너희들 이번에는 다른 데로 새면 안 된다. 뚝방이 무너지는 건 시간 문제야. 폭우로 인해 어느 쪽에 사는가라는 문제가 떠올랐어. 이건 폭우의 문제라기보다는 정치의 문제야. 나중에 너희들이 좀 더 자라게 되면 오늘을 어떻게 기억하게 될까. 선생님은 지금 그런 생각에 아주 복잡하다. 아무튼 지금은 무조건 집으로 뛰는 거야. 한강의 갑문이 열리지 않으면, 한강 하류 쪽이 물에 잠기게 되어 있어. 어느 쪽으로 물꼬를 틀지는 빗물을 조장하는 자들의 선택에 달려 있다. 집에 도착하면 지하철 역이든, 건물 옥상이든, 높은 곳으로 올라가. 짐은 간단하게 꾸리고, 부모님들을 설득해서 높은 곳을 찾아서 올라가."

선생의 목소리는 비장하고 복잡했다. 뭔가를 결심한 듯 단호한 것 같지만 서성이고 갈등하고 있었다. 게다가 역사 시간에는 신중하게 말을 고르던 분이 고작 비가 와서 집이 물에 잠기는 일을 가지고 정치의 일이라느니, 뚝방이 터지는 건 시간 문제라고, 이런 일들이 빗물을 조장하는 자들의 선택에 달렸다니, 이건 또 무슨 말인가 싶어 어리둥절했다. 그때 역사 선생이 모두 책을 덮으라고 말하고 눈을 지그시 감으며 입을 앙다물었다.

"오늘 종이비행기를 날리기로 했다면서?"

아이들은 놀라 서로를 바라보았다. '누가 말한 거야'라는 눈빛이 교환되었다.

"다른 선생님들은 아직 모르신다. 그런데 어쩌지? 이렇게 비가 와서. 뉴스에서는 백 년 만에 찾아온 큰 비라는구나. 아마 조금 있어 하교 조치가 내려질 거야. 그 전에 너희들에게 해줄 말이 있는데……"

역사 선생은 아이들 하나하나의 의견을 묻듯 눈을 맞추었다.

"지금 너희들 앞에 있는 나는……"

선생은 침을 삼키고는 한동안 말이 없었다.

"지금 여기, 너희들 앞에 있는 나는, 선생이 아니다. 불의를 보고도 눈을 감고, 진실의 소리에 귀를 막은 소시민에 불과해. 최소한 선생이라면, 너희들을 앞에 두고 부끄럽지는 말아야 하는데, ……나는 그것마저 지키지 못했다. 너희들한테 정말 부끄럽구나."

교실에는 선생의 말을 칠판에 받아 적듯 빗소리만이 가득했다.

"너희 담임 선생님은, 너희들 짐작대로 해직되셨다. 너희들은 물었지. 왜냐고, 왜 해직되었느냐고. 그 이유는 여러 가지가 있겠지만, 이것 하나만은 분명하다. 너희 선생님은 너희들에게 부끄럽지 않은 교사가 되려고 노력한 거다. 그게 사랑이든, 교사로서의 신념이든 남아 있는 선생들을 부끄럽게 만든 것만은 분명해. ……미안하다 애들아! 역사를 가르치는 교사로서 너희들 앞에서 어떻게 역사를 가르칠 수 있을지 막막하구나. 미안하다, 정말 미안하다."

누군가 창밖을 가리켰다. 이상한 일이었다. 하얀 새들이 사방에서 몰려들고 있었다. 빗속을 뚫고, 비를 업고, 비에 흠뻑 젖어 삼층에서도, 사층에서도, 비상하고 곤두박질치며 운동장을 하얗게 뒤덮고 있었다. 아이들은 선생님의 미안하다는 한마디에 눈물을 쏟았다. 어른으로부터 진심으로 들어보는 말이었다. 그것은 도은이도 마찬가지였다.

"우리도 날려볼까?"

역사 선생의 말이 떨어지기가 무섭게 아이들은 공책을 박박 찢었다. 격하게 흥분된 아이들은 교과서를 찢기도 했다. 아이들은 찢은 종이에 자신들의 요구를 적을 새도 없이 접어서 날렸다. 열린 창으로 빗물이 들이쳤다. 가슴이 뻥 뚫리는 쾌감이 느껴졌다. 운동장은 백사장처럼 하얀 종이들로 가득했다. 그것은 백 년 만에 찾아온 빗소리를 뒤덮는 하얀 물결이었다. 물결은 바다를 엎어버릴 듯 일렁이며 한곳으로 모이고 있었다. 여기를 보라고. 이것이 우리들의 심장이고, 우리들의 요구라고. 이제 좀 들으라고 아우성치듯 종이비행기가 쌓였다. 다들 창가에 기대어 종이비행기를 날리고 또 날렸다. 학교 전체에서 빗소리보다 큰 함성이 터져 나왔다. 아이들의 함성에 대답하듯 방송 스피커에서 선생들의 어수선한 음성이 들렸다. 이어서 종이비행기를 무시하듯 침착하게 목소리를 가다듬은 학주의 음성이 들렸다.

"각 반에서 수업 중인 선생님들에게 알립니다. 지금 서울 시내 모든 학교에 임시 휴교령이 떨어졌습니다. 선생님들은 아이들에게 침수 피해에 대해 알려주시고, 즉시 하교 조치해주시기 바랍니다. 아, 아, 다시 한번 알려드립니다. 폭우로 인한 침수 피해로 서울시 교육청에서 임시 휴교령이 떨어졌습니다. 선생님들은 아이들이 안전하게 하교할 수 있도록 지도하고 교무실로 모이기 바랍니다."

아이들은 임시 휴교령이 종이비행기로 인해 취해진 것처럼 박수를 쳤다. 운동장을 가득 메운 하얀 종이 위로 빗물이 떨어졌다. 누구랄 것 없이 흐뭇한 표정의 아이들이 당당하게 교문을 나섰다. 교문 앞에는 아무도 없었다. 종이비행기를 보고 그야말로 미친개처럼 날뛸 줄 알았던 학주도 없었다. 어딘가에서 자신들을 지켜보고 있을 선생들을 한 방 먹였다는 통쾌함 때문인지, 신발에 물이 스며 질척거려도 기분이 나쁘지 않았다. 해방! 학교로부터, 지겨운 자율학습으로부터, 아무것도 하지 못하고 앓고 있던 가슴으로부터도 해방된 것 같았다. 해방은 자유와는 다른 벅찬 느낌을 주었다. 지금 집에 가면 낡은 라디오의 주인을 만날 수 있는데 어떻게 할까. 도은은 수업도, 자율학습도 없는 이런 공짜 시간을 무엇으로든 채우고 싶었다. 그때 민주학교에서 만난 선배가 떠올랐다.


혜화동으로 향하는 도은의 가슴이 두근거렸다. 선배가 알려준 서점에 가면 선배가 기다리고 있을 것 같아서였다. 선배와 자신을 연결해준 마르크스라는 사람이 고마웠다. 도은은 자신도 모르게 민주학교에서 불렀던 「벗이여 해방이 온다」의 리듬을 속으로 따라 불렀다. 그날은 오리라, 자유의 넋으로 살아, 음음음, 그대 타는 불길로 그대 노여움으로, 음음음, 그날은 오리라, 벗이여 해방이 온다. 가사는 드문드문 기억났지만 리듬은 몸에 새겨진 것처럼 자연스럽게 흘러나왔다.

지하도를 빠져나와 우산을 펴는데 우산 속으로 비가 들이쳤다. 조금 걷다 보니 강풍에 우산이 뒤집어졌다. 이미 무릎까지 젖은 옷은 포기하는 편이 나았다. 도은은 길 옆의 가게에 들어가 검은 봉지를 하나 얻었다. 아저씨는 커다란 쓰레기 봉투를 주었다. 검은 비닐을 비옷처럼 반으로 갈라 머리에 뒤집어쓰고 가방이 젖지 않도록 허리에서 묶었다. 임시 휴교령 때문인지 길거리에는 교복을 입은 학생들이 눈에 띄게 많았다. 도은은 그 학생들 중 한 명에게 성균관대학교가 어디 있냐고 물었다. 남학생은 불곰을 만난 것처럼 깜짝 놀라다 나중에는 웃었다. 도은은 자신이 누군가를 웃길 수도 있다는 것도 좋았다. 남학생은 찻길 건너 쭉 직진하다 또 찻길 하나 건너서 쭉 가면 나온다고 말하며 가던 길을 갔다. 등 뒤로 "뭐야 저건?" 하며 자기들끼리 키득대는 소리가 들렸다.

남학생이 일러준 대로 가다 보니 오른쪽과 왼쪽에 마주 보며 책방이 보였다. 선배가 알려준 풀무질은 작은 서점이었다. 도은은 학교 도서관 창유리를 바라보듯 안을 들여다보았다. 사람들이 몇몇 보였다. 서점 문이 열리며 한 사람이 나와 벽면에 붙은 포스트잇 하나하나를 핀으로 고정하고 밑에 떨어진 것들을 주워서 들어갔다. 바람이 획 지나갔다. 포스트잇은 물고기 비늘처럼 바람결에 일어섰다 다시 접혔다. 몇 개는 바람을 따라 날아갔다. 서점 맞은편에 서 있던 도은은 땅바닥에 붙은 포스트잇을 하나 주웠다. 물에 번진 글씨는 뭐라고 쓰여 있는지 알아볼 수 없었다.

　서점 문을 열자 풍경 소리가 들렸다. 물고기 비늘과 풍경 소리는 서점 안을 물고기의 집으로 만들어주었다. 포스트잇을 단단히 붙이던 사람이 도은을 보고 인사를 건네고는 하던 일을 계속했다. 명동성당 천막에서 들었던 음악이 낮게 흐르고 있었다.

　가네 가네
　서러운 넋들이 가네
　가네 가네
　한 많은 세월이 가네

　낮은 허밍으로 노래를 따라 하며 책을 읽던 남자가 가사를 소리 내어 읊었다. 마른 잎 다시 살아나 푸르른 하늘을 보네, 마른 잎 다시 살아나 이 강산 푸르러. 소리가 점점 커졌다. 카운터에 있던 사람은 남자를 말리지 않았다. 이어서 다른 노래가 흘렀다.

　나는 저 산만 보면 피가 끓는다
　눈 쌓인 저 산만 보면
　지금도 흐를 그 붉은 피
　내 가슴에 살아 솟는다

군가처럼 힘이 쏠리다가 독백처럼 아득한 슬픔이 전해지는 노래였다. 도은은 카운터 남자에게 다가갔다.

"저, 혹시 박지상이라고, 여기에 메모를 남겨놓을 거라고 그랬는데요."

"지상이? 오늘은 아직인데, 아마 저녁에는 들를 거야. 급한 일이면 메모 남겨놓고 가. 내가 전해줄게."

남자는 할 말만 하고 다시 자기 할 일로 돌아갔다. 과도하게 친절하지도, 기분 나쁘게 냉정하지도 않은 말투였다.

"저, 그럼 비가 그칠 때까지 여기서 책 좀 보고 있어도 되나요?"

남자는 도은을 보고 빙긋 웃고는 어깨를 으쓱하며 마음대로 하라는 표정을 지었다. 뭐 그런 걸 묻고 그러냐는 식이었다. 책방은 누구나 들어오고, 아무 때나 나가도 되는 물속의 동굴, 물고기의 집 같았다. 노래를 따라 부르던 남자가 책꽂이에서 책을 하나 뽑아 카운터 남자에게 보여주며 말했다.

"딱 삼 일만 볼게. 응응? 형아!"

턱수염이 지저분하게 자라 산도둑처럼 생긴 사람이 응응 하며 아양을 떠는 모습이 무척 귀여웠다.

"우웩. 너, 그 어울리지 않는 귀염질은 여기서는 안 통해."

"아이, 그러지 말고요. 선배님! 돈 없는 서생이 책이 너무 고픈데, 아무리 땅을 파도 땡전 한 푼 안 나오지 말입니다. 깨

144

끗하게 보고 돌려놓겠지 말입니다."

"너 같은 놈들이 한둘인 줄 아냐? 여기 문 닫을 날도 멀지 않았다. 그때 가서 '나는 모르오' 하면 안 된다."

남자가 나가고 풍경 소리가 울렸다. 도은은 서점 구석에 앉아 책을 읽기 시작했다. 민주학교에서 박 선생님이 빌려준 책이었다. 세상의 도처에는 자신만이 아니라 다른 사람을, 다른 세계를 걱정하며 자기에게 필요한 것이 무엇인지 고민하는 진실한 사람들이 살고 있다는 것을 증명하는 책이었다. 도은은 다 읽지 못한 부분을 펼쳐 손가락으로 밑줄을 그었다.

사랑하는 친구여, 받아 읽어주게.
친우여, 나를 아는 나여!
나를 모르는 모든 나여!
부탁이 있네. 나를, 지금 이 순간의
나를 영원히 잊지 말아주게.

그가 한 마지막 말 "배가 고프다"라는 구절을 읽은 뒤라 "나를 영원히 잊지 말아주게"는 도은의 심장을 뛰게 만들었다. '배가 고프다'는 "삼거리 이정표처럼 같이 가자고 하는 이가 아무도 없구나"라고 푸념을 늘어놓으며 모든 것을 그대로 받아들여야 하는 자신을 지키고 싶어 하는 사람의 절규였다. 살고 싶다는, 주어진 대로가 아니라, 사람이 사람일 수 있는 세상에서 살고 싶다는 외침이었다. 박 선생님은 이 책이 자신을 바꿔놓았다고 했다. 책을 처음 접할 당시 선생님은 대학생이었는데, 이 책에 있던 한 구절이 자신을 아프게 찔렀다고. 선생님의 심장을 찌른 문장은 "내게도 대학생 친구가 있었더라면"이었다. 선생님은 그 문장이 대학생인 자신을 향해 '너는 지금 뭐 하고 있는 거냐'는 질책과 반성과 부끄러움을 불러일으켰다고 했다. 도은에게는 "배가 고프다"는 문장이 그랬다. 자신을 불살라 현실을 바꾸고자 했던 스물세 살의 그처럼 도은이 또한 사람들에게, 세상에, 배움에, 진실에 다가가고 싶고 배가 고팠다. 도은은 책을 덮으며 다르게 살고 싶다는 열망이 솟구치는 것을 느꼈다. 서점에 진열된 수많은 책의 책등을 눈으로 훑었다.

한국근대민중운동사, 시몬느 베이유 노동일기, 노동해방의 철학, 러시아 당 건설의 역사, 정치경제학, 레닌 저작집, 독일 이데올로기, 헤겔과 프랑스 혁명, 인민의 벗이란 무엇인가, 인간의 역사, 조직노선, 반 듀링론, 들어라 양키들아, 자본론, 공산당선언, 프랑스 혁명사, 민주집중제란 무엇인가, 조직노선, 죽음을 넘어 시대의 아픔을 넘어, 아무도 미워하지 않는 자의 죽음, 들어라 역사의 외침을, 소외된 삶의 뿌리를 찾아서, 부자의 경제학 빈민의 경제학, 문학과 예술의 사회사, 문제는 리얼리즘이다, 역사와 계급의식, 예술사의 철학, 철학사전, 예술의 사회적 생산, 상어가 사람이라면, 살아남은 자의 슬픔, 생명으로 쓰는 시, 밥……

도은은 세상에 자신이 모르는 책들이 이렇게 많다는 것에 놀랐다. 제목만으로는 무슨 내용인지 짐작할 수 없었다. 세차게 몰아치는 빗줄기가 서점 문을 흔들었다. 밖은 서서히 어두워지고 있었다. 도은은 책 속에 들어앉아 있는 이 시간이 편안하고 흥분되었다. 손을 뻗어 꺼낼 수 있는 높이에 있는 『밥』을 꺼냈다. 표지에는 '김지하 이야기 모음'이라고 적혀 있었고, 로터스 상 수상연설이 맨 앞에 실려 있었다.


수동적 적극성이야말로 참된 용기요, 참된 결단이며, 생명을 본래 있는 그대로 살아나게 하는 생명 자신의 가장 생명다운 활동 양식입니다. 그리고 바로 그것이 '로터스' 즉 연꽃입니다.


'수동적 적극성'은 모든 것을 받아들이면서도 받아들일 수 없는 것들, 즉 생명 아닌 것들은 처음부터 단호하게 끊어내는 내적 의지의 다른 표현이었다. 지금 이곳에서 책을 읽고 있는 것 또한 수동적 적극성, 즉 생명다운 활동의 하나가 아닐까. 도은은 연꽃을 표현하는 다른 방식, 다른 생각, 다른 표현이 좋았다. 연꽃의 모양은 하나도 얘기하지 않았는데도 연꽃이 머리에 그려지는 아름다운 문장이었다. 그것은 책 곳곳에 숨어 있는 생소한 단어를 통해서도 전달되었다. 그때였다.

"헤이, 루다!"

책 사이 오윤의 판화를 보고 있는데 문이 열림과 동시에 물고기가 울고, 루다가 튀어나왔다. 그가 왔다. 루다를 들고 왔다. 루다를 부르며 왔다. 그는 물고기처럼 머리부터 발끝까지 물로 만든 옷을 입은 한 마리의 물고기였다. 도은은 활짝 웃었다.

"야, 지상이 너, 거기 책 만지지 마."

카운터의 남자는 수건을 건네며 말했다.

"크아, 진짜 엄청난데. 여긴 그래도 덜한데 나 화곡동 쪽에 있다가 왔거든요. 그쪽은 완전 물난리야. 중랑천도 범람했다고 하더라고요. 오늘 진짜 폭풍 전야 아닌가 몰라."

말은 남자에게 하면서도 그는 도은을 바라보며 머리를 털었다.

"그러게. 백 년에 한 번 찾아오는 큰비라고 라디오에서도 난리더라. 근데 진짜 뚝섬 쪽 갑문을 열까?"

"모르죠. 소문에는 일산 쪽으로 물꼬를 틀 것 같다고 그러던데. 몇 년 전부터 일산 일대를 밀어버리고 신도시를 만든다고 발표도 하고 그랬잖아요. 벌써 행정집행 들어갔다고 들었어요."

"맞아. 그랬지. 서울을 물바다로 만드느니 논밭밖에 없는 일산 쪽이 더 자본적이지. 그러겠네."

"그렇죠."

도은은 역사 선생이 비장하게 말했던 정치의 일이 실감이 났다. 이런 것이었구나. 빗물마저 정치 앞에서는 고르고 평등한 것이 아니었구나. 물길을 바꿀 수도 있는 것이 권력이었구나. 지상 선배는 카운터 남자에게 남는 옷이 없냐고 물었다. 남자는 하다하다 팬티까지 벗겨가겠다며 이층에 있는 아무거나 입으라고 했다. 지상은 도은에게 잠시만 있으라고 말하고 밖으로 나가 위층으로 올라갔다. 카운터 남자가 도은을 보며 물었다.

　"루다, 루다라. 루다라고 했니?"

　도은은 고개를 끄덕였다.

　"혹시 네루다?"

　도은은 깜짝 놀랐다.

　"네루다를 아세요?"

　남자는 귀엽게 웃으며 시집이 꽂혀 있는 책장을 손가락으로 훑었다.

　"어디 보자. 네루다, 네루다! 여기 있다. '스무 편의 사랑의 시와 한 편의 절망의 노래', 제목이 정말 좋아. 그치?"

　남자는 도은에게 시집을 건넸다. 도은은 네루다가 시인 이름이라는 것에 놀랐다.

　"그 루다가 이 루다였어?"

　헐렁한 옷으로 갈아입고 나타난 지상 선배가 시집을 보며 아는 체를 했다.

"네!"

도은은 네루다가 호수나 바다 이름인줄 알았다는 말은 하지 않았다. 알고 싶은 것들이 하나둘 늘어나고 있었다.

"그런데 어쩌지? 아마 집에 가기 힘들지 싶은데. 라디오 들어보니까 침수로 지하철 운행도 중단됐다는데. 버스는 말할 것도 없고. 길이 온통 물바다야. 낮부터 여기 있었다면서?"

도은은 얼른 문을 열었다. 지상 선배가 흠뻑 젖어 나타난 것도 무리가 아니었다. 하수구가 막혔는지 도로는 물길이 되었고, 깜깜한 어둠을 가르는 빗줄기는 허공에서 그물망을 짜듯 금을 그었다.

"비가 이렇게 많이 올 줄은 몰랐어요. 아님, 벌써 뚝방이 무너진 건가요?"

"그건 아닐 거야. 아무래도 꼼짝없이 갇힌 것 같은데. 부모님께 연락은 드렸니?"

도은은 고개를 저었다.

"그럼 지금이라도 연락해봐. 친구네서 잔다고 하든지. 오늘 같은 날은 실종자도 있을 테고, 걱정하고 계실 거야."

도은은 다시 고개를 저었다.

"왜?"

지상 선배는 걱정스럽게 물었다.

"할머니가 걱정하긴 하실 텐데, 연락할 방법이 없어요."

지상 선배와 남자는 서로를 바라보며 난감한 표정을 지었다. 사실 도은은 할머니가 걱정되기보다는 네루다를 읽고 싶었다. 네루다의 네루다들, 서점에 있는 책들을 하나라도 더 읽고 싶었다. 그날은 비에 갇힌 물고기의 집에서 물고기들의 책을 읽을 수 있는 날이라고 기억하고 싶었다. 네루다를 읽는 밤! 어감만으로도 근사한 시간이 펼쳐질 것 같았다.

"비가 안 그치니까요. 그러니까 여기서 아침까지 있다가 학교에 가면, 그래도 될까요?"

안 되겠냐고 물으려다 그래도 되겠냐고 직구를 날렸다. 이곳에 있는 반나절 동안 카운터의 남자는 한 번도 거절한 적이 없었다. 투덜거리면서도 새 책을 빌려주었고, 팬티를 벗어달라고 하면 그렇게 할 것처럼 남에게 무언가 줄 수 있다는 것을 즐기고 있었다. 이 작은 책방, 책의 집, 물고기의 집도 그런 것 같았다. 마음대로 책을 읽을 수 있고, 필요하다면 하룻밤 묵어가는 것도 어렵지 않을 것이다.

"지상이 너는 어쩔 거니?"

남자는 선배를 보며 물었다.

"이층 써도 되죠? 밤새 세미나 할까요?"

선배는 짓궂은 표정으로 되물었다.

"세미나는 무슨. 술이나 푸지 마. 나는 근처에 티가 있어서 나가봐야 해. 집에 연락도 안 하고 괜찮을지 모르겠다. 네가 잘 챙겨라."

남자가 나가고 도은은 지상 선배에게 그날 학교에서 있었던 종이비행기를, 담임 선생님의 해직을, 2학기 들어 바뀐 학교 분위기에 대해 말했다. 그는 1987년 명동성당에 모인 고등학생에 대한 이야기를 시작으로 현재 서울 곳곳에서 벌어지고 있는 고등학생들의 투쟁에 대해 알려주었다. 선배는 이야기를 하다 말고 가방을 뒤졌다.

"잠깐만, 그렇지 않아도 오늘 후배들을 만났거든. 그래서 챙겨왔는데 너도 한번 봐. 1987년 당시 고등학생들이 모여서 쓴 선언문이야."

선배는 종이를 한 장 건네주었다.


## 서울고등학생연합회 농성선언문

선 언 문

진리를 탐구하고 정의를 추구할 대한민국의 아들·딸들은 독재의 교육 탄압과 왜곡된 역사의식 속에 길들여지고 있습니다. 나라를 사랑하고 민족의 역사를 역행하지 않으려는 젊은이의 혈기와 용기와 다짐은 오천년 유구한 역사가 군홧발 아래 짓밟히는 것을 원하지 않으며, 자유로운 의지의 실현을 이루고자, 이에 우리 고교생들은 민주·민족·평화·자유를 열망하는 대다수의 불이익을 감당해온 국민과 애국·민주 학우 앞에 군정에 대항하여 투쟁할 것을 선언합니다.

우리의 현실은 우리에게 실천과 행동을 요구하고 있습니다. 개선이 아닌 근본적 개혁과 혁명이 필요합니다. 집권층의 도구로 휘둘러진 반공 이데올로기를 거부하며 진정한 교육의 민주화를 이룰 것을 또한 선언합니다. 이것은 보다 창조적·개척적인 정신과 행동으로 조국의 앞날을 밝혀갈 우리에게 꼭 필요하며 그렇기에 필히 쟁취해야 함 또한 주지의 사실이기 때문입니다.

분단 43년의 조국을 영원한 분단으로 고착시켜 부당한 이익을 얻고자 획책하는 집권층과 그들과 동조해온 미제와 그 아래 모든 동조 세력들을 그들의 죄과대로 응징해야 하는 것은 우리 모두가 알고 있는 사실입니다. 그러므로 우리는 분단조국 43년 12월 19일 오늘을 기점으로 자발적이고도 지극히 민주적인 애국 고교생의 투쟁을 전개하는 것입니다.

3·1운동과 광주학생운동과 4·19혁명의 주체가 또한 불꽃이 우리 고등학생이었음은 극명하며 민족의 염원인 민주화의 횃불이 또다시 꺼지려는 이때 우리는 다시 한번 굽히지 않는 투쟁의 맥을 이어나갈 것을 군부와 그의 하수인들

에게 고하며 온 국민과 민주학우 앞에 알리는 바입니다.

학우여!
비민주적 교육제도 속에서 상실된 우리의 시간과 의지와 소망을 회복하고 진정한 주체로서의 입장을 회복하기 위해서라도 우리는 기필코 승리하여야 할 것입니다.
진정코 죽으면 살리니 학우여. 끓는 가슴으로 일어나 이 땅에 한 줌 민주의 씨앗을 뿌리고 갑시다. 쓰러지지 않을 민주의 횃불을 환히 밝히고 갑시다.
학우여, 죽으면 살리라!

노태우를 당선시킨 기성세대 각성하라!!!
군부독재 타도하여 민주교육 쟁취하자!!!
백만학도 단결했다 군부독재 각오하라!!!

서울지역고등학생연합회


도은은 고등학생들이 쓴 선언문을 보고 또 보았다. 군부독재, 민주교육, 죽으면 살리라! 고등학생들의 선언문은 일제시대 독립운동을 위해 투쟁하는 학생들이 쓴 글처럼 급박하고 비장했다.

"이걸 고등학생들이 쓴 거라고요?"

지상 선배는 1987년 당시 독재 타도, 민주적인 선거 보장을 내세우며 모였던 고등학생들이 명동성당에서 내려와 각 학교로 흩어질 때의 상황에 대해 말해주었다. 그들 중 몇몇이 새로운 운동 방식을 모색했고, 지금 우리에겐 고등학생운동을 이끌어나갈 전위운동이 필요하다고 말했다. 선배의 말을 다 알아듣지는 못했지만 도은은 여전히 일제시대 항일운동을 했던 청년들이 머릿속에 그려졌다. 선배는 고등학생운동을 줄여 '고운'이라고 말하며 함께 책을 읽고 고민을 나누지 않겠느냐고 제안했다.

"과학적인 운동을 하려면 끊임없는 학습이 필요하거든. 대학생들도 조직이 있고, 노동자들도 조직이 있잖아. 이제 고등학생들에게도 조직이 필요하다고 봐."

"난 아직 준비가 안 되어 있는데요. 용기도 없고. ……내가 뭘 할 수 있는지 모르겠어요."

도은은 진심으로 말했다.

"다들 그렇지. 준비가 된 사람이 어디 있어? 뜨거운 가슴, 냉철한 머리. 아니 반댄가. 냉철한 가슴, 뜨거운 머리. 이상하네, 이것도 아닌가. 아무튼 현실의 변화는 그냥 놔두면 변하지 않아. 누군가 돌을 던져야지. 돌만 던져서는 안 되지. 세계를 조직해야 하는 거야."

"조직해요? 세계를? 우리가?"

"지금 우리가 살아가는 세상은 뭔가 잘못되었어. 잘못된 것은 고쳐야지. 고쳐야 하는데 자본주의 사회는 계급사회란 말이야. 계급이란 게 뭐야. 지배와 피지배의 권력 관계 아니야? 그 권력 관계에서 벗어나려는 노력이 필요해. 그러한 노력과 함께 철학적인 이론도 필요하고."

"그걸 어떻게 해요."

"너는 벌써 그 권력 관계를 알고 있잖아. 그때 네가 보여줬던 반창고! 나는 누구보다 네가 현실의 모순을 잘 알고 있다고 느꼈어. 우리가 느끼는 것을, 우리가 느끼는 모순을 해결하지 못하면 우리는 늘 같은 굴레에서 순응하며 살아갈 수밖에 없잖아. 현실의 모순을 뒤집어야지. 그래서 조직운동이 필요한 거야. 깨지지 않고 운동을 할 수 있는 방법을 모색해야하니까. 십수 년 동안 제도교육의 그물망 속에 있었던 우리에게 현실의 문제들이 보인단 말이야. 아까 네가 말했잖아. 야간 자율학습이나 획일적인 교육에 대해. 담임 선생의 해직이부당하다고 느끼고 있잖아. 문제가 있다고 느낀 거지?"

"그건 그렇지만……"

"그 다음은? 문제를 고쳐야 하는 거 아닐까? 이런 게 너희학교만의 문제는 아니거든. 우리도 광주의 고등학생처럼 서울 지역의 연합이 필요한 때가 되었어."

지상 선배는 도은에게 1987년 이후 고등학생운동의 여러 사례를 들려주었다. 전교조가 결성된 이야기, 선배네 학교의 학년 모임과 독서 모임, 다른 학교와의 연대까지 이야기가 이어졌다. 선배의 이야기를 들으며 도은은 그날 날린 종이비행기들이 일제히 날아오르는 상상을 했다. 선배는 이야기를 하다 하품을 하며 의자들을 한곳에 모았다. 새벽 세시가 넘어가고 있었다.

그 밤, 도은은 라디오나 웅덩이가 아니라 사람의 소리를 느꼈다. 사람의 소리는 짐승의 울음이나 빗소리처럼 느낌이 아니라 생각을 요구했다. 생각과 생각이 충돌했고, 새로운 생각과 의지가 솟는가 하면, 행동으로 가기 위한 결심과 다짐이 교차했다. 의자를 연결해 잠이 든 선배와는 다르게 도은은 잠이 오지 않았다. 도은은 네루다의 시들을 읽기 시작했다. 한편의 절망의 노래는 아름다웠다. 절망은 슬프지 않았다.

그러니까 그 나이였어
……
시가 나를 찾아왔어
내 심장은 바람에 풀렸어

바람에 풀렸어. 바람에 풀렸어. 도은은 몇 번이고 같은 구절을 읊었다. 그러니까 그 나이였어. 시가 나를 찾아왔어. 시가 나를 찾아왔어. 내 심장은 바람에 풀렸어. 도은은 노트를 꺼내 뭔가를 끄적였다. 언젠가 시간이 한참 지나 지금을 기억하게 된다면, 도은은 오늘을 이렇게 기억하게 될 것 같았다.

그러니까 그 나이였어
그가 나를 찾아왔어
내 심장은 비바람에 풀렸어
비에 갇혀도 하나도 무섭지 않았어
이렇게 투명한 감옥이 있을까

도은은 네루다가 말년에 머물렀다는 산티아고 근처의 작
은 섬 이슬라 네그라가 그의 투명한 감옥이 아니었을까 생각
했다. 건대 호수에 있던 코끼리 울음소리가 들리던 작은 섬
이 이슬라 네그라처럼 느껴지기도 했다. 삶을 사랑하는 사람
에게 절망적인 현실은 사랑의 시로 승화되고, 삶에 대한 사랑
은 깊은 절망을 통해 얻어진 것이었다. 독재자를 향해 물러나
라고 외칠 수 있는 용기 있는 삶으로 인해 그의 절망은 슬프
지 않고 아름다웠다. 그가 만난 핍박 받는 사람들, 가난한 사
람들, 그들을 이어줄 민중의 편에 섬으로써 시인은 스무 개의
절망을 사랑이라고 발음할 수 있었겠다는 생각도 들었다.

도은은 책장을 넘기다 자신이 태어난 해에 칠레에서는 군
사 쿠데타가 일어났고, 민중의 지지를 받고 선출된 대통령이
살해되었으며, 그를 지지했던 시인 또한 세상을 떠났다는 것
을 알게 되었다. 그리고 전 세계 사람들이 그의 죽음, 시인의

죽음에 가슴 아파했다는 것도 알게 되었다. 책에는 쿠데타 과정에서 무수한 사람들이 자신의 신념에 의해 살해되고 실종되었다고 짧게 적혀 있었다. 길거리 도서관에서 만난 다리가 하나 없는 언니가 읽던 책이 떠올랐다. 책들은 하나씩 연결되며 세계를 이해하는 지도가 되었다. 도은은 노트에 무언가 적다가 지우고 또 적었다.

## 네루다를 읽는 밤

네루다는 호수다
이슬라 네그라를 품은 호수다
네루다를 읽는 밤
밖은 폭우로 길을 지웠고
지워진 길 위에 물고기 집이 있는
여기는 네루다의 밤
그가 손을 내밀어 바람에 풀린 심장을 내밀었고
나는 그에게 비바람으로 동여맨 고민을 주었네
그가 죽은 해에 태어난 나는
지금 여기에서 네루다를 읽는다
그의 심장은 내 손에 있고
내일은 그의 심장이 사방에서 불 거야

# 집으로 가는 먼 길

도은은 언덕 아래를 내려다보았다. 지난 폭우로 범람 직전까지 갔던 흔적은 먼 거리에서는 보이지 않았다. 한강 건너 삐죽이 솟은 아파트들은 아무 일도 없었다는 듯 굳건히 그 자리에 있었다. 지상 선배의 말처럼 뚝섬의 갑문은 열리지 않았다. 열리지도 않았는데 사람들은 옥상으로, 뚝섬역으로 짐을 싸 들고 몰려들어 발 디딜 틈도 없었다고 했다. 사람들은 라디오로, TV로, 비상해제 사이렌으로 일산이 물에 잠긴 것을 보았다. 넓은 평야는 처음부터 그랬던 것처럼 물바다를 이루고 있었다. 일산에서 떠내려온 소가 파주에서 발견되었고, 물길에 떠밀려온 사람을 건지기 위한 필사의 노력이 중계되었다. 헬기가 지나가자 사람들은 빨갛고 파란 지붕에 간신히 몸을 붙이고 손을 흔들었다. 살았다는 표시인지 살려달라는 표시인지는 알 수 없었다. 방송사마다 수재민들을 위한 국민 성금 모금 상황을 경쟁하듯 내보냈다. 도은은 사회과부도를 펴고 손가락으로 한강을 짚어 내려갔다. 한강을 따라 하류까지 내려가면 거기 난지도가 있었고, 일산이 있었다. 하지만 방송에서도 난지도에 대한 이야기는 나오지 않았다. 난지도에는 사람이 살지 않는 것처럼.

종이비행기 사건은 엄청난 폭우로 인해 묻혔다. 학교에서는 수해를 입은 친구들을 돕기 위한 자선 행사들이 열렸고, 아이들은 가을에 있을 축제 준비로 바빴다. 하지만 겉으로만 아무 일도 없을 뿐 학주는 열다섯 명의 아이들과 개별 상담을 이어갔다. 특히 향오는 수업 시간에 수시로 학생부실로 불려갔다. 학주를 만나고 온 날이면 향오의 표정은 뻣뻣하게 굳었다. 겁을 먹은 것 같기도 하고, 당장이라도 뛰쳐나갈 것 같은 불안이 번져 아무도 향오에게 괜찮냐고 묻지 못했다.

그러다 사건이 터졌다. 수학 시간이었고, 개념 설명도 없이 몇 개의 방정식을 칠판에 적은 선생은 아이들을 하나씩 불러내 문제를 풀어보라고 지시했다. 문제를 풀지 못하고 우물거리면 뒷자리에 앉은 아이가 나가서 처음부터 다시 푸는 식이었다. 좀처럼 문제를 푸는 아이들은 나오지 않았고, 향오 차례가 되었다. 향오는 칠판으로 가는 대신 아무 말도 없이 뒷문을 열고 밖으로 나가버렸다. 향오의 갑작스런 행동으로 책상에 머리를 박고 문제를 풀던 아이들이 무슨 일인가 하고 술 렁였다. 황당하기는 수학 선생님도 마찬가지였다. 선생은 향 오를 부르지도 못하고 어어, 하며 이 상황을 어떻게 받아들여 야 할지 몰라 황당해하는 듯 보였다.

"선생님, 향오가 나가버렸는데요."

향오의 뒷자리에 있던 승희가 앞으로 나가야 할지 말아야 할지 모르겠다는 투로 물었다.

"쟤 뭐야?"

수학 선생은 아직 애들 이름도 알지 못했다.

"향오예요. 이향오."

다들 향오가 교실을 나가버린 이유는 알 수 없었지만, 숨 쉴 틈 없이 꽉 막혀 있던 교실에 숨통이 트이는 것은 느낄 수 있었다.

"화장실이 급했나 봐요."

수학 문제를 풀던 손들이 멈추고 일제히 웃음이 터졌다. 수 학 선생은 아이들의 웃음소리가 비웃음으로 들렸는지 얼굴이 벌겋게 달아올랐다. 선생은 손목시계를 보고는 히스테릭한 목소리를 쏟아냈다.

"쟤 들어오면 교무실로 오라고 해. 알았나 반장!"

수업 시간이 끝나도 향오는 돌아오지 않았다. 점심시간이 지나도 오지 않았다. 다음 날도 향오는 오지 않았다. 그다음 날도 마찬가지였다. 향오의 책상에는 수학 시간에 낙서해놓은 노트만 덩그러니 남아 주인을 기다리고 있었다. 노트에는 얼마 전 입시 경쟁에 지쳐 '돌 캐러 간다'는 유서를 남기고 스스로 목숨을 끊었다는 아이에게 쓴 시가 적혀 있었다.

**고인에게**

소나기 내리던 밤
흐르는 낙엽 사이 구멍 난 아스팔트,
퇴고 안 된 얘기들은
불안한 소녀의 그림자를 잘라먹고
흐르는 두 줄기 눈물 따라
소녀는, 소녀는 돌 캐러 간다.

멀어진 길 위로
길게 늘어선 꽃잎의 행렬.
주름 잡힌 길들의 배웅을 뒤로 한 채
소녀는, 소녀는 돌 캐러 갔나.

갈라진 아스팔트 틈 사이로
아지랑이처럼 피어오르던 소녀의 마음은
소나기 내리던 밤
그곳으로 사라졌다.

향오는 그 길로 어디로 사라진 것일까. 학교와 집을 오가던 아이들에게 학교에도 오지 않고 집에도 들어가지 않은 시간을 측량하는 것은 어려운 일이었다. 향오는 그렇게 학교를 떠났고, 집에도 들어가지 않았다. 도은은 언덕에 덩그러니 남은 웅덩이를 이해할 수 있었다. 웅덩이는 어느 날 갑자기 생긴 것이 아니었다. 서서히 조용히 참고 참으며, 스스로를 파먹으며, 빈 우물을 만들다 더 이상 참을 수 없을 때, 그 속을 보여준 것이었다. 향오의 가정사는 알 수 없었지만 교실에 남은 향오의 물건은 아무도 찾으러 오지 않았다. 언젠가 다시 돌아올 주인을 기다리듯 향오의 책과 노트, 가방은 사물함으로 옮겨졌다. 얼마간 비어 있던 향오의 자리는 자리바꿈을 통해 다른 친구들로 채워졌다. 그렇게 향오는 점점 잊혀졌다.

향오가 사라졌다고 해서 매일 아침 교문 앞에서 아이들의 복장을 검사하는 학주에게 붙잡히는 아이가 사라진 것은 아니었다. 향오가 아니어도 학주는 누구든 하나를 붙잡고 훈시를 해야만 하루가 시작되었다. 향오의 부재는 도은에게 좀 더 단단해지라고 일러주었다. 그동안 순응적이었던 태도에 변화가 일어나고 있었다. 도은은 집안 형편을 핑계로 고약 집에서 일한다는 서류를 제출하고 야간 자율학습에서 제외되었다. 학교가 끝나면 고약을 싸고 풀무질에 들러 늦게까지 책을 읽거나 지상 선배와 연락을 주고받았다. 길거리 도서관에서 만난 슬픈 물고기들은 이제 도은이 이해해야 할 대상이 아니라 도은과 일체화된 단어가 되어 있었다.

'헤이 루다!
토요일 오후 2시, 동국대 앞 태극당'

포스트잇 중에 도은에게 온 메모가 있었다. 도은은 서점 남자에게 동국대로 가는 길을 물었다. 건대와 한양대에 이어 이대와 연세대로, 서강대로 도은은 서울 시내에 있는 대학을 돌아다니며 지상 선배와 학습을 했다. 입시를 앞둔 선배는 대학을 포기했다고 했다. 대학보다는 고등학생운동을 지원하고 싶다고, 고운 조직이 좀 더 단단해지면 노동 현장에 들어가 활동하고 싶다고도 했다. 선배는 도은이와 비슷한 고민을 하고 있는 다른 지역의 친구들을 소개해주겠다고 했다. 토요일 오후 2시는 선배와 만나고 있는 다른 친구와의 첫 만남이 될 거였다.

태극당 앞에는 한 남자아이가 서 있었다. 도은은 태극당으로 들어갔다가 다시 나왔다. 약속 시간이 조금 남아 있었다. 얼마 안 있어 남자아이에게 금테 안경을 쓴 남자가 말을 걸었다. 남자아이는 멀찍이 서 있던 도은에게 다가왔다. 남자아이는 걸으면서 한쪽 발을 절었다. 어깨가 한쪽으로 기울어진 남자아이가 도은에게 말을 걸었다.

"저, 혹시 지상 선배 만나러 왔나요?"

도은은 고개를 끄덕였다.

"반가워, 나도 지상 선배 만나러 왔거든. 저쪽은 우리 티 맡아줄 선배야."

그와 이야기를 나누던 금테 안경의 남자가 씽긋 눈인사를 건넸다.

"어디 들어가야겠는데, 너는 나랑 동대로 먼저 가고, 저 선 배는 우리를 따라올 거야. 아는 체하지 말고, 뒤돌아보지 말 고. 알지?"

절름발이 소년의 목소리에서는 뭔가 큰 비밀을 안고 있는 사람들의 작은 떨림이 전해졌다.

"뒤돌아보면 안 돼?"

남자아이와 같이 걸으며 도은은 물었다.

"봐도 돼. 그런데 그러지 않는 게 좋겠어."

도은은 한쪽 발이 끌리는 남자아이의 속도에 맞춰 느리게 걸었다.

"재밌는데, 이런 게 접선이야?"

"우습지? 나도 처음에는 그랬어. 근데 워낙 따라붙는 사람 들이 많으니까, 조심해서 나쁠 건 없겠지."

남자아이는 낮은 저음의 목소리를 갖고 있었다. 안 그래도 조심스런 목소리 톤인데 일부러 작게 소리 내는 게 더 우습게 들렸다.

"너는 어느 학교 다녀?"

"나중에 알려줄게."

"뭐야, 뭐가 이렇게 비밀스러워."

"우선 저쪽으로 들어가서 빈 강의실부터 찾아보자."

토요일 오후라 강의실은 대부분 비어 있었다. 문을 밀자 아무나 들어오라는 듯 문이 열렸다. 남자아이는 먼저 창가로 가서 자리에 앉았다. 조금 있어 문이 열리고 금테 안경을 쓴 남자가 들어왔다. 남자는 강의실에 들어서자마자 "안녕" 하고 악수를 청했다.

"반가워. 네루다라면서? 지상이한테 얘기 많이 들었어. 여긴 상훈이. 앞으로 너랑 같이 티를 할까 하는데, 인사해."

남자아이는 금테 안경의 남자처럼 손을 내밀었다. 도은은 그 손을 잡았다.

"네루다라면 시인 이름 아닌가?"

남자아이는 벌써 네루다를 알고 있었다.

"남미 칠레에서 태어난 우리의 동지지."

금테 안경의 남자가 대답했다. 남자와 상훈이는 먼저 알고 있는 눈치였다. 창을 뚫고 나른하고 부드러운 햇살이 쏟아졌다. 상훈의 신중하고 깊은 생각과 논리적이고 깔끔한 금테 안경의 대화는 가을 햇살을 받아 평화로웠다. 상훈의 학내 상황은 도은이네 학교와 별반 다르지 않았다. 상훈은 학내 소모임을 조직했고, 다가오는 학생의 날 행사를 준비하고 있다고 했다. 그는 학생의 날 행사에 전교조 가입 해직 교사들을 초대해 학생들과의 만남을 계획 중이라고 했다. 도은은 어디서 끼어들어야 할지 몰라 둘의 대화를 가만히 듣고 있었다. 금테 안경의 선배가 도은이를 보며 물었다.

"너는 어떻게 생각해?"

해직 교사와의 만남을 어떻게 생각하느냐는 질문이었다.

"그럴 수만 있다면…… 좋지 않을까요."

선배는 금테 안경을 벗어 안경알을 닦았다. 생각을 닦는 것 같았다.

"그럴 경우 행사 자체가 무산될 수도 있잖아. 학교에서는 해직 교사와 아이들이 만난다는 것만 가지고도 어떻게든 아이들을 처벌할 거라고. 그럴 경우 소모임에 있는 아이들이 다칠 텐데, 그런 것까지 예상하고 있는가 묻는 거야."

"예상 안 한 건 아닌데, 저도 그게 걱정이에요. 아무래도 소모임의 아이들이 주축이 될 수밖에 없는데, 학교에서 징계 들어오면 활동에도 제약이 있을 거고. 근데 아이들이 그런 거 감수할 태세예요. 워낙 말도 안 되는 일들로 탄압을 받다 보니까, 이제는 그런 것쯤 별거 아니다 그러는 거 같아요."

"이번 학생의 날 행사는 전국에서 다발적으로 일어날 거야. 자생적인 것이긴 하지만 좀 더 조직할 필요가 있어. 공개단체들도 그날 행사를 준비하고 있고. 학교 단위의 행사도 좋지만 공개 행사를 통해 많은 아이들과 함께하는 것도 방법이라고 봐. 루다! 너희 학교는 어떠니?"

"저희는 역량이 부족하니까 이번에는 공개 행사에 참여하려고 해요. 소모임 친구들이랑 같이 참여하는 것 정도로 계획하고 있어요. 상훈이네 학교는 활동이 활발한가 봐. 부럽다."

"처음부터 그랬던 건 아니고, 우리 학교는 전교조 가입 선생님들이 꽤 많았어. 선생님들이 해직되는 걸 눈앞에서 보게 되니까 아이들도 확 돈 거지. 거기다 학교마다 대처 방식이 다르겠지만, 우리 학교는 전교조 지지하는 학생들까지 모조리 징계했거든. 부당한 일을 자주 겪다 보니까 대다수 애들이 심정적으로 우리를 도와주는 부분도 강하고, 자연스럽게 민주 학생회 투쟁에 동참하게 되었어. 그러면서 학내 소모임들이 대여섯 개가 만들어졌고. 졸업한 선배들도 동참하면서 든든한 백이 생기니까 선생님들도 함부로 애들 자르고 그러는 짓은 좀 자제를 하더라고. 힘 대 힘의 대결이랄까."

"소모임은 어떤 게 있는데?"

"다양해. 학년별로 비공개 소모임이 있는데, 이 모임은 민주 학생회 투쟁하면서 생겨난 거고, 공개적으로는 책 읽는 모임이나 시사 연구회라고 동아리 주체들이 모이면서 자연스럽게 생긴 것들도 있어. 물론 공개 모임에 있는 애들이 한둘은 비공개 모임에 속해 있지. 학교에서 탄압이 들어오니까 비공개 모임을 통해서 정보도 나누고, 학내 문제들에 대해 의견을 나누기도 하고 그래. 너희는?"

"그런 게 가능하려면 애들이 모일 시간이 있어야 하잖아. 너희는 야간 자율학습 안 해?"

상훈은 학교에서 있었던 일들을 차분히 이야기했다. 야간 자율학습 폐지를 위해 싸운 이야기, 민주 동문회를 결성하고 선배들과 간담회를 준비한 이야기, 선생님들이 해직될 때 학교와 싸운 이야기, 그 과정에서 자신도 두 번이나 징계를 받았다고 했다.

"집에서는 어때? 괜찮았어?"

도은은 부당한 것들과 싸우기 위해서 단단하게 무장하고 있는 상훈의 이야기에 동화되었다.

"부모님께는 늘 죄송하지. 우리 형도 고운 활동을 했거든. 형 때 하도 심하게 충격을 받으셔서 그런지 내가 징계받고 학교에 불려왔을 때는 초월하신 것 같더라고. 그래도 마음은 아프지. 자식 때문에 한 번도 아니고 두 번씩 학교에 오는 게 뭐가 좋겠어. 비 온 후에 땅이 굳어지잖아. 이런 일을 여러 번 겪다 보니까 부모님도 어느 정도는 포기하신 것 같고, 가끔은 같이 학교 욕을 하기도 해. 우습지?"

상훈은 부끄러움이 많은 소극적인 외양과는 달리 속은 단단하게 다져진 것처럼 보였다. 싸울 일이 있으면 뒤로 빼지 않고 저돌적으로 달려들면서도 그 안팎의 일들을 세심하게 살피는 부드러움이 몸에 배인 듯 도은에게 계속해서 말을 걸었다. 도은은 불과 몇 개월 사이에 자신에게 찾아온 변화를 자연스럽고 편안하게 받아들이고 있었다. 필요한 것을 얻기 위해서는, 부당한 것들과 싸우기 위해서는, 용기뿐 아니라 따뜻한 감성도 필요하다고 상훈은 말하고 있었다. 운동이 거칠고 대담한 자들의 행동방식이라고 생각했던 거부감이 상훈을 보며 바뀌고 있었다.

상훈과 함께 책을 읽고 이야기를 나누는 것은 즐거운 일이었다. 대부분은 상훈이 자신의 생각을 얘기하긴 했지만, 그의 생각과 의견은 잘 정리된 노트처럼 기승전결이 있었다. 언제 이렇게 많은 책을 읽은 걸까 의아할 정도로 상훈은 상대방을 설득하는 다양한 경험과 신념이 있었다. 상훈과 이야기를 나눌 때면 같은 나이인데도 선배를 만나는 것처럼 늘 든든했다. 걸을 때 한쪽을 질질 끄는 그의 걸음걸이처럼 그는 상대방의 생각을 잡아끄는 재주가 있었다. 그의 느린 말투 속에는 자신이 완벽한 인간이 아니라는, 일방적인 운동이 아니라 상대방과 함께 가는 운동을 지향한다는 태도가 자리하고 있었다. 아무리 늦게 가도 그는 기다려줄 것 같았다. 모른다는 것이 부끄러운 것이 아니라 알면서도 모르는 척하는 것이 부끄러운 것이라고 상훈은 느린 발걸음으로 알려주고 있었다. 그러면서도 그의 목소리에 실린 노래는 놀랍도록 감미로웠다. 그에게 기타를 안겨주면 상대방을 단 삼 초 안에 매혹시킬 수 있을 것 같았다. 그의 목소리는 그의 성품에 신념이 실린 설득력이 있었다.

"너는 그 노래만으로도 운동이 가능할 것 같아. 너도 알고 있니?"

상훈은 고개를 숙이며 웃었다.

"사실 말이야. 나, 노래가 좋았어. 운동권 가요들이 너무 좋았어. 내가 다리가 이래서 그런지, 나도 너처럼 무척 우울한 아이였거든."

상훈의 목소리가 예전과는 다르게 조금씩 떨렸다. 도은은 상훈의 내면을 들여다보듯 계속 하라는 뜻으로 눈을 맞췄다.

"하루는 형 책상에 있던 워크맨에 테이프를 꽂고 듣고 있는데 눈물이 나는 거야. 그때가 중2인가 그랬거든. 그때까진 형이 학교에서 무슨 일을 벌이고 그러면 그게 굉장히 싫었어. 엄마가 형 때문에 우는 걸 자주 봤거든. 나는 그러고 싶지 않았어. 아니 그러지 않겠다고 다짐했던 걸지도 몰라. 그래서 형이 학교에서 징계 먹었을 때도 형이 죽도록 미웠었어. …… 그러다가 형이 갖고 있던 민중가요집을 들었는데, 눈물이 터진 거야. 너도 그런 경험이 있는지 모르겠는데, 한꺼번에 모든 것이 이해가 되는 경험. 그런 거 알아?"

도은은 상훈이 말한 것이 무엇인지 알 수 있었다. 매일 밤 기다려 듣고 있는 음악세계처럼, 라디오와 처음 만난 그때처럼, 그때 라디오에서 흘러나오던 시와 노래와 전영혁의 목소리가 자신을 민주학교에 데려다 놓은 것처럼, 모든 것이 한순간에 느껴지는 때가 도은에게도 있었다.

"그때부터였을 거야. 형의 책을 몰래 읽기 시작한 게. 그때가 운동의 시작이 아니었을까. 노래가 그 길을 밝혀준 거고……"

상훈은 첫사랑을 고백하듯 부끄럽게 말을 흐렸다. 부끄러움 속에 그의 겸손함이 배어 있었다. 그가 노래의 길을 발견한 것처럼 도은은 상훈을 통해 새로운 길을 경험하고 있었다. 상훈과 만나면서 도은은 다시는 학교에서 향오와 같은 아이들이 뛰쳐나가도록 보고만 있지 않을 거라는 다짐이 생겼다. 소리 소문 없이 종이비행기와 엮인 아이들의 유기정학 통보가 있었고, 도은은 자신과 생각이 비슷한 아이들을 모아 소모임을 만들었다.

도서관은 아이들과 만날 수 있는 유일한 장소였다. 도은은 도서관에서 도서번호도 없이 꽂혀 있는 1980년 광주의 사진이 담긴 팸플릿을 발견했다. 이런 끔찍한 일들은 칠레라는 작은 나라에서만 일어난 것이 아니었다. 도은이 태어나기도 전에 일어난 일이 아니라 지금 여기에서도 끊임없이 벌어지고 있었다. 소모임을 통해 친구들과 이야기를 나누고, 역사 공부를 하고, 새로운 사실들을 접하면서 도은은 종이비행기만으로는 현실을 바꿀 수 없다는 것을 체감하게 되었다. 종이비행기만으로는 강제로 시행된 야간 자율학습을 바꿀 수 없었고, 종이비행기만으로는 해직된 선생님을 되찾을 수 없었다. 종이비행기만으로는 다시 부활하려는 교복 제정을 막을 수 없었고, 민주 학생회도 조직할 수 없었다. 종이비행기만으로는 할 수 있는 모든 것이 제약되었다.

도은은 모임의 친구들과 함께 우선 야간 자율학습을 반대한다는 요지의 유인물을 작성해서 뿌리기로 했다. 유인물에서는 야간 자율학습과 교복에 대한 찬반 투표를 제안하기로 했다. 유인물은 학생의 날 이전에 뿌리고 함께 할 수 있는 친구들을 모아 학생의 날 행사에 참여해 앞으로 어떻게 해야 할지를 의논해보자고 계획을 세웠다.


디데이를 하루 앞두고 도은은 교무실로 불려갔다. 태연한 척하려고 어금니를 꽉 물었지만 다리가 떨리는 것은 감출 수 없었다. 무슨 일일까. 왜 나를 부르는 거지. 아직 뿌리지도 못한 유인물이 발각된 걸까. 다른 친구들은 어떻게 됐을까. 여러 생각이 교차했다. 교무실로 들어서자 한 남자가 도은에게 다가왔다. 녹황색 작업복 차림에 젊지도 늙지도 않은 야릇한 나이의 아저씨였다. 그는 도은에게 말을 걸었다.

"네가 도은이니?"

도은은 멀뚱히 남자를 바라보고 있었다.

"지금 나랑 같이 가야겠는데, 선생님한테는 말씀드렸으니까 얼른 가방 싸서 나와라."

도은은 이 아저씨가 도대체 왜 이러나 하는 표정으로 물었다.

"누구세요?"

그는 난감한 표정으로 도은을 바라보았다.

"그러니까 나는…… 지금 그게 중요한 게 아니고, 할머니한테 문제가 좀 생겼어. 얼른 병원으로 가봐야 해."

도은은 아저씨에게서 '할머니'라는 단어가 나오자 눈앞이 캄캄해졌다.

"할머니가 왜요? 병원이라뇨? 그게 무슨 말씀이세요?"

교무실로 올 때와는 또 다르게 걸음이 떨어지지 않았다. 이번에는 신발이 바닥에 달라붙은 것 같았다. 몸은 당장 교무실을 빠져나오고 싶은데 발이 떨어지지 않는 상황이었다.

"아침에 할머니한테 일이 좀 생겼어. 얼른 가자."

그가 도은의 손을 잡았다. 도은은 꼼짝도 할 수 없었다.

"내가 같이 가줄게."

그는 잠깐 도은의 눈을 쳐다보다 잡은 손을 놓고 도은의 등을 쓸어주며 말했다. 같이 가줄게. 그것은 혼자서는 감당할 수 없는 일들을 당했을 때 언제나 제일 먼저 듣고 싶었던 말이었다. 같이 가주겠다는 아저씨의 한마디에 마술처럼 발이 떨어졌다. 발이 떨어지자 정신이 돌아왔다. 할머니가 사고를 당한 게 분명했다. 앞이 흐릿하다고 주변에 있는 물건도 잘 구분하지 못한 게 한두 해가 아닌데…… 리어카를 끌고 고물을 주우러 다니다 사고가 난 것이 분명했다. 도은은 언제든 이런 일이 일어날 거라고 예상하고 있었지만, 막상 일이 벌어지고 나니 어떻게 해야 할지 갈피가 잡히지 않았다. 우선 교실로 달려갔다. 가방을 챙기고 남자를 따라 병원으로 향했다.

응급실은 그야말로 피바다였다. 전쟁이 난 것처럼 침대가 모자라 환자들이 바닥에 방치되어 있었다. 할머니는 그나마 간이침대에 누워 있었다. 누워 있었지만 동작이 없었고, 주위에는 의사 가운을 입은 사람들이 둘러싸고 있었다. 여기저기서 들리는 신음 소리와 소식을 듣고 달려온 보호자들, 마이크를 든 아나운서들과 사진기 셔터 눌리는 소리가 어지럽게 섞여 난장판이 따로 없었다. 도은은 온몸이 누더기가 되어 누워 있는 할머니 얼굴을 의사들 엉덩이 사이로만 볼 수 있을 뿐이었다.

간호사가 도은이에게 할머니 이름을 물은 뒤 수술 동의서를 내밀었다. 같이 온 남자가 도은에게 무언가 계속 설명하고 있었지만, 도은은 이게 무슨 상황인지 어지러웠다. 우선 수술 동의서에 사인을 하고 나니 숨이 턱 막혔다. 이런 상황이라면 할머니가 죽을 수도 있겠다는 생각이 들었다. 도은은 할머니에게 제대로 인사도 못했다는 것을 수술실 문이 닫힐 때가 되어서야 깨달았다. 갑자기 눈물이 쏟아졌다. 같이 온 아저씨를 붙잡고 갑작스런 이런 상황이 달래질 때까지 말 한마디 못하고 그저 울음만 쏟아냈다.

"괜찮으실 거야. 도은아, 이제 그만 울어라. 할머니 깨어나면 네가 기운을 내야 해. 지금 다 울어버리면 진이 빠져서 간

병도 못하는 거야. 이제 그만 울어."

아저씨는 도은을 달래려고 애를 쓰고 있었다. 병원의 텔레비전에서는 낡은 가스 배관을 교체하던 중 일어난 폭발 사고로 주변 일대가 아수라장이 된 상황을 보여주었다. 현장에서 가스 배관을 교체하던 인부들뿐 아니라 집채에 깔린 사람, 지나가던 사람들까지 사망자는 계속 늘어날 거라고 했다. 조금 있어 수술실에 들어간 의사들이 주르륵 나왔다. 의사는 도은에게는 아무 설명이 없었다. 같이 있던 아저씨가 의사 가운을 붙잡고 어떻게 되었느냐고 따지듯 물었다. 할머니는 중환자실에 있다고 했다. 의사는 고개를 가로저었다.

수술을 포기하고 나온 것 같았다. 도은은 그 자리에 주저앉았다. 눈물도 나오지 않았다. 아저씨는 기운이 하나도 없는 도은에게 찬물을 건넸다. 그 밤 내내 도은은 중환자실 앞에서 단 한마디도 하지 않고 그대로 앉아 있었다. 병원 복도에 앉아 있으니 시간이 어떻게 흐르는지 알 수 없었다. 중환자실 앞에는 도은뿐 아니라 행운상회 아줌마와 낯이 익은 이웃들이 멍하니 빈 울음을 짜내다 가슴을 치다가 의자에 드러누운 사람도 있었다.

도은은 병원에서 나와 집으로 향했다. 집으로 오르는 길은 폭발 사고로 한쪽이 노란 띠로 금이 쳐져 있었다. 뉴스에서 본 것보다 현장은 더 참혹했다. 침수로 약해진 지반이 무너지면서 그 일대 가옥 수십 채가 폭격을 맞은 듯 땅으로 주저앉아 있었다. 동네 사람들은 집이 흔들려서 무서워서 들어갈 수가 없다면서 아예 집 앞 평상에서 밤을 새운 모양이었다. 누군가 물난리 난 지 얼마나 됐다고 땅을 파대느냐고, 이건 인재라며 정부에 항의하러 가자고 목소리를 높였다.

도은은 사고 현장에서 꽤 떨어져 있었다는 할머니가 있던 곳을 찾았다. 하필이면 할머니는 그때 맨홀 뚜껑 위에 있었고, 폭발과 함께 십 미터 밖으로 나가떨어졌다고 했다. 할머니의 리어카는 어느 집 담벼락 옆에 아무 일도 없었다는 듯 놓여 있었다. 도은은 리어카를 끌고 고개를 올랐다. 집으로 가는 먼 길이었다. 할머니는 리어카에 실을 물건들을 채우기 위해 늘 이렇게 먼 길을 택했었구나. 빈 수레에 무엇이 그렇게 많이 담겼는지, 몇 번이고 쉬었다 다시 끌며 도은은 생각했다. 이 길이 얼마나 멀었을까. 멀리 갈수록 돌아오기 힘들었을 그 길을 매일 아침 하루도 거르지 않고 다니며 할머니는 무슨 생각을 했을까. 단 며칠만이라도 할머니와 얘기를 나누고 싶었다. 벌써부터 할머니의 목소리가 기억나지 않을 정도로 아득해졌다. 아니 할머니가 자신을 놓고 더 이상 리어카를 끌지 않아도 되는 편한 길을 떠날까 봐, 도은은 두려웠다.

며칠 동안 뉴스에서는 옥수동의 따닥따닥 붙은 집들처럼 사망자와 부상자 이름을 내보냈다. 무려 스물다섯 명의 사망자가 난 대형 사고였다. 하루가 지나면 부상자는 줄고 사망자는 더 늘어났다. 중환자실 면회 시간은 정해져 있었지만 도은은 아침에 짐을 꾸려 병원으로 향했다. 주변 분들이 먹고 기운 좀 차리라고 빵과 우유를 건넸다. 도은은 아무것이나 마구 입에 집어넣었다. 자꾸만 뭔가 먹고 싶은데 그게 뭔지 정확히 알 수 없었다. 먹은 후에는 어김없이 화장실로 달려가 먹은 것을 뱉어냈다. 간밤에 일하고 온 아저씨가 집으로 가지 않고 병원으로 왔다. 아저씨는 도은의 핏기 없는 얼굴을 보고는 일어나라고 잡아끌었다. 병원 앞 음식점으로 도은을 끌고 들어간 아저씨는 설렁탕을 시켰다.

뱃속에서는 배가 고프다고 아우성이었다. 고픈 배를 채우려고 허겁지겁 국물을 입에 넣었다가 너무 뜨거워 눈물이 쏙 빠졌다. 그러면서도 손은 다시 국물을 뜨고 있었다. 아저씨는 설렁탕 국물에 밥을 부어주었다.

"입천장 다 까질라. 이러면 좀 괜찮을 거야. 천천히 먹어라."

도은은 며칠 동안 밥을 한 숟가락도 입에 대지 않았다는 것을 알았다. 빵도 우유도 필요 없고 밥, 밥이 필요했다. 도은에게 필요한 것은 그것이었다. 풀무질에서 읽었던 김지하의 『밥』이 떠올랐다. 뜨거운 국물에 말아 넣은 한 그릇의 밥은 도은을 일으켜 세우는 격려였다. 그것은 불한당처럼 쳐들어온 외로움을 달래주는 온기였고, 누군가 함께 있다는 안도감을 주었다. 밥은 허기뿐 아니라 외로움도 채워주고 있었다. 김지하의 말이 맞았다. 도은은 시인을 바라보듯 아저씨를 쳐다보았다.

"연락할 만한 친척들은, 가족은?"

도은은 대답 대신 고개를 숙였다.

"큰일이구나."

아저씨는 담배를 피우며 긴 한숨을 내뱉었다.

병원에 돌아오자 중환자실 앞에 있던 행운상회 아줌마가 도은이에게 달려왔다.

"도은아, 저기 저, 아까부터 와서는 실성한 사람처럼 저렇게 목놓고 울고 있다. 저거 네 엄마 아니냐?"

도은이라는 말에 울고 있던 여자가 뒤를 돌았다. 긴 머리카락은 사라지고 뽀글이 파마를 한 여자였다. 키가 무척 크다고 생각했었는데, 작달막한 키에 가슴만 커다란 동네 아줌마였다. 얼굴이 곱고 이목구비가 뚜렷했었는데, 얼굴은 찐빵처럼 부풀어 눈 코 입이 콩알처럼 박혀 있었다. 기억은 모두 사실과 달랐다. 달랐지만 지금 도은이 앞에 있는 여자는 분명 엄마였다.

"아가, 도은아!"

여자는 도은이를 부르며 달려왔다. 아가라니. 저 여자가 엄마라니. 도은은 움찔 뒤로 물러났다. 여자는 도은이를 붙잡고 오열을 했다. 주변에 있던 사람들이 눈시울을 적실 만큼 숨이 막히는 울음이었다. 행운상회 아줌마가 기절할 듯 힘을 쏟으며 울고 있는 여자를 붙잡고 의자에 앉혔다.

"그래, 댁이 도은이 엄마란 말이지. 이 사람아, 이제야 오면 어쩌나. 도은 할매가 눈이 빠져라 기다렸는데, 이제야 찾아오면 어쩌란 말이야. ……아이구, 우리집 양반은 어쩌면 좋을꼬. 이렇게 허망하게 갈 거면 좋아하는 술이라도 맘껏 퍼주는 건데. 누가 술 처먹고 잠자다 이런 봉변을 당할 줄 알았느냐고."

행운상회 아줌마는 울고 싶은 사람들이 그러듯 남의 슬픔에 제 슬픔을 얹어 마음껏 울었다. 그제야 정신을 차린 여자가 도은을 하나하나 뜯어보기 시작했다.

"벌써 이렇게 컸구나. 혼자서 얼마나 무서웠을까. ……이리, 이리 와라!"

여자는 두 팔을 벌렸다. 그때 중환자실에서 간호사가 나와 할머니의 이름을 불렀다. 중환자실 복도에는 정적이 감돌았다. 할머니는 중환자실에서 처치실로 옮겨졌다. 그리고 중환자실로도 다시 돌아오지 못하고 장례식장으로 옮겨졌다. 도은은 엄마에게 도끼눈을 하며 대들 시간도 없이 상주 노릇을 해야 했다. 슬픔은 나눠지지 않았지만 밥은 나눠 먹을 수 있었다. 먹고 싶지 않아도 입에 밥을 넣어주는 사람. 엄마는, 가족은 그렇게 다시 시작되는 관계였다. 할머니가 그날 그 맨홀 위에 있었던 것은 엄마를 찾아주기 위한 것이었을까. 뼈 위에 살가죽만 얹어놓은 듯 앙상한 할머니의 벗은 몸을 보며 도은은 생각했다. 엄마를 찾기 위해서는 자신의 이름을 뉴스에 내보내는 것만큼 효과적인 방법이 없다고 생각한 것은 아니었을까. 그날 텔레비전에 나온 엄마를 보며 그런 생각이 들었던 것은 아니었을까. 할머니의 얼굴은 피곤에 찌든 세월보다는 '나 이제 간다'라는 어린아이의 명랑한 모습이었다. 얼마나 벗어나고 싶었으면 저런 모습을 하고 있을까. 도은은 힘든 생을 마감한 할머니의 표정을 보며 울음보다는 평안함이 느껴졌다.

"할머니, 이제 편하게 지내세요. 안녕, 할머니!"

# 마석으로 가는 길

할머니를 보내고 학교에 돌아온 도은은 그간 학교에서 많은 일들이 벌어졌음을 직감적으로 알 수 있었다. 도서관에 들러 친구들의 메모를 찾아보았지만, 비밀 쪽지를 꽂아놓던 광주의 팸플릿이 보이지 않았다. 소모임 친구들은 도은에게 일주일 동안 있었던 사건을 이야기해주었다. 계획대로 야간 자율학습의 부당함을 호소하는 유인물이 뿌려졌고, 아이들이 다 읽어보기도 전에 유인물은 수거되었다고 했다. 그래도 일찍 등교한 아이들이 각 교실에 뿌려진 유인물을 몰래 숨겨둔 것이 있어서 반마다 돌려 읽었다고. 유인물 내용처럼 야간 자율학습에 대한 찬반 투표를 하자는 의견이 거세졌고, 학년 주임은 반마다 돌아다니며 주동자를 찾아냈는데, 그 과정에서 도은이와 같은 소모임에 있는 친구 둘이 징계를 받았다는 얘기였다.

"학주 말이 우리 학교에도 불온한 세력이 있다는 거야. 이런 유인물을 고등학생들이 지들끼리 찍어서 뿌린다는 게 말이 되냐면서 길길이 날뛰는데, 난 통쾌하더라고."

친구들은 자율학습에 대한 찬반 투표는 해보나 마나 반대표가 압도적으로 많을 텐데, 어떻게든 해보자고 했다. 도은은 징계를 피한 친구들과 자율학습 찬반 투표뿐 아니라 소모임 친구들의 징계가 부당하다는 유인물을 뿌릴 계획을 세우고 풀무질로 향했다. 풀무질의 메모판을 보니 루다에게 온 쪽지가 두 개 붙어 있었다. 하나는 지상 선배에게서 온 것이었고, 다른 하나는 상훈이가 남긴 것이었다. 도은은 날짜가 지난 것은 버리고, 상훈이에게 메모를 남겼다.

"상훈, 토요일 오후 2시, 한양대 앞 한마당 서점—루다"

상훈이와 만나는 토요일에는 그해의 첫눈이 내렸다. 눈은 도은의 머리에 꽂힌 하얀 꽃을 가려주며 길 위에 쌓였다. 눈송이 하나하나가 자기 자리를 찾아온 것처럼 길을 하얗게 덮고 있었다. 서점 안에서 밖을 보니 소리 없는 시간이 다큐멘터리처럼 흐르고 있었다. 상훈을 만나면 무슨 말부터 해야 할까. 할머니의 죽음이 있었고, 엄마가 찾아왔고, 엄마는 갑보 아저씨와 함께 포장마차를 하게 되었다고? 학교에서는 친구들이 유인물을 돌렸고, 징계를 먹었으며, 나만 징계를 피했다고? 그동안 연락할 수 없었던 이유는 이런 것들이라고? 어떤 것도 두 주 사이 도은에게 일어난 일들을 제대로 전달할 수 없었다.

이런 모든 일들이 갑자기 일어났고, 갑자기 정리되었다고. 지금은 몹시 혼란스러우며 마음 같아서는 운동이고 뭐고 그만하고 싶다. 할머니의 죽음을 보며 그 빈 수레가 포장마차가 되는 것을 보면서 삶이란 것이 이렇게 시시한 건가, 그런 생각이 끼어들었다고. 학교의 바글거리는 문제들이, 그래서 조금 하찮아졌다고. 사실대로 말할 수 있을까. 생각은 꼬리연처럼 길게 날아올랐다. 그날 상훈은 네 시가 넘도록 오지 않았다. 고약 집에 들러 팔백 개의 고약을 박스에 넣으면서 도은은 상훈을 만나지 못한 것이 다행이라고 생각했다.

고약 집을 나와 엄마와 갑보 아저씨가 함께 시작한 포장마차에 들렀다. 엄마는 찬 김밥을 썰었고, 아저씨는 국수를 삶았다. 국수 국물에 찍어 먹는 김밥은 차지도 따뜻하지도 않은 딱 그들만큼의 정 같았다. 도은은 엄마보다는 갑보 아저씨와 더 친해졌다. 아저씨는 회사가 부도나는 바람에 2교대 근무 일마저 끊겼다고 했다. 마침 할머니가 남긴 리어카가 있었고, 그 리어카에 엄마의 솜씨를 얹으면 그럭저럭 장사는 할 수 있을 것 같아 엄마한테 먼저 동업하자고 제안했다고 했다. 엄마

는 그동안 길거리 정화로 인해 구청에 빼앗긴 마차가 서너 개
는 된다면서 아저씨가 있어서 든든하다고 했다.

갑보 아저씨 덕분에 도은은 서먹서먹한 엄마와의 대화를
그나마 유지할 수 있었다. 아쉬운 건 밤에 라디오를 들을 수
없다는 점이었다. 아저씨의 라디오는 길거리 손님들을 위해
포장마차로 옮겨졌다. 도은은 이번에 아르바이트비를 받으
면 라디오를 사야겠다고 생각했다. 타자기를 사기 위한 노동
은 라디오를 사는 것으로 옮겨졌다. 포장마차에서 듣는 노래
는 느낌이 또 달랐다. 라디오에서는 유재하와 김민기의 목소
리를 섞어놓은 남자의 목소리가 흘러나오고 있었다. 아저씨
가 노래를 따라 불렀다.

"저 하늘의 구름 따라, 흐르는 강물 따라, 정처없이 떠돌고
있구나, 바람을 벗 삼아 가면. 눈앞에 떠오는 옛 추억, 아아,
그리워라. 소나기 퍼붓는 거리를, 나 홀로 외로이 걸으면, 그
리운 부모 형제 다정한 옛 친구, 그러나 갈 수 없는 이 몸, 홀
로 가야 할 길 찾아 헤매이다 헤어갈 나의 인생아, 헤어갈 나
의 인생아."

갑보 아저씨에게서는 노랫말처럼 정처없이 떠도는 사람의
정서가 짙게 배어 있었다.

"아저씨! 갑보가 뭐예요?"

아저씨는 노래를 멈추고 신발을 벗어 손에 들었다.

"여기."

아저씨는 신발 뒤꿈치를 손으로 짚었다.

"갑보가 뭐냐면서? 여기, 여기가 갑보야. 꼭 누구 같지?"

도은은 그게 뭐냐는 표정을 지었다. 아저씨는 "그러니까 신발 꺾어 신지 마. 갑보 다친다"라고 했다. 도은은 꺾어 신은 신발에 발을 구겨 넣었다.


여름의 물난리를 겪어서인지 겨울은 반가운 손님처럼 일찍 찾아왔다. 도은은 그사이 풀무질에 들러 서너 번 메모를 남겼지만 상훈을 만날 수는 없었다. 대신 겨울 민주학교에 참여했다. 겨울 민주학교에는 학교의 소모임 친구들과 함께 갈 수 있었다. 학교에 대한 반감이 커질수록 소모임에 들어온 친구들은 더 많아졌다. 도은은 그 친구들 중 한 팀을 맡아 다음 해에 있을 자주적 학생회 조직과 백 미터를 동그랗게 뛰어야 하는 운동장을 테니스장으로 만들겠다는 계획에 반대하기 위한 준비를 시작했다.

겨울 민주학교에서는 지상 선배를 다시 만나게 되었다. 지상 선배는 그동안 연락이 닿지 않아 애를 먹었다면서 이번에 처음으로 조직원들이 다 같이 만날 수 있는 자리가 있다고 했다. 도은은 조직이라는 말에 웃음이 나왔다.

"그럼 여태 내가 조직에 속해 있었던 거예요?"

선배는 어깨를 들썩이며 말했다.

"그럼, 동학!"

"동학이 뭐예요?"

"동터오름학우회를 줄여서 우리는 동학이라고 불러."

"동터오름학우회? 조직 이름치곤 없어 보이네요."

"우리는 DH라고 약자를 쓰고 있어."

"디에이치? 약 이름 같다."

"그렇긴 해. 급하게 지어진 이름이래. 1987년 명동성당에서 서울지역 고등학생 연합으로 학생들이 모였다는 것은 지난번에 얘기했지? 그 선배들이 철야 농성을 풀고 흩어지면서 고민했던 것들 중 하나가 전위운동이었다고."

도은은 선배를 물끄러미 쳐다보았다.

"물어볼 타이밍을 놓쳐서 그런데요, 다들 전위가 어쩌고 하는데, 느낌은 대충 오는데 그 전위가 뭐예요?"

"이런이런, 이럴 때 너 굉장히 귀여운 거 알아? 진즉에 물어보지 그랬어. 지하에서 운동을 하는 거지. 당시 명동성당에서 서울지역 고등학생 연합이라는 깃발을 꽂기는 했지만, 그것은 지속적인 운동이 될 수 없었거든. 왜냐하면 다 잡혀갔으니까. 선생이든 부모님이든 떼로 몰려와서 니들이 지금 여기서 이게 무슨 짓이냐는 식으로 때리고 가두고, 학교에도 가지 말라고 훈계를 들어야 했어. 그때 농성을 풀면서 선배들이 지금까지와는 다른 고등학생운동이 필요하다고 느낀 거지. 함께 공부도 하고, 다른 학교들과 연대할 수 있는 전위운동이 필요했던 거야. 뭐 따지고 보면 거창한 것도 아니지. 다치지 않고 지속적으로 운동할 수 있는 방법이 전위가 아닐까. 나는 그렇게 생각했거든. 이름이 중요한 건 아니고."

선배는 건대 호수를 바라보며 조직에 관한 더 많은 이야기를 해주었다. 필요성과 당위성 사이에게 갈등했던 고민들, 부모님을 속이는 것에 대한 미안함, 광주에 있는 고등학생들의 조직화 과정과 그것을 통해 배울 점 등, 한 사람 안에 축적된 운동의 역사를 듣고 있는 것 같았다. 선배는 앞으로 하나하나 부딪히면서 같이 공부하지 않겠느냐고 물었다. 호수에 낀 얼음 위로 듬성듬성 눈이 쌓여 있었다.

"선배를 만난 게 여름이었는데…… 벌써 겨울이 되었네."

도은은 여름에서 겨울 사이 너무 많은 일들이 일어났다고 말하고 있었다.

"내년에도 볼 수 있을까요."

운동을 계속 할 수 있을지 확신이 서지 않는다는 물음이었다.

"왜 그런 말을 하는데? 당연하지. 우리는 어떻게든 만나게 되어 있어. 지금도 연락이 끊겼다가 이렇게 다시 만나게 되었잖아."

"나는 조직운동은 특별한 사람들이 하는 건 줄 알았어요. 최소한 나 같은 인간은 절대로 할 수 없는 거라고. ……그래서 내가 뭔가 하고 있다는 게 웃겨요. 내가 나를 비웃으면 내가 있는 조직도 그렇게 되는 거잖아. 그래서 두려워요. 내가 뭔가를 한다는 게."

선배는 도은의 고민에 가볍게 대처하며 가방에서 책을 한 권 꺼냈다.

"그래서 사람들이 공부를 하는 거야. 공부하는 동안에는 내가 조금은 괜찮은 사람이 되는 것 같거든. 물론 하면 할수록 알 수 없는 미궁에 빠지기도 하지만. 그래서 혼자 하는 공부도 필요하지만 어느 순간에는 다른 사람들의 생각도 들어봐야 하는 거야. 이거, 읽어봐."

선배가 건넨 책은 박수남이 쓴『노동해방의 철학』이었다.

"우리 실정에 맞게 쉽게 쓴 책이니까 변증법적 유물론을 공부할 입문서로는 적당할 거야. 다음에 이 책으로 학습할까 해."

"누구랑?"

도은은 상훈이와 같이 하고 싶었다.

"글쎄, 그건 아직 안 정해졌고, 나랑 하고 싶지 않냐?"

도은은 피식 웃었다.

"이번 달 말에 마석에 갈 거야. 청량리역에서 모여서 같이 갈 거니까, 거기서 다음 티를 잡으면 될 거야."

"거기엔 왜 가는데요?"

"가보면 알아. 매년 한 번씩 가는 곳인데, 우리에겐 민주묘역인 셈이지. 꼭 나와라."

선배는 종이에 시간과 장소를 적어 건네며 꼭 나오라고 하고는 먼저 일어섰다. 선배가 떠나고 가로등에 불이 들어왔다.

"마석?"


12월의 마지막 날, 청량리는 어디론가 떠나는 사람들과 도착한 사람들이 엉켜 번잡했다. 찬 바닥에 앉아 술을 먹는 사람들이 있는가 하면, 누군가를 기다리며 발을 동동 구르는 사람도 있었다. 기차가 오면 사람들이 물밀 듯이 빠졌다가 다시 새로운 사람들로 채워졌다. 삼십 분이 지나도 지상 선배는 나타나지 않았다. 대신 멀리서 익숙한 발걸음으로 도은이처럼 일행을 찾고 있는 상훈이 보였다. 도은은 상훈에게 바로 달려가지 않고 몸을 숨겼다. 왠지 가슴이 뛰었다. 화장실이라도 다녀와야 할 것 같았다. 화장실에 다녀오니 상훈이 주변에 여자애 둘이 함께 있었다. 도은은 화장실에 다녀온 것이 후회되었다. 이번에는 상훈이가 멀찍이서 도은을 알아보았다. 먼 거리에서도 상훈의 웃는 표정이 환하게 그려졌다.

"어, 너 원래 걸음걸이가 그랬나? 껄렁껄렁하며 걷는 게 건달 같다."

다른 아이들도 도은의 걸음걸이에 웃고 있었다.

"그런가? 너한테 전염됐나 봐."

"잘 지냈어?"

그동안 상훈이 메모를 봤는지 안 봤는지는 중요하지 않았다. 다시 상훈을 만나게 되었다는 게 더 중요했다. 상훈이 옆에는 같은 학년으로 보이는 여자애 둘이 있었다.

"안녕? 얘기 많이 들었어. 나는 미혜야."

높은 하이톤의 아이가 먼저 손을 내밀었다.

"나두. 보고 싶었어. 나는 희정이."

선한 인상의 여자애도 손을 내밀었다.

"지상 선배는 매번 늦어. 그냥 우리끼리 가버릴까?"

미혜라는 이름의 하이톤 목소리를 가진 여자애가 투덜댔다.

"조금만 더 기다려보자."

상훈이 주변을 살피며 말했다.

"어, 저기 온다."

지상 선배와 함께 걷는 여자애는 민주학교에서 만난 아이였다. 강남에 있는 학교에 다닌다고 했었고, 몇 번 참석하다 다음에는 얼굴을 보지 못했었다. 그때는 몰랐는데 지상 선배와 같이 걸어오는 모습을 보니 어딘지 모르게 둘이 닮아 보였다.

"와, 정말 예쁘다. 선배랑 하나도 안 닮았는데."

희정이가 말했다.

"오우, 안녕하세요, 안녕하세요. 그죠? 하나도 안 닮았죠?"

여자애는 얼굴과 이름을 매치시키며 "여기는 상훈이 형, 여기는 미혜 언니?" 하며 인사를 건넸다.

"응, 맞아. 반가워."

"그럼 여긴, 희정이 언니! 맞죠?"

여자애는 도은에게 손을 내밀었다.

"언니는 민주학교에서 만났었죠? 전 주영이에요. 오빠한테 언니 얘기 많이 들었어요."

"지상 선배가 오빠?"

도은은 지상 선배와 주영이를 번갈아 보았다.

"가명을 쓰니까 이참에 성도 바꿔버렸어요."

주영이는 도은이보다 한 살 아래였고, 주변을 밝게 하는 기운이 있었다.

"인사는 나중에 하고 버스부터 타자. 저쪽에 마석으로 가는 버스가 있어."

상훈이가 끼어들었다. 버스 안에서 도은은 주영이와 함께 앉았다.

"민주학교에는 왜 안 나왔어?"

"우리 학교에서는 다른 친구들이 갔으니까. 그래도 언니네 학교 얘기는 알고 있어요. 언니는 그거, 고약 싸는 아르바이트도 했다면서요?"

"지금도 해."

"언니 멋있어."

장난 섞인 말이었지만 도은은 왠지 쓸쓸했다. 자신을 제외하곤 다들 아는 사이 같았다. 상훈이와 자연스럽게 말을 섞는 주영이도 그렇고, 희정이와 미혜도 다들 친분이 있어 보였다. 도은은 화제를 돌려 앞자리에 앉은 상훈을 툭툭 쳤다.

"너는 마석에 가봤니?"

"학교 친구들이랑 가봤지. 동학에서 가는 건 두번째고."

도은은 거기 뭐가 있기에 학교 친구들이랑 갔냐고 물으려다 말았다. 민주묘역이라고 하지 않았던가. 죽은 사람들한테 가서 뭘 하겠다는 건지 알 수 없었다. 한 시간여를 덜컹거리던 버스는 마석역에서 사람들을 모두 뱉어내고 빈 차로 떠나갔다. 모란공원 입구에는 검은 휘장이 펄럭였다. 묘역에 들어서자 할머니 생각이 간절했다. 묫자리도 쓰지 못하고 화장해버린 할머니의 몸은 쉴 곳을 찾았을까. 수많은 무덤들을 바라보며 그런 생각에 입이 썼다. 지상 선배는 유난히 꽃이 많은 묘 앞에서 멈추었다. 뒤따라 걷던 아이들도 모두 숙연해졌다. '영원한 노동자의 벗, 전태일 동지여'라는 현수막이 걸려 있었다. 전태일의 묘가 여기에 있었다니. 도은은 비석 옆에 세워진 전태일의 사진을 뚫어지게 쳐다보았다. 묘 앞에는 투명 아크릴 상자가 놓여 있었다. 손글씨로 쓴 편지와 투쟁을 다짐하는 메모들이 그 속에 놓여 있었다.

"이곳에 오면 나는 여기부터 들르게 된다. 『전태일 평전』을 읽으면서 사회 문제에 눈을 떴거든. 자신을 죽여 자신을 밟고 올라서라는 외침이 나에게 말을 거는 것 같았어. 눈을 감지 말고 온갖 문제들과 당당하게 맞서 싸워라, 그러는 거 같아. 오늘 우리가 여기에 온 건 처음의 마음을 되짚어보자는 의미가 있어. 누구 노래 하나 뽑아볼래?"

지상 선배의 말이 끝나기 무섭게 상훈이 「님을 위한 행진

곡」을 부르기 시작했다.

세월은 흘러가도 산천은 안다
태어나서 외치는 뜨거운 함성
앞서서 나간 이
산 자여 따르라
앞서서 나간 이
산 자여 따르라

주영이와 미혜가 오른손을 들어 합류했다.
"투쟁, 투쟁."
노래가 끝나자 어수선하던 분위기가 투쟁적인 모습으로 바뀌었다. 선배에게선 장난기가 사라지고, 도은과 아이들은 숙연해진 분위기로 다음 묘소로 향했다. 지상 선배가 한 곳에서 멈췄다.
"여긴 너희들도 알 거야. 대공분실로 끌려가 고문으로 죽은 박종철의 묘소야. 당시 박종철의 나이는 스물셋, 전태일과 같은 나이지. 고문치사를 인정하지 않으려는 정권의 말세탁이 도가 지나쳐서 당시 중학생이었던 나도 말도 안 된다고 코웃음을 칠 정도였으니까."
"'탁' 치니 '억' 하고 죽었다는 뉴스를 보며 저도 뭔가 사회가 잘못되었구나 어렴풋이 느꼈던 것 같아요."

희정이가 끼어들었다.

"중학생도 설득할 수 없는 시대였던 거지."

"이런 일들이 누적되어 그해 이한열의 죽음을 보며 분개했던 학생, 시민, 노동자들이 거리로 쏟아져나올 수밖에 없었고요."

미혜가 말했다.

"여기 오면 탄압받으면서도 자신의 신념을 꺾지 않은 민중의 힘이 느껴져요. 산 자들에게 죽은 자들이 말을 거는 것 같거든요. 너, 지금 잘 살고 있는 거니? 그런 물음이 생기고요."

상훈이가 말했다.

"형은 광주 망월동에 가봤어요?"

상훈이 물었다.

"한번 가봐야지. 나중에 우리 같이 가볼까?"

다른 묘소로 걸음을 옮기며 지상 선배가 말했다.

"여긴 박영진 열사의 묘소네요."

비석 아래에 비닐에 싸인 종잇조각이 돌멩이에 고여 있었다.

"이게 뭐지?"

지상 선배는 도은에게 비닐에 싸인 종이를 건넸다.

"도은이가 한번 읽어볼래?"

"중학교를 중퇴하고 어렵게 생활하다 1982년 한얼야학에서 사회의 진실에 눈을 뜸. 1986년 구로지역 공동연대투쟁을 전개했고 3월 17일, 중식시간에 식당을 점거하고 임금인상, 8시간 노동 쟁취를 외치며 투쟁하는 과정에서 '근로기준법을 지

켜라, 살인적인 부당노동행위 철회하라, 노동3권 보장하라'
고 외치며 분신. 노동자의 벗, 영원한 내 마음의 빛 박영진 열
사, 이곳에 잠들다."

아까운 죽음들이 너무 많았다. 도은은 무언가를 바꾸기 위
해서 목숨을 걸어야 하는 시대는 너무 아프다고 했던 명동성
당의 언니 오빠들이 떠올랐다. 학생회관 옥상에서 양심수 석
방을 외치며 할복했다는 조성만이라는 사람도 떠올랐다. 그
위에 대공분실로 붙잡혀 간 박종철이 얹어졌고, 전태일이 외
쳤던 노동3권 보장을 삼십 년이 지난 후에도 똑같이 목숨을
걸고 외쳐야만 하는 박영진이 겹쳐졌다. 지상 선배는 정권은
사회 개혁을 외치는 학생이나 노동자들뿐 아니라 사회 정화나
검열을 강화하면서 일반 시민에게도 폭력을 가했다고 말했다.

"여기 김상원의 묘가 그걸 증명하고 있어. 상훈이는 김상원
알고 있지?"

"작년에 이곳에 왔을 때 다른 선배한테 들었어요. 영등포
우체국 앞에서 검문에 불응했다는 이유로 경찰의 무차별 구
타를 당하고 식물인간이 되었다고요. 이후 행려병자로 분류
돼 입원해 있다가 사망했다고 들었어요. 경찰이 폭행 사실을
감추기 위해 일반 시민들까지 행려병자로 바꿀 수 있다니, 폭
력경찰 물러나라는 외침이 이해가 가죠. 화가 나더라구요."

"일반 시민뿐 아니라 의문의 죽음들도 많아. 저쪽에 김성수
열사의 묘가 있어. 학생회 활동을 하다 행방불명되었는데 부

산 송도 앞바다에서 시멘트 덩이를 매단 변사체로 발견되었
대. 당시 경찰의 발표가 더 황당해. 서울대에 다니던 그가 성
적비관으로 자살을 했다는 거야. 성적비관으로 자신의 발에
시멘트를 매달고 자살한다는 게 상식적으로 이해가 가니?"

"우리가 사는 시대는 비상식이 상식으로 통하는 것 같아요.
저 무덤들을 볼 때마다 최소한의 상식이 통하는 시대가 이렇
게 어려운 건가, 그런 생각이 들어요. 고등학생들인 우리들이
이렇게 모일 수밖에 없는 시대는 어떤 시대인가? 묻기도 하
고 답답해요."

희정이가 안타까운 목소리로 말했다.

"저기 위쪽에 문송면의 묘가 있는데 가볼까?"

모두들 고개를 끄덕였다. 문송면의 묘 앞에서 도은은 소름
이 돋았다. 십오 세의 앳된 남자아이. 저 애는 무슨 이유로 이
곳에 묻혔을까? 지상 선배를 바라보았다. 오후의 햇살이 무
덤을 덮고 환하게 빛나고 있었다.

"여기서 좀 쉬었다 가요."

미혜가 풀밭에 주저앉으며 말했다.

"그래. 여기서는 좀 오래 같이 있어주어야지."

상훈이도 가방을 풀어놓고 자리에 앉았다.

"여기 있는 문송면은 고등학교 진학을 포기하고 온도계 공
장에서 일했대. 온도계에 수은을 넣는 일을 한 지 두 달도 안
돼서 수은중독으로 사망했어. 회사에서는 그가 죽을 때까지

직업병을 인정하지 않았어. 당시 그의 나이가 열다섯이었다는데, 슬프지. 너무 슬퍼. 송면이의 죽음은 노동자의 작업 현장이 얼마나 열악한지 알려주는 사건이 되었어. 저쪽에 누워 있는 강민호 열사는 야간작업 중 기계에 휘말려 죽었고, 1988년에는 원진레이온 노동자들이 집단으로 발병해서 역학조사를 벌이기도 했거든. 그 와중에 회사에서 피해자들에게 돈을 주며 회유하는 과정도 있었대."

"회사에서는 노동자들이 자신들이 만드는 상품에 대한 안전교육을 단 1회도 실시하지 않았다면서요? 작업복과 면장갑만 있으면 만사 오케이가 되는 환경. 송면이도 그렇지만 이런 환경에 하루 열두 시간씩 노출되다 보면 죽음의 길로 들어설 수밖에 없는데도 회사는 자본의 이익만 챙기고 노동자들의 건강은 신경 쓰지 않죠. 회사가 자신들이 만드는 상품이, 그 상품을 만들기 위해 사용하는 화학약품들이 인체에 유해하다는 걸 모르고 있었을까?"

주영이가 지상 선배의 말을 받아 직업병의 피해에 대해 말하다 스스로에게 문득 질문을 던졌다.

"살인이지."

희정이가 맞받아쳤다.

"맞아. 그런 의미에서 모든 직업병은 살인이야. 계획적인 집단 살인. 그런 환경에서 아무 말 말고 일이나 하라고 말하는 것이 지금 우리의 노동 현실이고."

지상 선배가 담배에 불을 붙이며 말했다.

"대학생들이 대학을 졸업하고 노동 현장으로 들어가 활동하는 것도 이러한 문제들을 해결하고자 하는 방법으로 이해하고 있어, 나는."

미혜가 말했다.

"글쎄, 학출의 노동 현장 투입에 대해서는 나는 거리를 두고 있어. 문제가 많이 생기기도 하고. 고민이 되는 문제라서 좀 더 객관적으로 보고 싶기도 해."

"문제라면 어떤 걸 말하는 거예요?"

희정이 물었다.

"아직 거기까지 얘기하기에는 좀 그래. 조직 활동을 하면서 부딪는 많은 문제들 중 하나인데. 머리로는 이해가 가는데 현장에서는 적응하지 못하는 사람들이 많거든. 자신이 생각했던 '노동자성'에 의문을 가지는 일들은 많지. 그들도 사람이니까 늘 이해하기 힘든 사람들이 생기니까. 노조 일을 하면서도 성품이나 생활은 난장인 사람들도 있고, 자신에게 딸린 식구만 챙기려고 프락치 활동을 하는 사람도 있어. 다양하지. 물론 가장 큰 문제는 활동가 자신이겠고. 자신이 노동자라기보다는 활동 지원가, 혹은 언제든 일터를 벗어날 수 있다는 우월의식이 문제가 되는 경우도 있어. 절박하지 않은 거지. 자기 문제가 아니니까. 우리는 그걸 교조적이라거나 프티부르주아적인 소아의식이라고 부르지만, 정작 내가 그 처지가 되면 어떨까 싶어. 쉽지 않은 문제야."

너무 오래 밖에 있어서인지 온몸이 떨려왔다. 무덤 곳곳에 떨어지던 햇살이 무덤 속으로 스며들고 있었다. 공원 스피커에서 낮은 음악과 함께 공원 문을 닫는다는 안내 방송이 나왔다.

"매년 이곳을 오는데 매년 시간이 모자라네."

상훈이 가방을 메며 말했다.

"죽음이 너무 많으니까."

희정이가 엉덩이를 털며 일어섰다.

"우리 투쟁가라도 하나 더 불러요."

주영이 말했다.

"그럼 우리의 교가를 불러볼까. 누가 아지 넣을래? 상훈이 넣어볼래?"

상훈이 오른팔을 들어 힘차게 아지를 넣었다.

"십육 세의 봉제공 엠마 리이스가 체르노비치에서 예심판사 앞에 섰을 때, 그녀는 요구받았다. 왜 혁명을 호소하는 삐라를 뿌렸는가? 그 이유를 대라고."

희정이가 아지를 이어받았다.

"이에 답하고 나서 그녀는 일어서더니 노래하기 시작했다. 인터내셔널을. 예심판사가 손을 내저으며 제지하자, 그녀의 목소리는 매섭게 외쳤다."

산문처럼 흐르던 희정의 목소리는 명령하듯 강한 어조로 바뀌었다. 다들 합창하며 입을 모았다.

"기립하시오! 당신도. 이것은 인터내셔널이오."

희정은 인터내셔널을 한 음절씩 끊어 강조했다. 아지가 끝나자 다들 오른손을 흔들며 「인터내셔널가」를 합창했다.

깨어라 노동자의 군대 굴레를 벗어 던져라
정의는 분화구의 불길처럼 힘차게 타온다
대지의 저주받은 땅에 새 세계를 펼칠 때
어떠한 낡은 쇠사슬도 우리를 막지 못해
들어라 최후 결전 투쟁의 외침을
민중이여 해방의 깃발 아래 서자
역사의 참된 주인 승리를 위하여
참 자유 평등 그 길로 힘차게 나가자
인터내셔널 깃발 아래 전진 또 전진

지상 선배는 마지막으로 "만국의 노동자여 단결하라, 투쟁하라!"라고 외치며 투쟁을 다짐했다. 동학의 다른 아이들도 "투쟁"을 외쳤다.

마석에 다녀온 후 도은은 '투쟁'이라는 구호가 단단하고 투박한 바깥의 외침으로 느껴지지 않았다. 그것은 친구들과 같이 손을 흔들며 외치는 다짐이었고, 같은 것을 바라보고 있다는 불빛이었다. 무엇보다 그것은 도은이 친구들과 같은 길에 서 있다는 위로였고, 도은에게 더 이상 외롭지 말라고 다독이는 손짓이었다. 그 손짓으로, 다짐으로, 불빛으로 도은은 다음 해에 더 많은 친구들을 만나고, 후배들과 책을 읽으며 토론하고, 불의라는 단어를 가슴에 새기게 되었다. 아닌 것을 아니라고 말할 수 있는 용기를 내게 된 것도, 다시 향오를 만난다면 그때 너를 일으키고 함께하지 못해 미안했다고, 그 말을 하고 싶다는 소망이 생긴 것도, 마석의 모란공원에 묻힌 사람들이 도은의 마음으로 파고들며 전해준 온기 때문이었다.

# 구름의 연대

　　1991년은 전쟁으로 시작되었다. 페르시아만에서 벌어진 전쟁이 그렇게 가깝게 느껴진 것은 생방송 때문이었다. 이라크와 쿠웨이트는 국경선 확정 문제를 놓고 도발하다 이라크가 페르시아만 연안을 기습 공격했다. 국제연합 안전보장이사회는 즉각 이라크가 쿠웨이트에서 철수할 것을 촉구하는 결의를 하고, 이라크에 대한 무역 금지 조치를 선포했다. 여기에 미국과 나토 동맹군까지 가세하면서 전쟁은 최첨단 무기의 성능을 보여주며 지구촌 곳곳으로 송출되었다.

　　뉴스 때문에 전쟁의 원흉인 이라크의 사담 후세인은 중동 지역에 사는 남자들의 얼굴을 단 하나로 만들었다. 터번을 머리에 쓰고 콧수염을 기른 적갈색의 피부, 그들의 손에는 무기가 들려 있고, 적군이든 아군이든 가리지 않고 언제든 총을 쏘아낼 것처럼 잔뜩 긴장해 있다. 아랍인들의 얼굴에서 전쟁 외에 다른 이미지는 찾을 수 없었다. 걸프전의 실상은 알 수 없었지만, 실제 전쟁을 텔레비전에서 보게 된 사람들의 반응은 도은과 별로 다르지 않았다.

엄마와 갑보 아저씨가 함께하는 포장마차에 들러 늦은 저녁을 먹는 날이면 사람들은 술잔을 기울이며 온통 전쟁에 관한 얘기를 화제에 올렸다. 방송으로 접하는 전쟁은 게임처럼 수많은 관전평을 낳았다.

"연합군 전사자가 이백삼십 명밖에 안 된다면서?"

"이라크군은 사상자만 십만 명이 넘는다던데."

"동서독도 화해를 한 마당에 제3차 세계대전이 일어나면 북한과 대치 중인 한국에서 일어날 확률이 크겠지. 그때도 연합군이 서울이나 평양에 저렇게 폭격을 한다면, 생각만 해도 정말 끔찍해."

"연합군이 불을 놓은 송유 시설에 석유 매장량이 얼마나 될 것 같아?"

"몇 년 동안 타야 꺼지지 않을까?"

"핵폭탄 정도가 투하되어야 불이 불을 먹으며 꺼질 거라던데."

걸프전에서 가장 충격적인 것은 첨단무기로 전쟁을 종식시키는 장면이었다. 미국의 조지 부시 대통령이 정전을 선포

했음에도 폐허가 된 이라크는 불에 타고 있었다. 연합군이 송유 시설에 불을 놓아 하늘마저 검게 그을리고 있는 똑같은 장면은 며칠 동안 계속 방송되었다. 석유가 매장된 곳에 불을 놓다니, 언제 멈출지 모르는 불기둥 주변에서 풀 한 포기 자랄 수 없으리라는 것은 불을 보듯 뻔했다. 불에 불에 놓는 것, 전쟁의 맨얼굴을 보게 된 도은에게 전쟁은 사람을 죽이는 것만이 아니라 환경을 파괴하면서 생명을 말살하는 시뮬레이션 게임 같았다.

전쟁 중계가 시들해질 때쯤에는 낙동강 페놀 방류 사건이 터졌다. 낙동강에서 물고기가 떼죽음을 당하고 물 위로 떠오른 장면은 석유를 뒤집어쓴 이라크의 조류들과 겹치며 사람들을 충격에 휩싸이게 했다. 대구에서는 낙동강에 페놀을 방류한 반환경기업인 두산전자에 대한 규탄 집회가 열렸고, 수돗물도 안전하지 않다는 소문이 사람들의 입을 타고 서울까지 올라왔다. 엄마는 포장마차에서 쓰는 물은 수돗물을 그냥 썼지만 집에서는 끓인 물을 주었다. 수서 비리에 이은 페놀 방류 사건으로 마스크에 엑스 자를 붙이고 기업의 사회적 윤리를 촉구하는 보수단체들의 시위도 이어졌다. 그즈음 동학에서도 사건이 터졌다.

상부 티를 맡고 있던 미혜가 경찰 조사를 받게 된 일이었다. 미혜는 신촌에서 학교 후배들과 독서토론을 하던 중에 신고를 받고 온 경찰의 검문을 받았고, 그들이 갖고 있던 책이 문제가 되어 마포경찰서 정보과 형사들에게 끌려갔다. 풀무질에 있다가 이 소식을 접한 도은은 미혜가 갖고 있던 책이 뭐였냐고 물었다. 미혜와 같은 학교에 다니는 희정이는 유시민의 『거꾸로 읽는 세계사』를 보여주며 웃기지도 않는다고 했다. 이 일로 미혜는 학교에서 유기정학 10일이라는 징계를 받았다. 학교의 징계보다 더 심한 것은 지역에서 존경받는 목회자인 미혜 아빠의 반응이었다.

"미혜 아버지가 너무 완강하셔. 이런 일을 한두 번 겪은 건 아니지만 경찰서까지 끌려간 것은 충격이셨나 봐. 미혜가 읽던 책을 다 태워버렸대. 미혜는 유기정학 풀려도 학교에 나오지 못할지도 몰라. 전학 얘기도 나오고. 미혜랑 잠깐 통화했는데 집 밖에도 못 나가게 하신대. 아예 머리를 밀어버린다고 협박도 하시고. 이대로라면 활동을 접어야 할지도 모른다고 울먹이더라."

"그 정도로 완강하신 거야?"

"미혜는 집에서 탈출할지도 몰라. 우리 집도 그렇지만 미혜네도 만만치 않거든."

"『거꾸로 읽는 세계사』가 뭐가 문젠데?"

그걸 읽었다고 경찰이 잡아가는 것도 우습지만, 미혜네 부모님도 대단하다는 생각이 들었다. 그동안 미혜가 했던 말들이 떠올랐다. 미혜 아빠는 이번 일로 자신의 사회적 위치에 타격이 오는 것을 더 두려워하는지도 모른다. 주일이면 주님의 자식들로 올곧은 가정을 꾸리고 있다는 것을 보여주기 위해 교회에 가야 하는 것이 그 집의 불문율이라고 했었다.

"그 녀석 중학교 때부터 봐왔지만, 이번처럼 기운이 빠진 건 처음 봐. 말은 안 하는데 많이 맞은 것 같더라."

"미혜랑 함께 독서토론을 하던 후배들은 어떻게 됐어?"

"다들 징계 먹었지. 유기정학이지만 이런 일을 처음 당하다 보니까 걔들도 충격이 커. 민주 동문회 선배들이 항의 방문을 하긴 했는데 효과는 없었고, 이번에 교지를 통해 이 일의 부당함을 알리려고 친구들이랑 준비 중이야."

"교지라면 합법적인 홍보물을 뿌리는 건데, 괜찮겠어?"

"교실마다 돌아다니면서 교지를 나눠줄까 해. 또 한 번 피바람이 불겠지."

희정에게서는 다소곳한 모습과는 다른 강인함이 있었다. 희정은 학교의 소모임 활동뿐 아니라 공개단체에서도 활발하게 활동해서 그런지 자신이 무엇을 해야 할지를 정확하게 짚어내고 다른 친구들과 함께 할 수 있는 방법을 찾아내고 있었다. 겉보기에는 순한 시골 아이처럼 생긴데다 목소리도 가늘어서 아지를 넣을 때면 목소리에 금이 가며 떨리던 희정이었다.

"희정아, 공개적인 활동을 하면 무섭지 않니? 교지 작업이면 너한테도 불똥이 튈 텐데, 괜찮겠어?"

도은은 희정이에게 진심으로 물었다.

"여러 번 겪다 보니까 괜찮아. 어떻게든 해결되더라고. 혼자라면 못할 텐데, 너도 알다시피 우리 학교는 워낙 보수적인 선생님들이 많잖아. ……너 선생님한테 머리채 잡혀봤니? 발길질은?"

희정이는 지나간 일을 회상하듯 몸을 떨었다.

"우리 학교에 전교조에 가입했다가 해직된 선생님이 세 분 계셨어. 선배들이 교정을 떠나는 선생님들을 가로막고 이건 말도 안 된다고 매달렸거든. 선생님도 울고, 선배들도 울고 난리가 아니었지. 그때 학주를 비롯한 선생님들이 선배들을 개 패듯 때리는 거야. 선생님들로부터 떼놓으려고. 교실에서 그 장면을 보다가 아이들이 참지 못하고 운동장으로 쏟아져 나왔거든. 일방적으로 맞긴 했지만 그때 선생님들이 선생으로 보이지 않더라. 그냥 폭력배랑 다르지 않았어. 사람이 악에 받치면 그럴 수 있겠지만, 뭐가 잘못된 건지 고민할 새도 없이 일방적인 폭력이 가해지니까 우리는 그날로 부당한 게 뭔지 몸으로 알게 되었어. 선생들이 아이들을 집단으로 폭행했으니까 주변 학교들도 들썩였거든."

"그래서 그쪽 학교들이 같이 행동하는구나."

"응. 옆에 있던 고등학교 애들이 항의 방문하러 교무실로 쳐들어올 정도였으니까. 그때 정말 고맙더라고. 연대라는 게 이런 거구나 싶고. 나도 저렇게 정의롭게 행동해야겠다, 그런 생각도 들었어. 어쩌면 우리 학교에 고운 활동가가 많은 이유는 그만큼 부정과 폭력이 적나라하게 그 모습을 드러냈기 때문일지도 몰라. 그 이후로도 사건은 많았지. 우리 학교 교가가 「아침이슬」이잖아. 선생님들도 다 외웠을 거야. 하도 집단 시위를 자주 하니까. 부당한 일을 자주 겪다 보면 그것을 어떻게 바꿔야 하는지 방법도 보이더라. 선생들이 우리 편이 아니니까 아이들이 우리 편이 되더라고. 아이들은 그런 면에서 단단하게 훈련이 되어 있고. 물론 이번처럼 경찰 검문에 걸린 경우는, 사실 두렵지. 칼자루를 선생들이 쥐고 있으니까. ……사실은 나도…… 무서워."

도은은 희정이에게 두려움을 어떻게 이기냐고 물으려다 말았다. 두려움도 사랑처럼 공통된 어떤 것이 아니라는 생각이 들었다. 사랑을 종류별로 묶고 분류하면 싸구려 도식이 되듯 두려움도 개별적인 게 아닐까. 다들 각자 책임져야 할 두려움의 질은 다 다를 수밖에 없으니까. 도은은 늘 행동을 주저하게 되는 자신만의 두려움이 무엇인지 들여다봐야겠다고 생각했다.

미혜가 티를 맡지 못하게 되자 미혜가 만나던 후배들을 도은이 만나게 되었다. 도은은 영등포여상과 화곡고등학교 후배들과 만나 그들의 학내 상황을 들어주고 경험담을 이야기해주었다. 또 그들이 해결할 수 없는 고민은 보고서를 작성해 상부 티에서 집중적으로 논의하였다.

하루는 동국대에서 티를 마치고 후배들과 근처 서점에 들렀다. 그때 마침 가방에 있었던 조직 문건을 복사해야겠다는 생각이 들었다. 도은은 성대 앞 풀무질이나 건대 앞 인서점, 한양대 앞 한마당 서점에서처럼 아무 생각 없이 조직의 문건을 복사기에 넣고 버튼을 눌렀다. 복사기가 낡아서 그런지 몇 장 나오다 걸리기를 반복했다. 도은은 서점 주인에게 도움을 청했다. 아저씨는 복사기를 살피다 글자가 찌그러진 파지를 한 장 들어 눈으로 읽기 시작했다. 그때도 도은은 별반 이상한 분위기를 눈치채지 못했다.

"고등학생 운동을 위한 일제언이라고?"

그제야 도은은 문건을 든 아저씨의 눈빛이 심상치 않다는 것을 눈치챘다.

"너 고등학생이냐?"

원본을 챙겨야겠다는 생각이 퍼뜩 들었다. 도은은 복사기 덮개를 열었다.

"고등학생이냐고 물었잖아?"

아저씨는 도은이의 손을 붙잡으며 소리쳤다.

"왜 이러세요?"

손을 뿌리쳐도 아저씨는 현장 수배범을 잡은 것처럼 다시 도은의 손을 붙잡았다.

"이게 무슨 짓이야? 고등학생들이 대학생 흉내나 내고! 이게 무슨 짓인지나 알아? 안 되겠다. 너 가만 있어 봐."

아저씨는 도은의 손을 풀지 않고 카운터까지 끌고 갔다. 도은은 후배들에게 원본을 챙기고 빨리 나가라는 눈빛을 보냈다. 눈빛이 전달되지 않았는지 후배들은 뻣뻣하게 굳어 있었다. 아저씨는 카운터에 있는 전화기를 찾아 수화기를 들고 버튼을 눌렀다. 그때 상황을 지켜보고 있던 대학생으로 보이는 남자가 카운터로 다가왔다.

"아저씨, 지금 뭐하시는 거예요? 이거 놓고 얘기하세요."

"뭐야, 너는? 너는 이게 뭔지 알아? 빨갱이 놈들이 저 시뻘건 애송이들한테까지 파고들었다고. 이거 보라고."

서점 아저씨는 유인물을 도은의 얼굴에 바짝 대고 흔들었다.

"흥, 고등학생운동의 문제와 발전 방향? 더 이상 교사들의 지원부대로서의 운동이 아닌 주체적인 운동이 필요하다?"

대학생이 아저씨와 도은이 사이로 몸을 들이밀었다.

"이게 애들이 볼 거니? 이 새끼가 어디서 편을 들어. 나도 얘만 한 자식이 있어. 내 자식이 이런 못된 짓을 하는데 가만있을 애비가 어디 있어? 저리 안 비켜!"

목소리가 커지자 책을 보고 있던 다른 대학생도 아저씨를 말리며 나섰다.

"아저씨, 이 아이 손 놓고 저랑 말씀하세요. 고등학생들도 알 만큼 안다고요. 먼저 이거 놓으세요."

덩치가 큰 대학생이 억지로 도은의 팔을 풀어냈다. 그리고 도은에게 다급하게 명령했다.

"너는 얼른 가라. 빨리 가!"

도은은 급한 마음에 원본도 챙기지 못하고 도망쳤다. 문 앞에서 상황을 지켜보고 있던 후배들도 우선은 뛰고 보자는 심정으로 전속력으로 달렸다. 동대에서 을지로까지 뒤도 돌아보지 않고 뛰며 도은은 눈물이 새 나오는 것을 참을 수 없었다. 신촌에서 경찰에 붙잡힌 미혜처럼 하마터면 조직의 문건을 갖고 경찰서로 향할 뻔한 아찔한 순간이었다. 사람들이 많은 곳으로 들어서자 마음이 조금 놓였다. 앞서 뛰던 후배들은 어디로 숨었는지 찾을 수 없었다. 을지로 지하도를 걷다가 빨리 전철을 타야겠다는 생각이 들었다. 뒤따라오는 사람은 없었지만, 누군가 계속해서 따라오는 느낌은 털어낼 수 없었다. 전철을 타고 주변을 살펴보았다. 맞은편 창에 비친 도은을 제외하고 쳐다보는 사람은 없었다. 그런데도 도은은 모두들 자신을 감시하고 있다는 느낌에서 벗어날 수 없었다.

전철에서 내려 충무로 길을 걸었다. 악기를 짊어진 사람들과 머리끝까지 닿을 정도로 짐을 실은 자전거들이 지나갔다. 저녁을 굽는 연탄집들이 나왔고, 줄을 서서 기다리는 사람들이 있었다. 도장집과 명함집들이 다닥다닥 붙어 있었고, 사람들이 쉬지 않고 들락거렸다. 간간이 사진기를 들고 건물을 향해 셔터를 누르는 소리도 들렸다. 그 모든 것들이 각자의 방향을 갖고 있었지만 도은은 여전히 그 무언가가 두려웠다. 그 무언가는 도은의 팔목에 남은 빨간 자국을 통해서 그 실체를 드러냈다. 도은에게 두려운 것은 보이지 않는 것이었다. 보이지 않는데도 누군가 따라오고 있었고, 누군가 자신을 훤히 들여다보고 있었다. 그것은 실체가 보이지 않는 자기 검열이었다. 자기 검열은 엄마가 없는 생활을 하는 동안 몸에 밴 습관이었다. 그것은 도은이 살아내려고 애쓰던 무기이자 삶의 방식이었다. 무엇을 하든 주변을 의식해야만 했던 일상의 병이었다. 가난한 병이었다. 도은은 도리질을 쳤다. 두려움의 정체를 알았다고 해서 두려움이 사라진 것은 아니었다. 두려움은 자기 정체가 밝혀지자 더 깊은 곳으로 숨어들고 있었다.

다음 모임에서 도은은 동국대 서점에서 있었던 일들을 보고했다. 문건을 남기고 온 것이 문제가 되리라 생각했다. 다행히 문건에는 신변상의 기록이 없어서 크게 문제될 것은 없었다. 이 일은 조직 활동을 하면서 좀 더 신중해야 한다는 문제를 상기시켰다. 혹시 모를 문제들을 차단하기 위해 집에 있는 보고서들은 모두 폐기하는 것이 좋겠다는 의견이 나왔다. 정체 모를 괴물과 싸우는 것은 조직도 마찬가지였다. 만 개의 눈이 그들을 지켜보고 있었고, 만 개 중 한 개의 눈에 띄지 않기 위해 많은 것들이 금지되고 조심해야 했다. 도은은 자신이 조직 활동에는 맞지 않는다는 것을 깨닫고 있었다.

모임이 끝나고 도은은 그동안 고약을 싸고 모은 돈으로 라디오가 장착된 마이마이를 구입했다. 공테이프 한 박스를 구입할 돈이 남았다. 도은은 남은 돈으로 테이프도 마저 구입했다. 그날 저녁 전영혁의 음악세계에서는 마할리 잭슨의 음악이 소개되었다. 전영혁은 마할리 잭슨의 삶과 그녀가 죽음에 이르는 과정을 담담히 읊었다. 그는 언제 들어도 삶 곳곳에 숨어 있는 쓸쓸함이 느껴진다고 말하며 「썸머타임」을 틀어주었다. 삶의 쓸쓸함들, 무언가를 다 얻어도 웅덩이에 고인 물처럼 스멀스멀 차오르는 눈물 같은 것들, 가난한 습관들, 어디든 섞이고 싶지만 자꾸만 바닥으로 끌고 가는 발목에 채워진 시멘트 덩이들, 도은은 노트를 펼쳤다.

빗물처럼, 시간은 겹치거나 넘치지 않고 흐른다.
흘러 변방의 쓸쓸한 부모가 된다.
나는 내가 경험한 가난이 가난이었다는 걸
내 습관을 통해 수혈받는다.
숟가락을 네 손가락에 쥐고
세상에서 가장 슬픈 국을 떠먹던 가난한 습관은
주위를 둘러볼 줄 모른다.
구석에 낀 때를 닦아낼 줄 모른다.
입가로 국물이 뚝뚝 떨어져도 소매로
스윽 훔치면 그만이다.
가난은,
제가 외롭다는 것을,
힘들다는 것을,
기대어도 된다는 것을 모른다.
가난은,

견디고 견디고 견디다
빈 껍데기만으로도 감사하다고
고개를 주억거리는 쓰라림이다.

가난이 심어놓은 병은 깊고 슬펐다. 모든 것을 알 것 같으면서도 한 발짝도 나서지 못하는 용기 없는 자들의 변명이어서 그랬고, 그 변명마저 드러내놓고 할 수 없어서 더욱 슬펐다. 도은은 한쪽 발을 동학에 걸치고, 어디든 떠나고 싶어 하는 다른 발을 붙잡았다. 아니, 이미 떠나버린 발을 잘라내지 못하고 질질 끌려가고 있는 자신을 보았다. 어떻게든 선택을 해야 한다는 절박한 외침이 비명이 되어 밤을 흔들고 있었다.

밤의 고민들은 오래고 익숙한 것들로 도은을 돌려놓고 있었지만, 눈을 뜨면 새로운 사건들로 사회가 시끄러웠다. 4월에는 명지대 강경대가 총학생회장 구출 결의대회에 참여하며 경찰과 대치하다 백골단의 쇠파이프에 맞아 죽었다. 백주 대낮에 학생을 집단 폭행해 죽음에 이르게 한 사건은 젊은 피를 들끓게 했다. 얼마 안 있어 강경대 치사 사건 규탄과 공안통치 분쇄를 위한 범국민대회 도중 전남대 박승희가 노태우 정권 퇴진을 외치며 분신했다는 소식이 들렸다. 목숨을 걸고 싸우는 일들은 지나간 역사의 일들이 아니었다. 모란공원에 누위 있는 열사들이 모두 어깨 걸고 일어난 것처럼 정국은 급박하게 돌아가고 있었다.

5월이 시작되자마자 사회적 죽음은 잇따라 이어졌다. 1일에는 고등학교 시절 소모임을 만들어 활동했다는 안동대 김영균이 분신했고, 3일에는 경원대 천세용이 국기 게양대에서 분신 투신했다. 둘 다 고운 활동을 했던 선배들이라고 했다. 도은은 사회의 불의에 맞서 자신의 몸에 불을 끼얹은 그들의 투신에 정신이 번뜩 들었다. 투쟁에 참여하는 학생들이 줄어드는 것을 보며 안타까워했다는 천세용처럼 그들의 고민은 도은과 다르지 않았다. 학교로 돌아가면 친구들은 거리에서 무슨 일이 벌어지는지 관심도 없다는 듯 일상이 펼쳐졌다. 가슴은 뜨거움으로 들끓었지만 아무것도 할 수 없다는 자괴감으로 우울한 날들이 이어졌다. 그러다 어린이날에 『조선일보』에 실린 김지하의 글은 도은을 머리끝부터 암울하게 만들었다. 신문 가판대에 걸린 머리기사는 충격 그 자체였다.

"젊은 벗들! 역사에서 무엇을 배우는가."

머리기사만 읽어서는 이 시인이 무슨 말을 하려는 것인지 감이 잡히지 않았다.

"환상을 갖고 누굴 선동하려 하나. 죽음의 굿판 당장 걷어치워라."

도은은 '김지하'라는 이름을 손가락으로 짚었다. 제목 아래에는 분명 김지하가 손으로 쓴 서명이 적혀 있었다. 자신의 이름을 걸고 기사를 썼다고 말하려는 것 같았다. 그런데 그 기사의 내용은 제목만큼이나 충격이었다. 죽음의 굿판이라니. 그들이 왜 죽을 수밖에 없는지 이 시대를 읽고서 하는 말인지 도무지 모르겠는, 충격적인 제목 그 자체였다. 도은은 신문을 사서 지하철 의자에 앉았다.

"젊은 벗들! 나는 너스레를 좋아하지 않는다. 잘라 말하겠다. 지금 곧 죽음의 찬미를 중지하라. 그리고 그 굿판을 당장 걷어치워라. 당신들은 잘못 들어서고 있다. 그것도 크게!"

'죽음의 찬미'라고? 그럼 경찰에 붙잡혀 들어간 학우를 구출하기 위해 시위에 참여한 학생이 백골단의 쇠파이프에 맞아 죽었는데 가만있으라고? 그들이 왜 목숨을 던져야 하는지는 보이지 않나? 김지하라면 이러면 안 되는데. 사회에서 사라져야 할 '오적'을 짚어내며 쓴소리를 하던 시인이 이러면 안 되는데. 푸른 자유의 추억으로 끌려가던 벗들의 피 묻은 얼굴을 보며 치 떨리는 노여움으로, 타는 목마름으로, 민주주의여 만세를 외치던 시인이 이러면 안 되잖아. 자신의 입에 밥을 집어넣으며 그래도 살아, 라고 외치던 시인이, 수동적 적극성으로 연꽃을 피우며 아름다운 문장들을 길어 올리던 시인이 '죽음의 찬미를 중지하라'는 경고장을 날리다니, 도은은 다음 문장을 더듬었다.

"이제나저제나 하고 기다렸다. 젊은 당신들의 슬기로운 결단이 있기를 학수고대하고 있었다. 숱한 사람들의 간곡한 호소가 있었고, 여기저기서 자제요청이 빗발쳐 당연히 그쯤에서 조촐한 자세로 돌아올 줄로 믿었다. 그런데 지금 당신들 무슨 짓을 하고 있는가?"

'조촐한 자세'로 돌아올 줄로 믿었다니. 이어지는 문장들은 생명을 지켜야 한다는 호소가 아니라 죽은 자들을 나무라는 호통이었다. '너희들이 아무리 더 덤벼봐라, 사회가 바뀌나' 라는 조롱의 언어였다. 조촐한 자세로 돌아올 줄로 믿었다니. 이게 무슨 말일까. 도은은 곰곰이 생각했다. 아무리 생각해도 이 상황에서 조촐한 자세가 어떤 것인지 알 수 없었다. 그가 말하는 조촐한 자세는 모든 일들을 그대로 받아들이라는, 입닥치고 공부나 더 하라는 호통으로밖에 들리지 않았다.

"그 어떤 경우에도 생명은 출발점이요 도착점이라는 것이다. (……) 근본을 말살하자는 것인가? (……) 당신들 자신의 생명은 그렇게도 가벼운가? (……) 당신들이 믿고 있는 그 해방의 전망은 확고한가? 목적에 대한 신념은 과학적으로 확실한가? 만약 그것이 기존의 사회주의라면 그 전망은 이미 끝이 났다. (……) 도대체 그 긴 역사에서 무엇을 배우는가? 왜 덤비는가?"

도은은 여기까지 읽고 신문을 구겨버렸다. 왜 덤비는가? 복잡하던 머릿속이 이 한 문장으로 정리되었다. 이 사람은 시인이 아니구나. 이미 시인이기를 버렸구나. 자신의 생명사상만 있고, 그 안에 사람은 없구나. 안타까움이 없구나. 시대와 대화를 하는 것이 아니라 늙은 병사의 추레한 과거에 기대어 호통만 치고 있구나. 왜 덤비냐고? 그것을 몰라서 묻는 건가. 사람이 쇠파이프에 맞아 죽었는데. 정권은 백골단의 정체를 감추려고 급급할 뿐 아무도 그 죽음에 책임을 지려 하지 않는데. 박승희, 김영균, 천세용이 온몸으로 말하고 있잖아. 강경대 치사 사건의 전말을 밝히라고. 그들의 절박한 외침은 들리지 않고 조촐한 자세로 돌아오라고, 왜 덤비냐고 호통치는 그는 시인이 아니다. 민중의 언어를 이용해 민중을 때려죽이는 언어 폭력자, 언어의 물줄기에 페놀을 방류한 살인자이다. 절망하게 만들어놓고 부디 절망하지 말라니. 죽여놓고 죽지 말라니.

구긴 신문을 박박 찢어버릴 정도로 시인의 언어는 도은에게 충격이었다. 그의 글은 우물쭈물하며 갈피를 잡지 못하는 자신도 알고 있는 사회의 모순을 죽은 자들의 책임으로 몰아붙이는 마녀사냥이었다. 그 마녀사냥에서 그는 맨 앞에 서서 죽은 자들에게 채찍을 가하는 파수꾼이었다. 『조선일보』보다 더 악랄한 자본의 깃발이었다. 그는 자신의 글에 책임질 수 있을까. 이렇게 죽은 자들을 두 번 죽이는 폭력을 저지르는 자가 생명사상을 말할 자격이 있을까. 두 번 생각할 가치도 없었다.

김지하의 생명사상은 운동권에게는 생명말살 선언과도 같은 것이었다. 그가 아무리 모든 것의 시작이며 끝인 생명에 대해 준엄하게 충고한다고 해도, 그의 생명사상으로는 당신의 시대를 살았던 전태일의 죽음도, 고문 끝에 죽어간 박종철의 죽음도, 자기 몸에 시멘트를 매달고 시체로 떠오른 김성수의 죽음도 설명할 수 없었다. 직업병으로 죽어간 열다섯의 문송면에게도 그는 왜 덤비는가라고 말할 수 있는 시인이었다. 조성만에게도, 박영진에게도 그는 똑같이 검은 유령, 네크로필리아, 시체선호증, 싹쓸이 충동, 자살특공대, 테러리즘과 파시즘의 시작이라고 말할 수 있을까.

사회적 타살이 분명함에도 그들의 죽음을 자살로 매도하고 자살은 전염된다는 고상한 논리를 전파하는 그에게 분노한 것은 도은이만이 아니었다. 전국의 사회과학 서점에서는 김지하 책 불매운동을 전개했고, 민족문학작가회의에서는 46대 1로 그의 제명을 통과시켰다. 젊은 작가였던 김형수는『한겨레신문』을 통해 도은이 느꼈던 운동권을 향한 부당한 언어들을 하나씩 짚어가며 반박했다. 당연히 김지하의 주변에는 그의 논리를 이어받은 언론과 권력이 한데 뭉쳐 분신의 배후를 밝히라고 맞받아쳤다. 그리고 서강대 총장이었던 박홍은 "죽음의 블랙리스트가 있다"는 도발적인 발언을 이어받았다.

"구체적으로는 모르겠지만 우리 사회에는 죽음을 선동하고 이용하려는 반생명적인 죽음의 세력, 어둠의 세력이 존재한다. (……) 이들은 그늘에서 엄청난 힘을 갖고, 자신도 죽고, 남도 죽이는 물귀신 공법으로 물 마시듯 폭력을 전염시키고 있다."

박홍 총장의 경고는 김지하의 글이 실린 지 얼마 지나지 않아 보수세력의 지지를 등에 업은 『조선일보』에 실리면서 글이 사람을 죽일 수도 있음을 보여주었다. 그의 논리대로라면 이 엄청난 분신의 배후에는 죽음을 조종하는 자들, 그도 잘 모르지만 물귀신 공법으로 폭력을 전염시키는 죽음의 세력이 존재하는 거였다. 이들의 한 마디 한 마디는 언론을 통해 물밀듯이 번져갔다. 사회 각층에서 김지하의 입을 빌려 죽음을 멈추라는 경고를 보냈고, 박홍의 분신 배후설에 힘을 얻어 운동권의 배후에는 북한을 찬양하는 세력이 있다는 보도가 잇따랐다.

분신 배후설은 실제로 있지도 않은 배후를 만들어냈다. 전민련 사회부장 김기설의 분신을 두고 유서를 대필했다는 누명을 씌워 총무부장 강기훈을 분신 배후설의 본보기로 잡아들였다. 도은은 말도 안 되는 언론의 총공세에 가슴이 답답했다. 학교에 가면 하도 '분신정국'이라는 말이 유행어처럼 퍼져 있어 분신사바, 분신사바 하며 아이들이 손을 잡고 귀신잡기 놀이를 했다. 그들의 죽음을 귀신잡기 놀이로 만들어버린 첫번째 주자는 김지하였고, 조롱거리로 만들어버린 것은 박홍이었다.

5월 18일에는 노태우 퇴진 범국민대회 겸 강경대의 장례식이 있었다. 도은은 지하철에 있는 키박스에 가방을 숨겨놓고 학교 친구들과 시위 행렬에 참여했다. 어디가 시작이고 어디가 끝인지 모를 사람들이 도로를 가득 메우고 있었다. 노동자들의 깃발과 전국의 대학 깃발들이 모이고, 사람들은 "질서, 질서"를 외치며 물결을 이뤘다. 선봉대가 길을 뚫으면 사람들은 힘껏 앞으로 달려나갔고, 페퍼포그에서 쏟아지는 지랄탄에 주춤거릴 때는 여기저기서 기침이 터지고 눈물을 닦아야 했다. 옆에 있던 대학생들이 치약과 생리대를 건네주었다. 눈 밑에 치약을 바르고, 생리대를 입에 물고, 마스크로 덮으니 조금 참을 만했다. 다들 오른 주먹을 들어 "퇴진 노태우, 해체 민자당"을 외쳤다. 한쪽에서는 노동자의 깃발을 든 사람들이 선전을 시작했다. 그들은 김지하의 글이 『조선일보』에 실린 지 하루도 지나지 않아 또 하나의 의문의 죽음이 있었다고 했다.

"여러분, 박창수가 누굽니까."

"한진중공업 민주노조의 초대 위원장이요."

"그런데 그분은 왜 오늘 여기에 없는지 아십니까?"

박창수의 죽음은 다른 사람들에 비해 언론을 통해 보도되지 않았다. 그도 그럴 것이 그는 한진중공업 노조위원장에 당선된 후 제3자 개입금지와 집시법 위반으로 구속되었고, 이후 안기부로부터 노조 탈퇴 압력을 받았다고 했다. 그리고 5월 4일

의문의 상처를 입고 안양병원에 입원했다가 불과 이틀 만에 싸늘한 주검으로 돌아왔다는 것이다. 민주노조의 깃발 옆에는 '민주노조 말살하는 노태우 정권 물러나라', '살인정권, 부패정권 작살내자'는 깃발들이 펄럭였다. 선전을 하던 작업복을 입은 노동자는 박창수 열사의 억울한 죽음에 대해 호소했다.

"민주 학생, 노동자, 시민 여러분."

모두들 입을 모아 "투쟁"이라고 소리 질렀다.

"우리 노동자들은 28년 동안 어용노조의 온갖 속임수와 사탕발림에 속아왔습니다. 1990년은 이런 어용노조의 역사를 잘라내고, 우리 손으로 우리의 대표를 선출한 해였습니다. 우리의 손에 의해 선출된 그 노조위원장이 누굽니까?"

"박창수요."

사람들이 손을 입에 대고 소리쳤다.

"그 노조위원장이 박창수란 말입니다. 어용노조를 박살내고, 우리의 힘으로 뽑은 우리의 대표가 박창수였단 말입니다. 그런데 그는 왜 여기에 없습니까?"

"폭력 경찰 물러나라. 박창수를 살려내라."

사람들이 화답했다.

"폭력경찰, 부패검찰, 살인정권은 3조 1인이 되어 제3자 개입금지와 집시법을 위반했다는 혐의를 씌워 박창수를 창살 안에 가뒀습니다. 그동안 온갖 협박과 회유가 있었습니다. 그래도 박창수는 버텨냈습니다. 버티다 버티다 이제 주검이 되어 우리에게 돌아왔습니다. 아니, 아직 우리에게 돌아오지 못했습니다. 정권은 그의 죽음을 감추기 위해 주검조차 돌려주지 않고 있습니다. 여러분, 민주 학생, 노동자, 시민 여러분! 노동자가 개돼지처럼 도살되는 세상, 민주노조 해보겠다고 하면 니들이 그런 거 해서 뭐 하냐며 온갖 법을 들이대는 세상, 우리는 이런 세상에서 노동자로 살 수가 없습니다. 박창수 열사, 의문의 죽음, 밝혀내라, 살려내라."

"박창수 열사, 의문의 죽음, 밝혀내라, 살려내라."

"국민은 페놀로, 노동자는 직업병으로, 학생은 쇠파이프로, 살인정권, 폭력정권, 재벌정권 자폭하라."

사람들은 합창했다. 스피커가 부착된 홍보 차량에서는 투쟁가가 쿵쿵 울려댔다. 길이 막혀 도로에 주저앉아 있을 때는 모두 어깨에 손을 얹고 스피커에서 나오는 민중가요를 따라 불렀다.

그날은 오리라, 자유의 넋으로 살아
벗이여 고이 가소서, 그대 뒤를 따르리니

그날은 오리라, 해방으로 물결 춤추는
벗이여 고이 가소서, 투쟁으로 함께하리니

그대 타는 불길로, 그대 노여움으로

반역의 어두움 뒤집어 새날 새날을 여는구나

그날은 오리라, 가자, 이제 생명을 걸고
벗이여 새날이 온다, 벗이여 해방이 온다

깃발이 하나씩 도착할 때마다 사람들은 박수를 치고 자리
를 내주며 서로를 응원했다. 멀찍이서 늦게 도착한 '참교육
의 함성으로 동부지역 고등학생 일동' 깃발이 길을 트고 있었
다. 깃발 뒤로 지상 선배와 주영이가 보였다. 그 뒤로 서부지
역 고등학생의 깃발도 뒤따르고 있었다. 사람들은 깃발과 함
께 등장한 고등학생들에게 휘파람을 불며 박수를 보냈다. 서
부지역의 깃발은 상훈이 들고 있었다. 상훈이 뒤로 영민이와
태수, 민규와 강민이도 보였다. 만난 지 얼마 안 된 소희와 성
경이도 있었다. 상훈은 깃발을 힘차게 흔들며 자리를 잡고 있
었다. 그 뒤로 동학의 친구들 모습도 한둘 눈에 띄었다. 그 뒤
로, 또 그 뒤로도 고등학생들의 깃발이 펄럭였다. 흥사단의
깃발이 보였고, 한국고등학생기독교운동총연맹인 KSCM의
깃발을 든 화곡고의 한수 모습도 보였다. 희정이도 학교 친구
들과 고척고등학교의 깃발을 흔들고 있었다. 아이들은 "참교
육의 함성으로 교육 민주화 이룩하자"고 외치며 노래를 불렀
다. 동터오름학우회의 깃발은 없었지만, 동학의 친구들은 어
디서든 눈에 띄었다.

대열은 시청 앞에서 강경대의 장례식을 치르고 청와대로 행진하도록 되어 있었다. 명동에서 시작된 대열과 을지로, 퇴계로, 종로에서 길을 만든 대열들이 시청 앞으로 속속 집결하고 있다고 국민대회 관계자들이 스피커로 상황을 알려주었다. 명동에서 시청까지 길을 만드는 데만 세 시간이 흘렀다. 오후의 햇살이 기울어져 노제를 시작한 춤꾼의 하얀 옷을 역광으로 비추었다. 춤사위가 끝나자 할머니 한 분이 마이크를 잡았다. 주위에서 저 분이 전태일의 어머님인 이소선 여사라고 알려주었다. 할머니는 아직도 태일이의 마지막 모습이 잊혀지지 않는다면서 더 이상 이렇게 아까운 죽음이 있어서는 안 된다고 했다. 할머니는 마이크를 잡고 소리를 질렀다.

"태일아! 경대야! 내 아들들아. 이제 편히 가거라. 내가 너희들 뒤를 따라가마. 경대야! 태일아! 잘 가거라."

시위 대열은 한순간에 눈물바다를 이루었다. 여기저기서 불쑥 일어나 "공안통치 종식하고 경대를 살려내라", "해체 민자당, 퇴진 노태우"를 외쳤다. 도은이와 친구들은 "퇴학 노태우"를 외쳤다. 그때였다. 뒤에서 누군가 도은의 어깨를 두드렸다. 도은은 뒤를 돌았다.

"맞구나! 저쪽에서 보니까 너 같았어."

여자는 목발을 들어 "퇴학 노태우"를 함께 외쳐주었다. 여자의 목에는 사진기가 걸려 있었다.

"좋은데, 노태우 너 끝이야. 퇴학이야 퇴학!"

도은은 한쪽 발로 서서 목발을 높이 들고 외치고 있는 여자를 오래 바라보았다. 여자의 목발은 하늘을 찌를 듯 자라나고 있었다.

"그봐, 내 말이 맞지? 나는 네가 좋았어. 처음 만날 때부터 왠지 좋았다니까. 이런 곳에서 만나니까 더 좋아. 너무 좋아. '안녕'이라고 해볼래?"

여자는 목발로 균형을 잡고 사진기를 들이댔다. 도은은 얼결에 여자에게 "안녕?"이라고 했다. 여자는 순간을 잡으려는 듯 도은을 향해, 고등학생 깃발을 향해, 셔터를 눌러댔다. 사람들의 움직임에 목발이 넘어졌다. 도은은 목발을 대신해 여자를 붙잡았다. 자신을 부축하려 옆으로 바짝 붙은 도은을 보며 여자가 말했다.

"이래서 네가 좋다니까. 한참 동안 여기 있었더니 다리가 저리네."

도은은 여자의 한쪽 다리에 시선을 두며 물었다.

"주물러줄까요?"

"아니, 그쪽이 아니고 이쪽!"

여자는 장난을 치듯 씨익 웃었다.

"있지도 않은 다리가 항상 아파! 이상하지?"

여자의 말에 도은이도 웃었다. 웃다가 멈칫 멈추었다. 여자는 그 순간에도 셔터를 눌렀다. 도은은 며칠 동안 자신이 한 번도 웃지 않았다는 것을 깨달았다.

"언니는 정말 간지러워요."

도은이 말했다.

"간지럽다고? 오호, 더 간지럽게 해줄까? 나는 이제 그만 가야 할 것 같은데, 너는 어떠니? 같이 온 친구들은?"

도은은 더 있겠다는 친구들에게 인사를 건네고 대열을 빠져나왔다. 돌아오는 전철 안에서 도은은 슬픈 물고기의 언니와 많은 이야기를 나누었다. 「슬픈 물고기」 책을 잃어버린 이야기, 담임 선생님이 알려준 민주학교에서 새로운 생각들에 눈을 뜬 이야기, 나무에게서 온 편지까지 쉬지 않고 떠들었다.

"고맙네. 내 말이 맞지? 너도 예로센코를 사랑하게 될 거라고 했잖아. 예로센코가 장님이었다는 건 아니?"

도은은 고개를 끄덕였다.

"내 안에도 예로센코가 있어. 앞이 안 보여도 어디든 갈 수 있고, 다리가 없어도 어디든 갈 수 있는 예로센코들이 많아졌으면 좋겠어. 「슬픈 물고기」를 번역한 건 그것 때문이었어. 나무에게도 슬픈 물고기를 줄 수 있으면 좋을 텐데. 세상에는 어쩔 수 없는 일들이 많으니까 너무 안타까워하지 마. 혹시 아니? 내가 번역한 것이 책으로 묶여서 나오면 나무가 발견할 수도 있잖아. 와, 그러면 정말 행복할 텐데."

다리가 저린 듯 연신 얼굴을 찡그리던 언니는 도은에게 한마음 도서회 연락처를 주고 일어났다. 전철 문이 열리자 여자는 도은을 보며 말했다.

"안녕, 꼬마! 다시 만나자!"

도은은 창밖을 내다보았다. 여자는 목발을 들고 무언가 외치고 있었다. 입모양을 보니 '퇴학 노태우'라고 하는 것 같았다. 여자의 주변에 있던 사람들이 여자를 쳐다보며 웃는 것이 보였다. 도은은 없는 다리가 아프다는 여자의 바지를 바라보았다.

집으로 돌아와 도은은 전영혁의 음악세계에 보낼 엽서에 깨알 같은 글씨로 여자에 대한 이야기를 적었다. 적다 보니 칸이 부족했다. 엽서에 쓴 글은 편지지로 옮겨졌다. 편지지는 한 장 두 장 늘어났다. 어디서 마침표를 찍어야 할지 모를 정도로 생각은 멈춰지지 않았다. 없는 다리가 아프다는 슬픈 물고기의 언니처럼 자신도 보이지 않는 것들에 대한 공포로 두렵다는 글을 쓰려다 도은은 생각을, 손을 멈추었다. 나무와 만날 수 있는 방법이 떠올랐다. 그리고 새로운 종이를 꺼내 다시 시작했다.


안녕하세요, 저는 서울 계성여고에 다니는 학생입니다.

두 해 전 저는 '1학년 7반 23번 언니에게'라는 편지를 한 장 받았습니다. 난지도에 살고 있는 아이의 편지였는데요. 아버지가 억울하게 돌아가시고 자신도 어떻게 살아야 할지 모르겠다는 편지였습니다. 저는 그 아이의 편지를 받기 전까지 난지도에도 사람이 산다는 것을 몰랐어요. 난지도는 그저 서울의 쓰레기를 처리하는 쓰레기장일 뿐이었으니까요.

아이의 편지는 무작위로 뽑힌 1, 7, 23이라는 조합에 의해 저에게 도착한 거였어요. 저는 그 편지가 나무에게서 온 편지 같았습니다. 머리를 땅에 박고 가지를 쳐들고 모든 것을 받아들이는 나무요. 그 아이는 자신이 답장을 기다릴 수 있을지 자신이 없다고 했지만, 저는 믿어요. 나무가 아직 살아 있을 거라고. 그 아이에게 어떻게든 힘이 되고 싶었어요. 편지를 보내주어 고맙다는 말을 해야 하거든요. 나무로 인해 제게는 많은 변화가 생겼어요. 나무의 아빠처럼 억울한 일을 당하는 사람들이 보이기 시작했거든요.

그런데 저는 답장을 보내지 못했어요. 편지를 잃어버렸거든요. 그래서 음악세계에 사연을 보내요. 나무에게 힘을 내라고 말해주고 싶어서. 아무리 힘들어도 살아냈으면 좋겠어요. 나무가 마지막처럼 했던 말 '안녕'이 슬픈 인사가 되지 않았으면 좋겠어요. 나무를 만나면 처음처럼 '안녕'이라고 말하며 안아주고 싶어요. 나무와 함께 건대 호수를 걷고 싶기도 해요. 거기에 가면 173번 가로등이 있어요. 그 가로등 아래서 나무를 만나고 싶습니다.

나무야, 듣고 있니? 건대 호수의 173번 가로등 아래에서 만나자. 나는 거기 있을게. 네가 찾아오렴. 죽지 말고 살아. 살아서 만나자.

다음 날 도은은 편지를 우체통에 넣었다. 편지지 아래에는 음악세계를 처음 들었을 때 알게 된 시구를 적어넣었다. 그리고 그 시를 지은 시인의 이름을 알고 싶다고 적었다. 막막한 대양에 떠나보낸 유리병 편지처럼 나무에게서 편지를 받았던 때의 떨림이 되살아났다. 우체통에 집어넣은 편지가 나무에게 도착할 수 있을 거라는 기대에 가슴이 벅찼다.

며칠 뒤 음악세계에서는 도은의 편지가 소개되었다. 전영혁은 오늘 음악세계에 특별한 편지가 한 장 도착했다고 했다. 전영혁이라면 알아줄 줄 알았다. 분명 알아줄 거라고 생각하고 보낸 편지였다. 전영혁은 특별한 멘트 없이 그 특유의 나직한 목소리로 나무에게 보내는 편지를 읽어주었다. 편지를 다 읽은 전영혁은 이런 편지를 받을 때마다 라디오를 들으며 열광했던 어린 시절이 떠오른다고 했다. 이어서 그는 태양의 축제를 뜻하는 인티 라미의 음악을 소개했다.

"16세기 스페인의 지배와 20세기 제국주의 시대를 거치면서도 마야, 잉카, 아즈텍의 화려했던 고대 문명을 지닌 메소아메리카와 안데스 문화는 무너지지 않았죠. 안데스의 인디오들은 류트, 하프, 기타와 같은 서양의 악기들이 들어오자 류트와 기타를 개량해 '차랑고'를 만들었어요. 신기한 것은 그들이 새롭게 만들어낸 이 악기에서 안데스의 음색을 느낄 수 있다는 점입니다. 저만 그럴까요? 아닐 겁니다. 오늘은 라

틴 아메리카의 음악을 소개하는 세번째 순서로 그들의 고유 악기인 케냐의 음색을 감상해보시죠. 고대의 케냐는 사랑하는 사람이 죽으면 그 사람의 뼈를 깎아 만들었다는군요. 그래서 그럴까요. 악기만으로도 사랑하는 사람을 그리워하는 사람의 마음이 전달되는 것 같습니다."

전영혁은 잠시 숨을 죽이고 이어서 말했다.

"나무야, 나무야, 듣고 있니? 죽지 말고 살아. 살아서 만나자. 함께 감상해보시죠. 인티 라미의 일라꿔 뀌요, 「슬픈 구름」입니다."

도은은 공테이프에 슬픈 구름을 담았다. 사랑하는 사람의 뼈를 깎아 만든 피리는 구슬픈 음색으로 보고 싶은 사람들을 떠올리게 했다. 할머니의 목소리 같기도 하고, 한 번도 만난 적 없는 모란공원의 사람들, 그들의 목소리가 한데 섞여 슬픈 음률을 만들어낸 것 같기도 했다. 도은은 공테이프를 되감아들으며 눈을 감았다. 작은 사람들의 목소리가 천 가지로 갈라지며 구름에 닿았다. 너무 작아 들리지 않던 목소리들은 한데 모여 천 개의 음색을 담은 하나의 목소리가 되었다.

도은은 녹음된 전영혁의 목소리를 통해 「엄마 걱정」의 시인이 기형도라는 것을 알게 되었다. 전영혁은 그를 소개하며 요절한 시인이라고 했다. 세상에 태어나 하나의 시집으로 남은 사람. 기형도는 도은에게 그런 시인으로 각인되었다. 그는 김지하처럼 변절의 언어를 쓸 수 없다는 점에서 안도감이 들기도 했다. 삶이란 죽음을 통해 완성되는 것이었다. 네루다가 그렇고, 기형도가 그랬다. 도은은 김지하에 대한 반감이 줄어드는 것을 느꼈다. 생명사상을 주장했던 그의 삶은 아이러니하게도 '오적'에 그를 포함시키는 반전의 평가를 내릴 것이었다. 그가 죽은 자들을 두 번 죽이는 언어를 지어내는 동안 그에게 몰매를 맞은 민중은 외칠 것이다. 당신은 민중을 죽이는 반생명의 시인이었다고. 시간이란 평등한 것이어서 어느 정도의 시간이 흐르면 그는 자신의 무기로 자신을 찌르는 오명을 뒤집어쓸 것이 분명했다.

제3차 국민대회를 앞두고 만난 동학 모임에서 도은은 충격적인 소식을 전해 들었다. 시청 앞에서 시위에 참여하고 있던 그 시간, 전라도에 있는 한 고등학교 운동장에서 자신과 같은 나이의 고등학생이 분신을 했다는 것이다. 그는 보성고등학교에서 열린 5·18 기념행사 도중 '노태우 정권 퇴진', '참교육 쟁취'를 외치며 자신의 몸에 기름을 끼얹었다고 했다. 김철수의 분신은 도은의 마음을 더 깊게 짓눌렀다. 분신 배후설이 등장한 이후 보수 언론의 보도는 도를 넘어서고 있었다. 노동절 행사에서부터 3당 합당이 이뤄진 민자당 창당과 2차 민중대회까지, 쉬지 않고 새로운 사건들이 터졌고, 사람들이 죽어나갔다. 지상 선배는 이번 3차 국민대회를 통해 민중의 힘이 무엇인지 보여주지 못하면 사회적 피로감은 이상한 방향으로 표출될 수도 있으리란 조심스런 전망을 내놓았다. 언론의 운동권 때리기는 언제든 기회만 잡으면 사회적 울분과 죽은 자들에 대한 죄책감에 짓눌린 분위기를 반전시킬 수도 있다는 얘기들이 오고 갔다. 동학의 친구들은 이번 국민대회에서 최대한 많은 친구들을 동원할 수 있도록 그동안 활동했던 우리의 역량을 응집시키자는 각오를 다졌다.

돌아오는 길 도은은 엄마의 포장마차에 들렀다. 엄마는 거리 단속이 심해졌다면서 포장마차에서 잠을 자며 버티고 있었다. 저녁 별들이 하나둘 켜지고 어둠이 시작되면 포장마차의 불빛이 켜진다. 도은은 피곤에 지친 엄마를 대신해 카바이드 통에 회색의 카바이드 덩어리를 담았다. 촛대가 달린 뚜껑을 덮은 후 그것을 다시 화분 같은 겉통에 넣었다. 그 다음 겉통에 물을 넣었다. 조금 있어 물이 부글부글 끓기 시작했다. 끓으면서 뿌글뿌글 통이 움직였다. 돌이 물을 만나 끓기 시작했다. 마술을 보는 것처럼 물이 끓는 순간에는 감탄사가 튀어나왔다. 몇 시간 뒤면 가루로 변해 있을 카바이드 돌덩이가 불도 없이 물을 끓게 한다는 것은 엄마와 도은이만 알고 있는 세상의 비밀처럼 느껴졌다. 비밀의 절정은 카바이드 통에서 픽 푹 소리가 나기 시작할 때다. 이 소리가 나면 불대 끝에 불을 붙일 수 있다. 불을 붙이자 틱틱탁탁 소리를 내며 파랗고 붉은 빛이 태어났다. 그것은 새로 태어난 별처럼 순수한 푸른

빛이었다. 카바이드 불빛이 켜지면 포장마차의 저녁이 시작되었다.

"엄마, 이거 물꽃 같지 않아요?"

도은은 오랜만에 엄마를 불렀다.

"너는 그게 이쁘니? 나는 징글징글하다."

"돌이 어떻게 빛이 되나, 나는 이걸 볼 때마다 참 신기했어."

"물이란 게 요물이지. 돌을 젖게도 만들고 가루로도 만드니까."

카바이드 불꽃은 한 가지를 오래 한 사람에 의해 빚어진 예술품 같았다.

"엄마는 나 안 보고 싶었어?"

"왜 안 보고 싶었겠어. 저 카바이드에 불 붙일 때마다 내일은 가봐야지, 가봐야지 그러면서도 올 수가 없더라. 돈 벌어서 오겠다고 했는데 돈은 모이지 않고, 여기저기 전전하다 포장마차를 시작했는데 그것도 죄다 구청 직원들한테 뺏기고, 살고 싶지가 않더라. 엄마 많이 미웠지?"

도은은 다른 카바이드 통에 불을 붙였다.

"할머니가 텔레비전에 나온 엄마를 본 거 모르지?"

도은의 엄마는 무슨 소리냐고 물었다.

"노점상연합회라고 했나. 어느 대학 앞에서 머리에 붉은 띠를 두르고 시위하고 있는 엄마를 텔레비전에서 봤었어, 할머니가."

"재작년에?"

"사고 나기 진 여름에."

"나도 텔레비전에 나온 폭발 사고 부상자 명단에 있던 이름을 보고 찾아왔는데……"

엄마는 꼼장어를 손질하다 한숨을 내쉬었다. 물통에 물을 받으러 갔던 갑보 아저씨가 돌아왔다.

"도은이 왔구나. 김밥 먹을래?"

아저씨는 들통에 물을 붓고 홍합을 넣으며 말했다.

"잠깐만. 아직 국물이 없으니까, 이거라도 같이 먹어라."

아저씨는 작은 주전자에 담긴 물을 따라주었다. 할머니가 중환자실에 있을 때 먹었던 설렁탕처럼 아저씨는 사람의 마음을 녹이는 따스한 사람이었다.

홍합 국물이 한창 끓고 있을 때, 그날의 첫 손님이 들어왔다. 아저씨는 큰소리로 손님을 맞았다. 엄마는 닭발을 굽고, 아저씨는 홍합국물을 떴다. 조금 있어 한 무리의 손님들이 포장을 걷어차며 들어왔다. 험상궂게 생긴 사람들이었다. 아저씨는 네 명이 앉을 자리를 만들고, 홍합국물을 뜨고, 소주를 날랐다. 포장 밖에서 누군가 큰소리로 이름을 불렀다. 소주를 마시던 사람이 손에 소주병을 들었다. 엄마는 얼른 칼을 숨겼다. 아저씨는 도은이에게 빨리 집에 가라고 등을 떠밀었다. 도은이 가방을 들기도 전에 포장마차의 포장이 뜯기며 포장마차가 흔들렸다. 먼저 온 손님들이 짐을 챙겨 밖으로 나갔다. 험

상긋게 생긴 사람들이 기다렸다는 듯 각자 품속에서 무언가를 꺼냈다. 아저씨는 도은이를 엄마 쪽으로 밀었다. 미처 말릴 틈도 없이 남자들의 싸움이 시작되었다. 쌍욕이 오고 가고 멱살이 잡히는가 하면 한 사람은 벌써 나가떨어져 머리맡에 있는 유리병을 더듬고 있었다. 엄마는 도은을 포장마차 밖으로 던지듯 밀어냈다. 그때였다. 갑보 아저씨의 비명 소리가 들렸다. 이어 엄마의 욕이 들렸다.

"이 씨발놈들아!"

엄마가 포장 밖으로 나와 소리쳤다. 지나가던 사람들이 싸움 구경을 하며 빙 둘러섰다.

"누구 좀 도와줘요. 구급차, 구급차 좀 불러줘요. 제발 좀 도와줘요."

포장 아래로 엎어진 홍합국물이 눈물처럼 질질 새 나왔다. 싸움을 하던 남자들이 미친년처럼 소리치는 엄마의 몸짓에 놀라 하나둘 흩어졌다. 엄마는 마지막 남은 남자의 머리채를 잡았다.

"이 개자식아, 어딜 도망가. 니들이 망쳐놓은 거 다 변상하고 가. 오늘 너 죽고 나 죽자. 이 시발 새끼들아."

덩치가 큰 남자가 엄마의 손을 꺾었다. 비명을 지르면서도 엄마는 손을 놓지 않았다. 도은은 발이 떨어지지 않았다. 아저씨가 학교에 찾아왔던 그때처럼 누군가 자신의 어깨에 손을 얹고 "내가 같이 가줄게"라고 말하지 않으면 한 발짝도 움직일 수 없을 것 같았다. 기울어진 포장마차 안에서는 아저씨의 신음소리가 흘러나왔다. 구경하던 사람들이 포장을 들추고 아저씨를 부축했다. 아저씨는 걸을 수가 없다고 했다. 구경하던 다른 사람들이 택시를 잡기 위해 큰길로 뛰었다. 아저씨의 바지는 뜨거운 홍합국물에 젖어 김이 나고 있었다. 엄마는 덩치 큰 남자에게 맞아 얼굴이 피투성이였다. 도망가는 남자를 쫓아가다 신발이 벗겨지며 넘어진 엄마의 손에는 한 움큼의 머리카락이 쥐여 있었다. 홍합국물을 뒤집어쓴 가방이 바닥에 나뒹굴고 있었다. 카바이드 불빛은 아무 일도 없다는 듯 난장판이 된 포장마차를 비추고 있었다.

# 패륜아들

제3차 국민대회가 있던 토요일에는 가는 비가 날렸다. 도은은 후배들에게 비옷을 하나씩 나누어주었다. 학교에서 나오자 시위대가 명동을 가득 메우고 있는 것이 보였다. 도은은 고등학생들의 깃발을 눈으로 찾았다. 깃발을 찾아 후배들과 퇴계로 쪽으로 걸으며 아직 문을 닫지 않은 가게에 들어가 치약과 생리대, 마스크를 샀다.

"요즘에는 살수차도 오더라. 그거 맞으면 머릿속이 다 벗겨져. 모자 꼭 써라!"

대한극장 앞에는 영화 포스터가 걸개그림처럼 걸려 있었다. 후배들은 저 영화 봤냐고 수다를 떨며 '주먹 쥐고 일어서'라는 이름을 대며 깔깔댔다. 대한극장 앞은 이미 시위 대열로 꽉 차 있었다. 골목마다 사복 경찰로 보이는 사람들이 무전기를 들고 급하게 뭔가를 타전하고 있는 모습이 보였다. 도은은 이번 집회가 심상치 않음을 느꼈다. 전철역마다 검문하는 전경의 숫자도 눈에 띄게 많았고, 그들이 먼저 페퍼포그를 쏘지 않고 가만있는 것도 이상했다. 벌써 길을 뚫기 위한 몸싸움이 시작됐어야 하는데, 그들은 교통지도만 하고 있었다. 더 많은 사람들이 모여들기를 기다리고 있는 것처럼 보였다.

"모자 쓰고 일어서, 선배 이름이야."

"치약 묻혀 눈 매워, 네 이름이야."

치약을 건네며 도은은 걱정을 털어냈다.

"그럼 나는? 나도 이름 붙여줘."

"치약 묻히면 눈 안 매워, 어때?"

후배들은 대열에 끼어들기 전에 서로의 얼굴에 치약을 묻히며 인디언 놀이를 했다.

"저기 있다!"

도은이 소리쳤다. 민주노조의 엄청난 사람들 뒤로 고등학생들이 참여하는 공개단체들과 놀이패의 깃발이 따라붙고 있었다. 한참 뒤로 '고등학생 정치활동쟁취 공동실천위원회' 깃발도 보였다. 동부지역과 서부지역 깃발도 펄럭였다. 전교조 교사들과 참교육 학부모의 깃발도 일어섰다. 깃발이 도착하자 여기저기 숨어 있던 아이들이 깃발 아래로 모여들기 시작했다. 도은과 후배들도 걸음이 빨라졌다.

천오백여 명의 전교조 가입 선생님들을 징계, 해직시킨 교
육부장관이 바로 전날 한 나라의 국무총리로 취임을 한 때문
인지 고등학생들의 숫자가 엄청나게 많아 보였다. 선생님을
빼앗긴 아이들이 다들 거리로 쏟아져나온 것 같았다. 도은은
전교조 깃발 아래에 콩자반 선생님이 있는지 찾아보았지만
선생님의 모습은 보이지 않았다. 이럴 때 선생님을 만나면 얼
마나 좋을까. 집회에 나올 때마다 전교조 쪽을 기웃거려봐도
담임을 아는 사람은 만날 수 없었다. 앞선 시위대가 길을 트
고 있는지 사람들은 대로에 앉아 즉석에서 시국 토론을 개최
했다. 도은과 후배들도 동부지역 깃발 아래 자리를 잡고 앉았
다. 민주학교에서 만난 반가운 얼굴들이 여럿 보였다. 도은이
와 이름이 같은 도은이도 있었다. 지하철 검문에서 전경들이
자기는 잡지 않는다고 했던 온몸에 혹이 달린 지선이도 있었
다. 도은은 그들에게 눈인사를 보냈다. 지선이가 일어나 선전
을 시작했다.

"사람이 사람을 때려서는 안 된다. 사람이 사람을 짓눌러서
도 안 된다. 사람이 사람을 사람으로 대하도록 하는 것이 정
치다. 사람이 사람임을 가르치는 것이 교육이다. 우리의 선생
님을 빼앗은 자, 너희들은 사람이 아니다. 우리의 선생님을
짓밟은 자, 너희들은 사람이 아니다. 선생님을 교단으로. 쫓
겨난 학생들을 학교로. 이것이 우리가 이곳에 나온 이유다.
우리는 그때까지 물러서지 않는다. 선생님을 교단으로, 쫓겨

난 학생들을 학교로!"

지선이의 선창에 사람들은 메아리쳤고, 이어서 동명여고의 도은이가 일어나 소리쳤다.

"철수와 수경이를 살려내라, 살려내라!"

"살려내라, 살려내라!"

지선이가 힘껏 외쳤다.

"민주 학생 뿔났다. 정원식 정학, 노태우 퇴학!"

도은이도 용기를 내어 한 마디 외쳤다. 자신의 외침을 따라 사람들이 한목소리로 외쳤다. 지선이가 일어나 손을 들어 외쳤다.

"정원식도 퇴학이다."

"퇴학이다, 퇴학이다."

사람들은 웃음과 외침으로 화답했다. 사람들은 고등학생들의 서툰 선창에 박수를 치며 기운을 돋아주었다.

"자, 이제 이동하겠습니다. 대오가 정비될 때까지 질서, 질서를 외쳐주십시오."

스피커에서 안내방송이 나왔다. 다들 일어나 어깨를 붙잡고 앞사람과 너무 떨어지지 않도록 질서를 외쳤다. 조금 앞으로 나가는가 싶더니 앞쪽에서 지랄탄 터지는 소리가 들렸다. 길이 뚫린 게 아니었다. 다들 주춤거리며 앞사람이 뒤로 밀리지 않도록 지지대가 되었다.

"으쌰으쌰!"

서로 몸을 붙이고 길이 뚫릴 수 있도록 온몸으로 버텼다. 공기 중에 흩어진 최루 가스는 눈으로 코로 들어와 온몸을 간질이고 눈물을 뽑아냈다. 기침과 울먹임과 그 와중에 외치는 투쟁가들이 한데 섞여 으르렁댔다. 그때였다. 대오의 앞쪽이 아니라 옆구리 쪽이 도미노처럼 와르르 무너졌다. 넘어졌다 일어선 사람들이 백골단 놈들이 골목에서 튀어나오고 있다고 고함쳤다. 갑자기 쳐들어온 백골단의 토끼몰이식 진압 작전에 밀려 놀란 사람들이 사방으로 흩어졌다. 다른쪽 골목에서도 사복을 입은 경찰들과 백골단이 쏟아져나오고 있었다. 사람들은 그들을 피해 달리기 시작했다. 한쪽은 무너져 이미 진압되고 있었고, 앞선 시위대는 허리가 끊긴 채 앞으로 치고 나가고 있었다.

도은은 후배들의 손을 잡고 뛰기 시작했다. 뛰다가 사람들에 밀려 뒤쪽으로 다시 뛰었다. 눈앞에서는 곤봉을 든 경찰들이 오고 있는데, 뒤쪽에서는 사람들이 계속 밀려들고 있었다. 빠져나갈 틈이 없었다. 그때 누군가 넘어졌다. 넘어진 사람 위로 발이 걸린 사람이 또 넘어졌다. 도은은 후배의 손을 놓치면서 넘어졌다. 도은이 깔리고 후배들도 쓰러져 비명을 지르고 있었다. 누군가 도은의 손을 잡아끌며 도와주려 했지만 집채에 깔린 것처럼 몸을 일으킬 수 없었다. 숨이 목구멍을 막아 소리도 나오지 않았다. 도은의 머리채를 잡고 누군가 일어서려다 다시 넘어졌다. 도은도 마찬가지로 자신의 밑에 깔린 사람의 등을 밀치며 일어서려고 애썼지만 일어설 수가 없었다. 숨이 막혔다. 도은이 위에는 십팔 년 동안 깔려온 무게보다도 더 큰 무게가 숨을 조이며 무게에 무게를 더하고 있었다. 그때마다 도은은 자기 밑의 여자를 더 세게 누르며 숨을 짜내야 했다. 살려달라고 목소리도 없는 비명을 질러야 했다. 비명이 그렇게 무거울 수 있다는 것을 도은은 자신의 밑에 깔려 있는 여자의 머리채를 잡고 그 집채만 한 사람들의 무게에서 간신히 빠져나오며 알았다.

"내가 누군가를 죽일 수도 있는 거였어."

숨을 돌린 도은의 입에서는 더 이상 큰 소리의 구호가 터져나오지 않았다. 대상을 잃어버린 말, 누가 누구에게 살려달라고 하는 것일까. 누가 누구를 짓누르고 있었던 것일까. 비명의 허망한 속성은 그것을 지르는 자가 그것을 들을 수 없는 사람들에게 외치는 고함이라는 데 있을지도 모른다. 질식할 수도 있는 그 상황에서 빠져나오기는 했지만 후배들을 찾을 정신이 없었다. 도은은 백골단을 피해 골목으로 뛰었다. 골목의 쓰레기통 옆에는 한 무리의 사람들이 무릎을 꿇고 잡혀 있었다. 도은을 본 백골단원 한 명이 도은의 뒷덜미를 낚아 쓰레기통 옆으로 던졌다.

"이 쓰레기들아, 대가리 안 처박아!"

도은은 백골단의 곤봉에 머리를 얻어맞았다. 도은은 쪼그리고 앉아 무릎 사이에 고개를 박았다. 굴욕, 퇴계로 골목길에서 도은을 기다리고 있었던 것은 고개를 들면 곧바로 곤봉이 날아오는 굴욕이었다. 잘 익은 옥수수처럼 여문 치아를 갖은 백골단원이 두더지 잡기를 하듯 곤봉으로 누군가의 머리를 내리치며 말했다.

"나는 인간이 아니다. 나는 국가의 쓰레기다. 복창한다!"

전 시대부터 계속되어온 그들의 방식은 변한 것이 없으므로 우스운 퇴폐의 복창을 낳았으나, 그것의 효과는 너무 컸다.

"나는 인간이 아니다."

"나는 국가의 쓰레기다."

얻어맞지 않기 위해 그들이 하라는 대로 복창을 하자 조금씩, 알아챌 수 없을 정도의 미열을 동반하며 붉은, 그러나 뜨겁지는 않은 무언가가 울컥 쏟아졌다. 눈물인지 비참함인지 모를 울분이 일렁였다. 도은은 울음을 뱉지 못하고 도로 삼켰다.

"더 크게 세 번 외친다. 나는 인간이 아니다."

"나는 인간이 아니다."

"나는 국가의 쓰레기다! 더 크게!"

"나는 국가의 쓰레기다."

나는 인간이 아니다, 라고 복창할 때마다 도은은 목울대를 두드리며 심장을 향해 돌진하다가 숨을 조르며 다시 울컥거리는 울음을 삼켰다. 울음소리가 들리면 어김없이 발길질이 이어졌다.

"너 선생님한테 머리채 잡혀봤니? 발길질은?"

희정의 음성이 들렸다. 너는 알고 있었던 거구나. '나는 인간이 아니다'라는 복창을 선생들 앞에서 해야 했던 거구나. 그래서 그렇게 부드러우면서도 전투적일 수 있었던 거구나. 그런데 어쩌지. 나는, 지금의 나는, 후배들도 버리고, 살아보겠다고 누군가의 머리채를 잡고 손가락을 밟으며 빠져나온 나는, 어쩌지, 나는 지금 내가 인간이 아닌 것 같은데, 어쩌지. 귓속에서 슬픈 구름의 음률이 웅웅댔다. 뭉쳤다 헤어지는 구름의 일생처럼 쓰레기통 옆에 버려져 "나는 인간이 아니다"라고 외치는 사람들의 몸짓은 구름의 연대처럼 슬펐다. 도은은 손톱 사이 끼어 있는 누군가의 머리카락을 보며 이건 전쟁이라고 생각했다.

얼마의 시간이 지났을까. 빗방울이 점점 굵어졌다. 골목에 있는 건물 창에 붙어 구경하던 사람들이 "애들 때리지 마, 새끼들아!" 소리쳤다. 맞은편 건물에서는 "야, 장사도 못 하게 하는 저런 빨갱이들 다 치워버려!" 맞받아쳤다. 빗물이 머리카락을 타고 흘렀다. 얼굴에 묻혀놓은 치약에서는 검은 거품이 일었다. 시위대를 포위하고 있던 백골단 두목인 듯한 사람이 무전기를 통해 급하게 뭔가를 주고받았다. 그들은 일사불란하게 줄을 맞추기 시작했다. 그리고 성난 목소리로 외쳤다.

"뛰어라. 뛰어."

그들의 명령은 셋을 셀 동안 도망치지 못한 놈들은 모두 잡아들인다는 인간 사냥으로 바뀌었다. 잡혀 있던 학생들을 모두 닭장차에 신기에는 숫자가 너무 많아서였을까. 왜 풀어주는지 알 수 없었지만, 다시 잡히지 않으려면 우선은 뛰어야 했다. '나는 인간이 아니다'를 복창한 수많은 벌레들이 서로를 불쌍하게 쳐다보다 다시는 만나지 않으려는 듯 사방으로 흩어졌다. 고등학생연합의 깃발을 들었던 벌레, 선생님을 돌려달라며 선창했던 벌레, 열여덟 울분을 토하던 벌레들은 사방으로 흩어져 바퀴벌레처럼 어둠 한 자락만 있으면 어디든 몸을 숨겼다.

도은은 그 골목을 빠져나와 한참을 달렸다. 한참을 달렸는데도 그들이 따라온다는 두려움은 뒤가 아니라 도은보다 한 발 앞서 있었다. 을지로 지하도를 달리다 오래된 음악가게 앞에서 발이 멈추었다. 머리가 헝클어지고, 옷이 찢기고, 얼굴에는 치약을 잔뜩 묻힌 한 남자가 상기된 얼굴로 뭐라고 소리치고 있었다. 그쪽으로 다가가자 시민들을 상대로 호소하는 그의 목소리가 똑똑히 들렸다.

"시민 여러분, 지금 경찰의 강경 진압으로 한 학생이 죽어가고 있습니다. 시민 여러분, 오늘 백골단의 강경 진압으로 한 여학생이 의식이 없는 상태로 백병원으로 실려 갔습니다. 도와주십시오. 시민 여러분. 저희들을 도와주세요."

도은이 옆을 지나가던 대여섯 살쯤 되어 보이는 아이가 콜록거리며 기침을 쏟아냈다. 남자는 도와달라고 호소하며 울고 있었다. 도은이와 같은 대오에 있었는지 그의 몸은 만신창이가 되어 있었다. 도은은 남자와 눈이 마주쳤다. 남자의 얼굴은 그대로 목을 놓고 펑펑 울어버릴 것처럼 공포와 당혹스러움으로 일그러져 있었다. 그래서 풀어준 거구나. 도은의 얼굴도 남자와 마찬가지로 일그러졌다. 그래서 풀어준 거였어. 혼잣말을 지껄였다. 기침을 하는 아이의 엄마가 도은이를 위아래로 훑으며 아이를 자기 쪽으로 낚아챘다. 도은이가 움직일 때마다 사람들은 코와 입을 막고 콜록거렸다. 도은은 오른쪽 발이 허전한 것을 느꼈다. 고개를 떨구자 한쪽 신발은 사라지고 맨발만이 을지로 지하도에 우두커니 서 있었다. 신발이 벗겨진 발, 그 발이었으면 좋겠다. 내 밑에 깔려 있던 여자의 머리를 밟고 손가락을 밟으며 빠져나오던 발이 신발이 벗겨진 오른발이었다면, 어쩌면 죽어간다는 대학생은 살아날지도 모른다. 제발, 내 오른발의 죄를 가져가라. 눈물도 울분도 벌레들의 인간선언도 아닌 구체적인 두려움이 도은을 따라오고 있었다.

도은은 무작정 걸었다. 걷다 보니 남산터널이었다. 발밑에 동전이 있었지만 도은은 주울 수 없었다. 그걸 주우면 눈물이 터질 것 같았다. 걷고 걸어 도착한 곳은 갑보 아저씨가 입원 중인 병원이었다. 도은은 병원 화장실에 들어가 찬물로 얼굴을 씻었다. 옷을 털었고, 양말을 벗어 쓰레기통에 넣었다. 발을 씻었고, 거울을 보고 한번 웃어보았다. 어색한 웃음이 입가에 달라붙어 있었다. 병실에 들어서자 아저씨는 도은의 모습을 보고는 놀라서 물었다. 무슨 일이 있었느냐고, 몸은 괜찮냐고, 이게 무슨 일이냐고 계속 물었다. 도은은 더 이상 대답할 힘이 없었다. 침상 아래에는 아저씨가 신고 있던 운동화와 새로 산 슬리퍼가 놓여 있었다.

"아저씨, 나 이거 하루만 빌려줘요."

도은은 슬리퍼에 발을 집어넣었다. 퉁퉁 부은 발가락이 앞으로 튀어나왔다.

"어차피 나는 신지도 못할 텐데, 네 엄마가 사다놓고 갔어. 가져가라."

아저씨는 거즈에 감긴 자신의 두 발보다 도은의 발이 더 걱정스러운지 한동안 말이 없었다.

"담배나 한 대 피웠으면 좋겠는데, 아주 몸이 근지러워 죽겠다. ……그런데 도은아, 너 정말 괜찮은 거냐?"

아저씨는 도은의 발에서 눈을 떼지 않았다.

"아저씨는 갑보가 없는 신발은 안 어울려요."

아저씨의 얼굴이 찌그러지며 주름이 잡혔다. 도은은 화장실에서 연습한 웃음을 지어 보였다. 도은이 일어서자 아저씨에게서 기침이 터졌다. 다른 침상에서도 재채기 소리가 들렸다. 도은은 얼른 한쪽 운동화를 들고 병실을 나왔다.


며칠 뒤 도은은 학교 앞에서 기다리고 있는 지상 선배를 만났다. 선배는 풀무질에 메모를 남겨뒀는데 못 본 것 같아서 직접 왔다고 말했다. 도은은 집에 일이 생겼다고 둘러댔다. 선배는 도은에게 봉투를 하나 내밀었다.

"이게 뭐예요?"

선배는 동학 선배로부터 받은 활동 보조비라고 했다.

"이걸 왜 나한테 주는데?"

선배는 도은이 그렇게 나올 줄 알았는지 피식 웃기만 했다.

"그러니까, 이거 같이 쓰자고 내가 왔잖아."

도은은 활동 보조비가 뭐냐고 따지듯 물었다.

"동학을 만든 선배들 중에 노동 현장에 들어간 선배가 있는데 첫 월급을 받았대. 너 영광인줄 알아. 그 형이 아무한테나 돈을 쓰고 그러는 형이 아니거든. 술값도 한 번도 자기가 낸 적이 없어요."

"그러니까 왜 나한테 이걸 주냐고요."

도은은 학교에서 받는 생활 장학금처럼 활동 보조금도 불쾌했다. 생활 장학금은 이름만 바뀌었을 뿐 불우 장학금이었다. 엄마가 돌아왔는데도 불우 장학금을 받아야 한다는 것에 자존심이 상했다. 자존심만이 아니었다. 학교에서 받은 장학금은 학교에 하고 싶은 말들을 마음대로 할 수 없도록 도은의 입을 틀어막고 있었다. 도은은 동학 선배가 주었다는 활동비도 마찬가지로 느껴졌다. 니들이 뭘 알아서 돈을 주냔 말이야. 속에서는 욕이 튀어나왔다. 지상 선배는 특유의 질문 회피 방법인 개구쟁이 같은 표정을 지으며 케테 콜비츠를 아냐고 물었다.

"그게 뭔데요?"

자꾸 무언가에 화가 났다. 그날 현장에 있었던 후배들은 서로의 고민을 들추지 않으려는 듯 입을 다물었고, 백골단의 토끼몰이식 진압으로 병원에 실려 간 대학생은 다음 날 죽었다는 속보가 떴다. 그녀는 도은이 자주 들른 성균관대 학생이었고, 사인은 예상대로 압박에 의한 질식사였다. 그녀의 영정사진은 단아하고 고왔다. 영정사진 속 그녀는 압사의 현장에서 누군가의 머리를 짓밟을 수 없어 차라리 자신의 숨을 놓아버린 붕애 같았다. 사진 속의 그녀는 숨은 멈췄지만 심장은 뛰고 있는 것 같았다. 도은은 자신이 그녀를 죽인 것일지도 모른다는 압박감에 괴로웠다. 자신만 살아남은 것 같아 하루하루가 비루했고 시시했다.

"너도 굉장히 화가 나 있구나. 다들 국민대회 이후 버거워하고 있는 것 같아. ……그게 뭔지는 모르겠어. 사실 나도 아주 복잡해."

도은은 지상 선배도 자신과 비슷한 종류의 죄책감에 시달리고 있음을 느낄 수 있었다.

"그래서 왔어. 이럴 때는 머릿속을 좀 비워줘야 하거든. 워커힐에서 케테 콜비츠 판화를 전시하고 있대. 예전에 그 할머니 그림 본 적이 있는데, 나는 정말 좋았거든. 이걸로 같이 보

252

러 가자."

도은은 지상 선배와 걸으며 한마디도 입을 떼지 않았다. 짓궂은 장난으로 주변을 환하게 하는 지상 선배도 생각이 많은지 아무 말이 없었다. 케테 콜비츠의 판화는 지상 선배가 좋아할 만한 것들이었다. 도은은 자꾸 더 답답해졌다. 이렇게 세상의 도처에는 어처구니없는 일들이 벌어지고 있고, 아프고 찢어지고 탄압받는 민중들이 있다. 나도 안다. 지겹도록 잘 알고 있다. 그런데, 그래서, 나보고 어쩌란 말이야. 고작 백골단의 곤봉 하나에 고개를 처박고 '나는 인간이 아니다'라고 외칠 수밖에 없는 내가 뭘 할 수 있는데? 나 혼자 살겠다고 남의 머리통을 짓밟고 짓누르며 빠져나온 나보고 어쩌라고? 속이 복잡했다.

그날 집에 돌아오니 갑보 아저씨가 방에 누워 있었다.

"도은이 왔니?"

도은은 누워 있는 아저씨를 일으켰다.

"병원비가 너무 많이 나와서 붕대랑 연고만 타가지고 그냥 퇴원해버렸다. 이게 살이 나오려면 시간이 좀 걸린다고 그러네. 네가 불편할 텐데, 미안하다."

아저씨의 발은 1도 화상으로 짓물러 있었다.

"공기가 통해야 빨리 나을 것 같아서 거즈만 붙여놨어. 보기 더러워도 조금만 참아라."

머리맡에는 소독 도구들과 거즈, 반창고와 연고가 놓여 있었다. 도은은 소독은 했냐고 물었다.

"지금 하려고 했는데…… 징그러우면 잠깐 나가 있을래? 다 하면 부를게."

아저씨는 엄마에게도 그랬지만 남에게 짐이 되는 것을 무척 싫어하는 사람이었다.

"혼자서 어떻게 하려고요. 이리 주세요."

도은은 거즈를 떼어내기 위해 솜에 알코올을 부었다. 솜으로 거즈를 닦아내자 사이다 김빠지는 소리가 나며 거품이 일었다.

"더럽다니까. 집게 이리 줘. 내가 할게."

도은이 얼굴을 찡그리자 아저씨가 말했다. 도은은 아무 말 없이 누런 고름과 거품이 묻은 거즈를 떼어내고 소독을 마쳤다. 무릎 아래로 양발이 다 짓무른 상처가 나으려면 천 개의 고약은 붙여야 할 것 같았다. 아저씨는 고통스러운 듯 어금니를 물었다. 고통이 심한지 아저씨는 처방받은 진통제를 두 알이나 털어 넣었다.

도은은 아저씨 옆에 누웠다. 할머니가 돌아가신 이후로 누군가와 함께 잠자리에 누운 것이 처음이지 싶었다. 엄마는 지금 뭘 하고 있을까. 아저씨도 없이 매일 포장마차에서, 또 싸움이 일어날까 봐 두렵진 않을까. 엄마는 그 시간들을 어떻게 견뎠을까. 케테 콜비츠의 판화에서처럼 도끼를 들고 깃발을 들고 봉기에 참여하는 것 말고 우리가 할 수 있는 건 없는 걸까. 왜 이렇게 힘든 사람들은 힘들게 살아야만 할까. 동학의 친구들도 알까. 세상에는 일어서고 싶어도 일어설 수가 없는 사람들이 있다는 걸. 온갖 두려움이 사방에 거미줄을 치고 누구든 걸려들기만을 기다리고 있는 지독한 가난의 방. 그 방에 갇히지 않고, 거미줄을 잘라버리고, 살고 싶다고 외치고 싶었는데. 같이 살자고 외치고 싶었는데. 그 길은 너무 멀고 어두웠다. 방안에는 소독약 냄새와 아저씨의 숨소리가 섞여 들큰했다. 도은은 라디오를 켜고 볼륨을 줄였다. 그날도 나무에게서는 아무 소식이 없었다. 도은은 노트를 꺼내 무언가 끄적였다.

1991년, 열여덟, 귓가에서 함성이 떠나지 않는다. 환청! 마치 테트리스의 잔상이 칠판 위로 후두둑 떨어지는 것 같은, 소리 없는 소리들. 그것은 속삭임도 개인적인 주절거림도, 혁명가도 아니다. '나는 인간이 아니다'라고 선언을 한 이후부터였을까. 아님, 내가 누군가를 죽일 수도 있다는 것을 알아 버린 때문일까. 쓰러진 대오에서 빠져나오다 내가 밟은 누군가의 손가락이 잊혀지지 않는다. 아니 아니, 내가 죽인 것일지도 모르는 그 사람, 압사의 현장에 있었던 사람들의 비명을 떨쳐낼 수가 없다.

요즘에는 모든 것에 의욕이 없다. 학교에서도 친구들을 보면 자꾸 피하게 된다. 이게 뭐지? 뭘까? 집회에 참여하고 집으로 돌아오는 길은 늘 구부정하고 울퉁불퉁하다. 방과 방이 연결된 판자촌에는 일탈과 우회를 꿈꾸는 혁명이 자리할 여유가 없다. 가두행진을 하고 돌아오는 날이면 어디서건 함성이 터져 나오는데, 그 함성은 몸이 없는 외침이 장난치는 비명 같다. 목소리가 없는 소리, 몸이 없는 소리! 그것은 분명 환청이지만 나를 닮은 비명 같다.

오늘은 현장에 들어간 스물 넘은 선배로부터 활동비로 오만 원을 받았다. 한 달도 넘게 고약을 싸야만 만질 수 있는 돈이다. 지상 선배는 그 돈이 동학 선배가 처음 공장에 들어가 벌어들인 돈이라고 했다. 그 돈으로 케테 콜비츠 판화전을 보러 갔다. 「방직공의 봉기」나 「전쟁」 연작은 시대는 다르지만 지금 이곳, 한국사회의 아비규환을 보여주는 것 같았다. 처절함, 몸부림, 함성…… 더 이상 버릴 것이 없는 사람들은 극단으로 치달을 수밖에 없다고 말하고 있었다. 버리거나 부술 것! 깃발은 그렇게 말한다. 개미 떼처럼 서로를 밟고 혹은 기대고 부대끼며 깃발을 흔드는 봉기는 극단의 처참함을 극명하게 보여주고 있었다. 그런데 나는,

그 판화들을 보며 자꾸 더 움츠러드는 나를 발견했다. 아무래도 나는 깃발을 들 수 없을 것 같다. 그날의 죄책감이 너무 깊다. 나는 나를 무서워하기 시작했다. 나를 따라다니던 검은 그림자가 어느새 내 안에 똬리를 튼 것 같다. 나는 내가 무섭다. 나는 좀 더 조용해지고 싶고, 떠돌고 싶다. 하지만 지금은 그러한 그림자마저 감시받는 검열의 시절. 나

는 내 안에서 부는 이러한 검열의 바람, 들리지 않는 환청을 가장 부서워하고 있는지도 모르겠다.

도은은 점점 말수가 줄어들었다. 수업이 끝나면 풀무질보다는 도서관에 들러 아무 책이나 뽑아 가방에 넣었다. 향오가 학교를 나오지 않는 동안 아무씨의 책은 늘어나지 않았다. 도은은 향오가 그랬듯 자신이 읽은 책의 독서카드에 '아무씨'라고 적어놓았다. 고약 집에 들러 고약을 싸고, 그래도 시간이 남으면 건대 호수에 들러 책을 읽었다. 호수가 내려다보이는 무덤가에 누워 잠이 들기도 했다. 햇살은 따스했다. 입에 거미줄이 쳐질 정도로 사람들과 이야기를 나누는 것이 버거워질 무렵 화곡고등학교의 한수가 남겨놓은 메모를 보게 되었다. 한수는 동학의 사람들을 찾아다니듯 도은이 가는 서점마다 메모를 남겨놓았다. 딱히 도은에게 남긴 것은 아니었지만, 도은은 한수에게 무슨 일이 생겼다는 것을 직감적으로 느낄 수 있었다. 제3차 국민대회 이후 처음 만나게 된 동학의 상부 티에서 희정은 한수의 상황을 안타깝게 전했다.

"한수가 자퇴하게 되었어."

"자퇴라니? 퇴학도 아니고 자퇴라니, 무슨 일이 있었던 거야?"

"일이 좀 복잡해. 우선 한수 보고서 먼저 보고 이야기하자."

아이들은 다들 한수의 보고서를 돌려 읽었다.

"한수가 요즘 좀 힘들어했잖아."

"연애 때문에?"

"응. 녀석이 연애 문제가 안 풀리니까 이래선 안 되겠다고 다짐한 게 있었나 봐. 걔 말로는 사랑은 혁명과 조직 앞에선 아무것도 아니라고 생각하고 혁명적 열정과 활동으로 이겨보자고 다짐을 했었대."

"그래서?"

"그렇게 다짐을 하고 보니 그동안 돌보지 못한 소모임에서 할 일들이랑 5월 투쟁을 통해 비판하고 싶은 것들, 뭐 그런 게 엄청나게 쏟아지더래."

"그 녀석이 후까시 잡고 뭔가에 몰두하면 폭풍처럼 쏟아내긴 하지. 그런데?"

"혁명적 열정과 활동으로 지금 자신의 문제들을 덮어버리자고 생각하고 시키지도 않은 활동 평가서와 기획서들을 줄줄이 써서 학교에 갔는데……"

"털렸구나!"

다들 한수의 보고서는 접어놓고 희정의 설명에 집중했다.

"응. 서른 장도 넘는 학내 활동이랑 우리 조직 관련 문건들이 다 넘어갔대. 한수가 1학년 모임을 조직하고 있었잖아. 전날 하필이면 그 모임에 있던 1학년 중에 한 명이 시키지도 않은 낙서 쪽지를 교실에서 창 밖으로 날리다가 걸려서는, 가지고 있던 몇 개의 문건을 한수한테 받았다고 불었나 봐. 한수는 그것도 모르고 다음 날 학교에 오자마자 가방 뺏기고, 그 안에 든 보고서랑 문건들이 다 넘어간 거고."

"일이 꼬이려고 작정한 스토리군."

"학교에서는 엄청난 놈 잡았다고 생각했겠네."

"한수가 쓴 보고서라면 온갖 약어와 격한 언어들로 떡칠이 되어 있었을 텐데. 학교에서는 어떻게 대응한 거야?"

상훈이 가만 듣고 있다가 말했다.

"학교에서는 무슨 간첩 잡았다고 생각했다나 봐. 막상 잡고 보니 학교에서도 애를 어떻게 처리해야 할지 부담스러워진 거지."

"선생들은 조금만 이상한 짓 하면 다 빨갱이로 몰고 가잖아. 그들 말대로 '빨갱이'가 학교에 침투해서 애들 조직하고, 학내 소요를 준비하다 잡힌 거니까. 이게 무슨 대학의 상황도 아니고, 선생들도 고민이 됐겠지. 학교 명예도 있고."

"시끄러워지는 걸 바라지 않았겠구나."

"한수 성격에 잡혔다고 해서 또 잔뜩 겁먹고 고분고분하게 친구들 이름 다 불고 그러지는 않을 거고."

상훈이가 말했다.

"개겼대?"

상훈이 평소와는 다르게 잔뜩 화가 나서 툭툭 뱉었다.

"응. 때리고 밟아도 꼼짝 안 하고 눈에서 레이저 쏘면서 개 겼대. 그랬더니 선생들이 그러더래. 너 잡아놓고 우리도 무섭다. 그러면서 솔직하게 나오더래."

"거기서 넘어갔구나."

"반은 넘어갔던 것 같아."

희정은 물을 벌컥벌컥 마셨다.

"선생들이 이건 신고해서 넘겨야 할 사안이다, 그런데 우리는 이런 일로 학교가 시끄러워지는 걸 원하지 않는다고 나오더래. 그러면서 구체적으로 묻더래."

"뭘?"

"한수네 학내 조직화를 담당했던 핵심원이 네 명이고, 그 친구들이 꾸린 대중모임이 대여섯 개는 되잖아. 물론 대중모임에 있는 애들은 학내, 아니, 학교 밖으로 이어지는 지도조직이 있다는 걸 모르는 상태였고. ……아무튼 그랬는데, 선생들이 한수가 쓴 문건에 밑줄 쫙쫙 쳐가면서 거기서 언급된 핵심모임 1, 2, 3번 애들은 정학으로 처벌이 무겁겠고, 다른 애들은 단순 가담이니까 근신으로 끝내겠다고 했다는 거야. 어차피 경찰에 넘겨도 다 뿌리 뽑히겠지만 그렇게까지 시끄러워지는 건 자기들도 싫다고 재차 강조하더래."

"그럼, 핵심원 세 명이랑 한수만 퇴학이고, 나머지는 근신이어야 하잖아?"

"한수는 그 상황에서 그게 낫겠다고 생각했대. 핵심원들은 자기가 봐도 정학 받는 건 어쩔 수 없을 것 같고, 나머지는 근신 처리되면 축소되는 거니까."

"그래서 학내 조직표 넘겨준 거야?"

지상 선배가 책상을 내리쳤다.

"네. 자기 딴에는 보고서에서 구체적으로 언급된 모임은 어쩔 수 없으니까 애꿎은 애들까지 다치기 전에 자기 손으로 애들 이름 채워 넣고 다른 모임은 잘 모른다고 공란으로 남겨놨대요."

"그 다음은?"

지상 선배가 재촉했다.

"그날 풀려나서 저녁에 핵심모임 애들한테 연락해서 명단 다시 만들고 1학년 중에 핵심인 애들은 숨기기로 입을 맞췄대요."

"근데 왜 자퇴가 된 건데?"

보고서를 넘기던 상훈이 물었다.

"한수도 괴로워하는 부분인데, 학교에서는 빨리 이 사건을 마무리 짓겠다고 작정을 했는지, 이미 핵심 모임 애들은 퇴학 결정 났고, 나머지 한수가 이름 적어 넣은 애들은 근신 처분 받았는데, 그 애들이 스무 명은 됐대."

"한수는?"

"그게 문젠데, 한수만 결정을 보류했대."

"물타기를 했구나."

"비슷해. 차라리 자기도 퇴학당했으면 애들이랑 함께할 수가 있는데, 자기만 보류니까 애들도 이상하게 자기를 쳐다보고, 진짜 죽을 맛이었대."

"한수가 애들 이름 다 넘긴 게 된 거야?"

"한수도 퇴학시켜버리면 애들이 뭉쳐서 또 시끄러워질 것 같으니까 학교에서 머리를 쓴 거지."

"그러니까 자퇴서에 사인을 하지 말았어야지. 너는 그동안 아무런 보고도 못 받은 거야?"

희정이 고개를 끄덕였다. 상훈이 희정이 입장을 거들고 나섰다.

"얘기 들어보니까 급박하게 돌아간 상황이네요. 보고하고 말 겨를이 없었을 것 같아요."

지상 선배가 담배를 빼어 물었다. 다들 한 템포 쉬자고 말하고 한숨을 내쉬었다. 한숨과 연기로 강의실은 정적이 감돌았다. 희정이는 화장실에 가서 얼굴을 씻고 왔다.

"학교에서는 이렇게까지 된 이상, 한수가 집이 인천 쪽이니까 그쪽으로 전학을 가라고 했대. 그쪽 학교에는 아무 얘기 안 할 테니 정신 차리고 살라는 격려까지 얹어서."

"그래서 자퇴서를 쓰게 됐구나. 자기 때문에 애들은 무더기 근신에 퇴학까지 당했는데 자기만 전학 간다는 건 말도 안 되고. 그렇다고 자기도 퇴학시켜달라고 애원할 수도 없으니까. 한수가 할 수 있는 건 자퇴서에 사인하는 것밖에 할 수 있는 게 없었겠네."

지상 선배가 한수의 자퇴 상황을 정리했다.

"네. 그렇게 됐어요."

계속 시계를 보고 있던 지상 선배가 이야기를 자르며 일어났다.

"내가 지금 약속이 있어서 안 되겠다. 희정아, 다음 티에서는 한수랑 같이 만나자. 너희들은 더 이야기하고."

지상 선배가 나가고 희정은 긴 한숨을 내쉬었다.

"한수는 어떻게 하고 있어?"

도은이 물었다.

"상처가 깊을 텐데 녀석, 씩씩한 척하더라고. 사실 이런 상황에서는 나도 어떻게 해야 할지 모르겠어. 우리 문건도 있으니까 그 녀석, 자기 딴에는 조직을 보호해야겠다는 생각이 가장 먼저 들더래. 그래서 선생들이 보안사건으로 경찰에 넘기지 않은 것만 해도 다행 아니냐고 하더라. 근데…… 자세히는 얘기하지 않는데, 조사 과정에서 문제가 많았던 것 같아. 결과적으로는 자기 손으로 애들 조직표를 작성해서 넘긴 거니까 배신감을 느낀 애들도 많았을 거고. 애들이 일부러 피하지 않았을까 싶어."

희정이뿐 아니라 상훈이도, 도은이의 표정도 어두웠다. 누구든 한수와 같은 처지가 되면 학교 친구들로부터 고립될 수밖에 없는 상황이었다. 활동이 많지 않은 도은이도 마찬가지였다. 도은은 희정이에게 건네받은 한수의 자퇴 이유서를 눈으로 좇아 읽었다. 5월 투쟁을 통해 드러났던 운동권의 관성적인 투쟁방식과 전위조직을 지향하며 조직 활동을 숨겨야 하는 고운의 어두운 면이 한수의 자퇴 이유서를 통해 드러나고 있었다. 조직을 지키기 위해 친구들로부터 배신자로 낙인 찍힌 한수의 처지가 비합법 전위조직의 한계를 보여주고 있었다.

6월 들어 첫 미팅을 마치고 늦은 저녁을 먹기 위해 동학의 친구들과 식당에 들어갔다. 식당에서 밥을 시키고 기다리고 있는데 뉴스 속보가 들렸다. 식당에 있던 사람들은 저게 무슨 짓이냐며 혀를 찼다. 뉴스 화면에는 누군지 알아볼 수 없는 사람이 밀가루와 달걀을 얼굴에 잔뜩 묻히고 있었다. 앵커는 정원식 총리가 외국어대학교에서 마지막 강의를 마치고 나오다 학생들로부터 달걀과 밀가루 세례를 받았다고 전했다. 넥타이가 돌아가고 얼굴은 알아볼 수 없을 정도로 밀가루 범벅이 된 데다 달걀까지 뒤집어쓴 화면이 계속 돌아갔다. 다들 텔레비전 화면을 보며 밥도 나오기 전에 집어먹던 반찬을 들고 멈춰버렸다. 주변에서 어른들이 텔레비전에 대고 삿대질을 해댔다.

"저게 무슨 짓이냔 말이야. 한 나라의 총리 얼굴에 저 짓을 해놨으니. 세상 말세야, 말세."

"그러게 말이야. 대학생들이 비싼 등록금 내고 공부하러 들어가서 하는 짓거리가 시장 폭력배만도 못해. 배우면 뭐하냐고."

"어디 학생이 할 짓이 없어서 저런 배워먹지 못한 짓을……"

반주를 곁들인 사람들이 쯧쯧 혀를 찼다.

"부모들이 뼈 빠지게 일해서 번 돈으로 대학들 다니는 주제에 한다는 짓거리가 저런 못된 짓만 배워가지고는."

"그 부모들 속이 어떻겠느냐고. 공부 잘해서 대학 보내놨더니, 시국이 어떻다, 사회가 어떻다 하면서 지들 몸에 기름 끼얹고, 불이나 싸지르고. 저런 것들은 그냥 싹 다 사라져야 돼."

"그게 배후가 있다면서? 죽으라고 떠미는 놈들이 있다네. 살생부처럼 누구 다음은 누구, 그런 식으로 순서도 정해져 있나 봐. 죽고 싶지 않아도 한번 조직에 들어가면 어쩔 수가 없다는 거야, 걔들도. 안 그럼, 대학에 들어간 지 한두 달밖에 안 된 놈들이 뭘 안다고 지 몸에 신나를 끼얹었겠어? 안 그래?"

"죽기 전에 유서도 대신 써주고 그런다잖아. 그게 다 맞는 말이라고. 아주 이 기회에 운동하는 놈들 싹 다 잡아들여야 써."

밥이 나오고 다들 아무 말도 못 하고 밥알만 입에 집어넣었다. 정원식이 누군 줄 아세요? 그놈이 천오백 명의 선생님들을 자른 교육부 장관이었다고요. 그 공으로 국무총리 자리까지 올랐다고요. 그런 놈이 교단에 서 있는 모습을 어떻게 봐요. 달걀이 아니라 돌 안 맞은 게 다행이지. 씩씩거리며 한마디 끼어들 수도 있었지만, 텔레비전 화면에 잡힌 이미지는 '아무리 그래도 그렇지. 교사한테, 그것도 마지막 강의를 하러 간 어른한테, 애들이 저게 무슨 짓이야'라고 편집되어 있었다. 집회에서는 정원식 정학, 아니 퇴학을 외쳤던 도은이도 이 상황에서는 아무 말도 안 나왔다. 폭력에 폭력으로 맞서는 것은 많은 사람들의 지지를 얻을 수 없었다. 아무리 많은 사람들이 모였다 해도 집회에 모인 사람들은 대한민국의 일 퍼센트도 안 되는 소수였다. 그리고 그들은 탄압받는 사람들, 억울한 사람들을 대변하고자 하는 의도가 있었다. 하지만 저것은?

전철역까지 걸으며 상훈이 도은에게 말을 걸었다.

"어느 책에서 읽었는데, 러시아에서 농노제를 폐지해서 농노들을 해방시켰지만, 아프락신 대화재 이후 사회 분위기가 급격한 반동으로 돌아서자 해방 노예들을 압박하며 전제군주의 모습을 드러낸 알렉산드르 2세를 제거하기 위해서 훈련을 받은 테러리스트가 있었대."

도은은 상훈이 무슨 애기든 하지 않으면 견디기 힘들어한다는 것을 알 수 있었다.

"그의 이름은 에멜리아노프."

"에멜리아노프?"

"그는 황제가 타고 있던 마차에 폭탄이 떨어진 이후 테러가 무산될 경우를 대비해 2차로 폭탄을 던져야 하는 임무를 맡았대. 계획대로 황제의 마차에 폭탄이 투하되었어. 마차가 불에 타고 황제는 중상을 입고 신음하고 있었어. ……그런데 그 상황에서 황제의 신하들은 자기 목숨을 지키기 위해 모두 황제를 버리고 도망쳤대. 그것을 본 에멜리아노프가 어떻게 했을 것 같아?"

"에멜리아노프가 테러리스트의 임무를 수행했다면 네가 묻지는 않았을 거고. 도망갔을까? 그건 시시하고. 불을 끄려고 달려들지 않았을까? 왜 사람들이 위기의 순간에는 그것 하나밖에 보이지 않는다잖아."

"아까 밥 먹으면서 자꾸 그 에멜리아노프가 생각났어. 그래, 그럴 수도 있겠다. 어쩌면 나도 그 상황이라면 그럴지도 모르겠다고."

도은은 상훈이 하고 싶은 말이 뭔지 묻지 않고 기다렸다.

"너, 너에 대해서 알고 있니?"

도은은 무슨 말을 하려는지 흔들리고 있는 상훈의 눈을 들여다보았다. 뭔가를 원망하는 것 같으면서도 자신과 같은 고민을 나눌 사람이 없다는 고립된 눈빛이었다.

"너는 늘 내가 먼저 말하게 만들어."

"……미안하지. 나는 그게 늘 미안했어."

"아니, 그런 게 아니라, 내가 무슨 생각을 하는지 나도 잘 모를 때가 많은데, 너는 내가 무슨 생각을 하는지 말하도록 만든단 말이야. 참 이상해. 서투른 생각이라 나도 뭐가 맞는 건지 잘 모르겠다가도 말을 하고 나면 정리가 되는 것 같거든. 노래 같아. 노래에는 틀린 게 없잖아. 각각의 노래가 있을 뿐이지. 너는 내게 노래를 하라고, 아무 노래나 불러보라는 식으로 기다리지."

"오늘은 다들 두서없네. 그래서 에멜리아노프는 어떻게 했어?"

"그 순간에 자신이 황제를 죽이기 위한 테러리스트임을 잊어버렸대. 그리고 부상당한 황제를 병원으로 옮기는 대열에 합류했다는 거야. ……오늘따라 그 테러리스트의 모순이 이해가 되네."

여기까지 말하다 말고 상훈은 도은의 말을 기다렸다.

"쓸쓸하네. 이해가 가서. 근데 그거 알아? 난 왠지 쓸쓸한 게 좋아. 쓸쓸하지도 않으면 안 될 것 같거든. 나무 이야기 들려줄까?"

상훈은 눈빛으로 끄덕이고 있었다.

"옛날 옛날에 나무가 하나 있었어. 옛날에는 사람 하나에 나무 하나, 그렇게 탯줄이 연결되어 있었대. 나무에서 태어난 사람은 자기 나무에서 열리는 열매를 먹으며 살아갔지. 사람들이 자신의 나무가 있었던 때에는 서로 싸울 일이 없었어. 사람들은 자기의 나무에 기대어 먹고 쉬고 이야기를 나누었어. 옛날 이야기, 나무 시대의 이야기, 사람들이 태어난 이야기, 늑대를 조심하라는 경고도 있었지."

전철이 들어오는 소리가 들렸다. 도은이 일어서려는데 상훈이 고개를 저었다.

"계속하라고? 재미 없을 텐데."

상훈은 아무 말 없이 기다렸다.

"그러다 어느 날 진짜 이야기 속에서만 들었던 늑대가 나타난 거야. 늑대는 자기에게도 나무를 달라고 하느님께 빌었지. 하루가 지나고 또 하루가 지나도 늑대의 기도는 하늘에 닿지 않았어. 배가 고파 어슬렁거리던 늑대는 사과나무에 달린 조그만 아이의 탯줄을 끊고 아이를 먹어버렸어. 아이를 없애고 그 나무를 자기 것으로 하고 싶었거든. 하루가 지나고 또 하루가 지났어. 늑대는 사과를 먹으며 행복했지만 그것도 잠깐이었어. 사과를 먹을수록 예전에 먹었던 아이의 맛을 잊을 수가 없는 거야. 늑대는 주변에 있는 배나무의 아이를, 복숭아나무의 아이를 차례로 잡아먹었어. 그렇게 해서 배나무와 복숭아나무가 늑대 차지가 되었지. 그때부터 나무들은 자신의 아이들에게 이야기를 들려주지 않게 되었대. 나무의 이야기를 듣지 못하게 되자 자기의 나무에서 열리는 자기의 열매만 먹던 사람들도 나무와 연결된 탯줄을 조금씩 불편해하기 시작했대. 멀리 나가면 더 맛있는 열매가 있을 것 같고, 무엇보다 이야기를 나눌 상대를 찾아야만 했지. 사람들은 하나둘씩 나무와 연결된 탯줄을 스스로 잘라버렸어. 그리고 여행을 떠나 만나게 된 나무의 사람들에게 자신이 보고 들은 것을 전해주었어. 어떤 사람은 자기가 지금까지 속았다고 말했어. 자기

나무 열매보다 맛있는 열매가 얼마든지 많다는 거였지. 또 어떤 사람은 나무의 말을 믿지 말라고 했어. 나무에게는 나무의 시간이, 사람에게는 사람의 시간이 있다는 거였지. 그렇게 해서 나무의 시대가 가고 사람의 시대가 열리게 되었어. 늑대는 여전히 늑대로 이 나무 저 나무를 쫓아다니며 사람들을 잡아먹고 말이야."

지하철 벤치에 앉아 몇 번이고 멈췄다 떠나는 전철을 보내는 동안 상훈은 도은의 이야기에 끼어들지 않고 그저 더 하라는 눈빛만 보내고 있었다.

"그 옛날, 사람과 나무가 이야기를 했던 시절, 그 시절을 우리는 신화의 시대라고 부르잖아."

"너는 신화의 시대로 갔구나."

"우습지? 네가 에멜리아노프를 떠올리는 그 시간에 나는 나무의 시대, 나무와 우리가 탯줄로 이어져 있던 그 시대를 떠올리고 있었어. 피할 수만 있다면 피하고 싶은 거야, 나는. 이 복잡하고 아픈 시절에 침묵하고 가만히 있고 싶은 거야. 나무나 보면서. 나의 나무는 어디에 있을까, 그러면서. 나무의 시대로 돌아갈 수 없으니까, 쓸쓸하지. 쓸쓸해야지. 쓸쓸하지도 않으면 어떻게 견디겠어. 나무의 시대를 꿈꿀 수도 없는 거지."

"네가 이렇게 오래 혼자 얘기하는 거 처음 봐!"

"그래서 아무 말도 안 했던 거야? 계속 구경하려고?"

"좋네. 너는 너의 이야기를 하고, 나는 나의 이야기를 하고. 그래도 우리는 같이 있고."

"……"

"늘 같은 비전을 이야기하면도 동굴에서 외치는 것처럼 내 목소리만 되돌아오는 것 같았어. 지금 생각하니까, 아마 외로웠던 것 같아. 내 목소리를 다른 사람들의 목소리로 착각할 정도로. 요즘은 좀 그래. 확신이 없어지니까 어디로 가야 할지 모르겠어."

"어디로 가야 할지 모르긴! 집으로 가야지."

전철이 들어오고 있었다. 이번에는 상훈이 붙잡지 않았다. 상훈이 좀 더 붙잡아주었다면 도은은 말하고 싶었다. 나는 나의 나무에게서 편지를 받았다고. 나의 나무는 나를 찾았는데, 나는 그 아이를 찾아가지 못했다고. 이번에는 용기를 내서 나무에게 가고 싶다고. 함께 가줄 수 있겠느냐고 권하고 싶었다. 그리고 난지도에서 돌아오는 길에는 말하고 싶었다. 네 목소리가 닮았다고. 사랑하는 사람의 뼈를 깎아 구멍을 뚫고 소리를 내는 케냐의 소리, 고독하고 외롭고 강인하면서도 부드러운 음악세계의 그것과 너의 목소리가 닮았다고. 나는 그런 너의 목소리를 아무래도 오래 간직하고 싶은 것 같다고. 하지만 그 시간은 뒤로 밀리고 밀려 영원히 발음되지 않는 편이 나을지도 모른다고 생각했다. 어쩌면 그것이 상훈이의 목소리를 오래 기억할 수 있는 방법일지도 모르니까.

엄마는 주변에서 돈을 빌려 포장마차를 수리했다. 갑보 아저씨는 목발을 짚고 집 밖으로 조금씩 나오는 연습을 했다. 다들 포기할 만큼 절망적인 상황에서도 어떻게든 다시 일어서고 있었다. 도은이는 엄마와 갑보 아저씨를 보면서 자신이 느끼는 이 패배감을 지워버릴 돌파구가 필요하다고 느꼈다. 갑보 아저씨는 목발을 짚고 매일 언덕을 올랐다. 매미 울음소리가 가득한 언덕에 올라 도은이 그랬던 것처럼 어디론가 흘러가는 강물을, 강을 사이에 두고 높이 솟은 아파트들을 내려다보았다. 그러다가 노래를 불렀다.

저 하늘의 구름 따라
흐르는 강물 따라
정처없이 떠돌고 있구나
바람을 벗 삼아 가면
눈앞에 떠오는 옛 추억
아아, 그리워라
소나기 퍼붓는 거리를
나 홀로 외로이 걸으면
그리운 부모 형제 다정한 옛 친구
그러나 갈 수 없는 이 몸

홀로 가야 할 길 찾아 헤매이다

헤어갈 나의 인생아

헤어갈 나의 인생아


예전에 포장마차에서 들었던 노래였다. 예전에 들었을 땐 유재하와 김민기를 섞어놓은 목소리 같았는데, 이번에는 그 누구의 노래가 아니라 아저씨의 노래로 들렸다. 갑보 아저씨의 목소리가 저런 색깔이었구나. 도은은 길거리에서 다리 없는 언니를 만났을 때처럼 아저씨의 목소리가 전영혁과 닮았다고 생각했다. 왜 그동안은 몰랐던 걸까. 목소리를 알아듣는 것에도 시간과 장소가 필요한 걸까.

"아저씨, 그 노래 제목이 뭐예요?"

"불행아! 근데 원래는 '저 하늘의 구름 따라'였대."

"아저씨랑 잘 어울려요."

"불행아가?"

"아니요, 저 하늘의 구름이요. 아저씨는 왜 갑보 아저씨가 되었어요?"

"구두 만드는 일을 했거든. 오랫동안 그 일을 했었어. 그중에서 갑보를 대는 일은 내가 제일 잘하는 작업이었어."

"그래서 갑보가 된 거예요?"

"사람들이 갑보를 댈 때면 나를 부르기 시작하더라. 그러다 어이, 갑보! 그런 식으로 부르기 시작한 게 갑보 인생으로 굴어진 거지."

"갑보 인생은 어땠는데요?"

"글쎄다. 갑보야 말 그대로 남의 인생에 덧댄 그런 거였지. 앞으로 갑보 있는 신발을 신을 수 있을지…… 지난 인생보다 나는 그게 더 걱정이다."

"아저씨는 그 슬리퍼도 신을 수 없을 거라고 하셨잖아요."

아저씨는 젊은 시절 떠나온 고향에 대해 이야기를 해주었다. 불행아의 노랫말처럼 아저씨는 고향으로 돌아가고 싶은 모양이었다. 도은은 아저씨가 조금만 더 자기 옆에 있어주기를 바랐다. 도은은 결심한 듯 그동안 꽁꽁 숨겨두었던 비밀을 꺼냈다.

"아저씨, 저기 웅덩이 있잖아요."

아저씨는 도은이 가리키는 손끝을 쳐다보았다.

"저게 원래는 웅덩이가 아니라 바위가 있던 자리였어요."

아저씨는 흥미롭다는 듯 웅덩이를 바라보았다.

"저렇게 큰 바위가 있었어?"

도은은 우물거리다 웅덩이의 비밀을 털어놓았다.

"사실 저 웅덩이는, 제가 만든 거예요."

아저씨는 순수한 영혼이 그럴까 싶은 눈으로 도은을 바라보았다.

"저렇게 큰 웅덩이가 왜 필요했을까?"

"처음에는 숙자를 풀어놓을 만한 넓은 정원이 있는 집이 필요했어요. 숙자가 도망갈까 봐 항아리 속에 숨겨놓고 몰래몰래 먹을 것만 줬었거든요. 그런데 바위가 그런 내 마음을 알았나 봐요. 어느 날 저 웅덩이만 남겨놓고 사라진 거예요. 감쪽같이."

아저씨는 도은의 이야기가 흥미로운지 더 해달라는 표정을 지으며 가만히 듣고 있었다.

"그런데 내가 어리석었어요. 조금 더 넓은 곳에 가둬둔다고 해서 숙자가 내 것이 되는 것은 아니었는데. 숙자가 바란 건 그런 게 아니었는데. 그냥 같이 있어주면 되는 거였는데……"

도은은 아저씨가 그걸 알려주었다고, 그러니까 가지 말라고 말하려다 머뭇거렸다.

"도은아, 사람은 꼭 같이 있어야만 함께하는 건 아니야. 기억이 있고 추억이 있으면 같이 살아져. 네 할머니처럼. 할머니는 너와도 살고, 너희 엄마와도 같이 살고 있잖아. 좋았던 기억을 버리지만 않는다면 언제든 같이 있을 수 있는 거야. 숙자도 그럴걸."

슬리퍼 속의 아저씨 발가락이 부끄러운 듯 꼼지락거렸다.

"이제 일어나야겠다."

도은은 아저씨의 팔을 제 어깨에 얹었다.

"바위에도 귀가 있고, 발가락에도 귀가 있나 봐요."

아저씨가 오랜만에 환하게 웃었다.

"다음번 병원 갈 때는 제가 같이 갈게요."

예전에 아저씨가 그랬던 것처럼 도은은 아저씨를 부축하고 나란히 걸었다.


텔레비전에 비친 정원식의 모습은 그에 대한 평가와는 별도로 강단을 떠나는 노학자를 조롱하고 조리를 돌리는 철부지 학생들이 저지른 만행의 희생자였다. 매일 톱뉴스로 밀가루와 달걀을 뒤집어쓴 정원식의 사진과 함께 운동권에 대한 강력 대응이 필요하다는 사회 각층의 목소리가 쏟아졌다. 강경대가 백골단의 쇠파이프에 맞아 죽었을 때, 박승희가 분신했을 때, 김영균과 천세용이, 김기설이, 윤용하가, 정상순이, 김철수가 분신하기 전에, 이정순이 굴다리 위 철길에서 몸을 던지기 전에, 김귀정이 차가운 땅에 숨을 박기 전에 딱 정원식만큼만 언론이 보도를 해주었다면. 김지하가 생명선언을 하기 전에, 그 안타까운 죽음들에 돌을 던지기 전에, 박창수가 의문의 죽임을 당하기 전에, 그들의 생명을 존중해주었더라면…… 멀지도 않은 과거가 와르르 무너지며 '패륜'이라는 낙인을 찍고 있었다.

6·3 외대사건 이후 언론은 집중적인 운동권 때리기를 시작했다. '밀가루와 달걀을 준비해둔 계획된 폭력'이라는 기사 이후 '학생이 교사를 때리는 반인륜적 행위', 정원식 총리는

집단 폭행을 당했으며, 주먹질에 발길질까지 당했다는 증언까지 더해졌다. 학생들이 그의 멱살을 잡고 운동장을 백오십 미터 끌고 다니며 조리돌림을 했다고도 했다. 이것은 도덕적 패륜이며 우리 사회의 윤리, 도덕이 땅에 떨어진 비도덕적인 사건이라고 했다. '이게 무슨 학생인가'라는 한탄은 식당에서 들었던 어른들의 반응을 등에 업고 퍼져나갔다. 외대사건 이후 운동권은 천둥벌거숭이에 폭력배, '패륜아'라는 낙인이 찍혔다.

언론은 수위를 더 높여 자극적인 타이틀이 붙은 기사들을 내보냈다. '인간의 자식인가, 마귀의 새끼인가'라고 묻기도 하고, 운동권은 타락했다는 취지의 기사들을 연일 뱉어냈다. 가투는 이제 그만하라는 준엄한 경고를 보내는가 하면, 사회의 어른들이 나서서 대학 폭력을 추방하자며 결의대회를 하기도 했다. 비판은 보수세력, 보수언론을 통해서만 이루어진 것이 아니었다. 운동권 내부에서도 이번 일로 수많은 죽음들이 묻혀버리는 것을 안타까워했고, 김지하의 생명선언이, 박홍의 분신 배후설이 진실인 양, 사실인 양 받아들여지는 현실에 자기 비판을 시작했다. 도은은 달걀과 밀가루로 인해 역전된 이런 상황을 어떻게 이해해야 할지 갈피를 잡을 수 없었다. 달걀과 밀가루를 뒤집어씀으로써 정원식은 전교조 선생님들을 해직시킨 주범이 아니라 환갑 넘은 국무총리, 시간강사 소임을 다하는 스승, 마지막 강의하는 나라의 큰 어른으로 둔갑했다. 그 권위에 도전하는 자들은 모두 다 패륜아가 되는 시간들은 질기게 이어졌다.

그해 여름 동학에도 변화가 있었다. 한수의 자퇴를 시작으로 조직에 대한 비판적인 생각들이 오고 갔다. 선배들이 명동 성당에서 내려오며 전위운동의 필요성을 인식했듯, 치열했던 5월과 패륜으로 역전된 반동적인 사회 분위기를 타고 전위운동의 한계가 보이기 시작했다. 대안은 없고 구호만 남발하는 운동권의 구태의연한 행동방식은 언제든 언론의 공세에 몰려 패륜의 함정에 빠질 수밖에 없는 것이었다. 무엇보다 죽은 사람들에 대한 부채의식만으로는 운동의 필요성을 역설할 수 없었다. 어떻게든 변화가 필요했다.

그즈음 도은은 고척고의 한 친구를 만났다. 그 친구는 미혜의 징계에 항의하며 희정이와 교지 작업을 하다 결국 퇴학을 당한 친구였다. 희정이는 그 친구를 볼 때마다 부끄럽다고 했다. 알고 보니 희정이의 아버지도 교육 공무원이었다. 그것도 평생을 평교사로 지내다 말년에 기회를 얻어 교장으로 퇴임을 한 케이스였다. 희정이가 미혜 아버지에 대해 말하며 자기 집도 만만치 않다고 했던 집안 내력이 있었던 셈이다. 그동안 희정이가 학교에서 문제를 일으킬 때마다 퇴직 공무원인 아버지가 학교로 찾아가 뒷수습을 한 모양이었다.

희정이는 그 친구에게 부끄럽다고 했지만, 도은이 보기에 그는 누구보다 홀가분해 보였다. 늘 들볶이는 학교에 있느니 자유롭게 하고 싶은 일을 하며 즐기는 것이 더 좋아 보였다. 희정이가 그에게 같이 활동하자고 제안했을 때, 그는 자신은 조직 활동은 맞지 않는다고 처음부터 동학에 들어오는 것을 거부했다. 대신 그는 얼마든지 집에 놀러 오라고 문을 열어두었다.

기철이는 대학에 다니는 형과 둘이서만 살았다. 그 친구의 집은 동학의 새로운 아지트가 되었다. 그 아지트에서 가장 혁신적인 물건은 도스로 구동되는 컴퓨터였다. 도은은 기철이네 집에서 처음으로 컴퓨터를 만져봤다. 타자기와는 비교도 되지 않는 물건이었다. 타자는 친 것이 틀리면 처음부터 다시 쳐야 했지만, 컴퓨터에는 삭제 기능이 있었다. 틀린 것은 간단하게 '백'해서 지워버리면 그만이었다.

"틀린 걸 고치는 게 이렇게 쉬워도 돼? 이게 말이 돼?"

도은은 컴퓨터를 질투하듯 말했다. 전신수가 바꿔주는 전화기가 처음 나왔을 때 수화기에 대고 죽은 우리 엄마 좀 바꿔 달라고 했다는 육십년대 할머니가 된 기분이었다.

"이런 건 컴퓨터 기능이 아니라 타자 기능일 뿐이야."

기철이는 뭘 이런 걸 갖고 놀라느냐는 투로 말했다.

"이제 몇 년 후면 시집도 없어질 거야."

도은은 도대체 이걸로 무슨 짓을 하는 거냐고 되물었다.

"컴퓨터라는 게 그래. 앞으로 이게 어떤 일을 하게 될지 상상하는 것만으로도 요즘에는 시간이 모자라."

기철이는 컴퓨터 옆에 있는 팩스와 컴퓨터를 연결하며 말했다.

"왜 시집이 없어지는데?"

"딱히 시집만 없어지는 게 아니라 예를 들어서 그렇다는 말이야. 생각해봐. 컴퓨터로 책을 보는 세상이 곧 열릴 거야. 인터페이스! 이게 우리를 연결해줄 거라고. 혁명적이지 않아?"

도은은 뭐가 혁명적이라는 건지 이해할 수 없었다.

"말하자면 책에서 얻을 수 있는 정보를 이 컴퓨터를 통해 다 얻을 수 있는 시대가 열릴 거란 말이야. 그때는 굳이 책을 사 볼 필요가 없지 않겠어?"

"그런 거라면 나는 좀 싫은데. 책장을 넘기는 재미가 없잖아. 책은 텍스트만 있는 게 아니잖아. 그 행간이라는 게 있는 거라고. 그걸 컴퓨터가 채워줄 수 있다고?"

"오래된 책 냄새가 나는 프로그램을 실행하면 그런 것도 가능하지 않을까?"

"책 냄새가 나는 프로그램이라고?"

"아직은 가정만 해본 거야. 그만큼 이쪽 세계가 무궁무진하다고. 어느 것이든 가능하고, 어느 것이든 얻을 수 있는 세상. 우리가 바라는 세상이 그런 것 아니야? 정보를 독점하지만 않는다면 진보 언론의 기능도 할 거야. 두고 봐! 이 안에 열린 세상이 있다고."

"어떻게 그렇게 확신해. 아무리 책 냄새가 나는 컴퓨터가 있어도 나는 그냥 책을 뒤적이는 게 더 편할 것 같은데."

"이건 형이 보는 책인데, 이걸 보면 앞으로 펼쳐지게 될 세상이 어떨지 너무 무시무시해. 예를 들어 벌써 시작되었다는데 컴퓨터가 우체부 역할도 할 거래. 이메일이라고 들어봤어?"

도은은 전혀 들어본 적이 없는 말이었다. 하지만 '우체국근대화'라면 서점에서 잠깐 제목을 본 적이 있었다.

"우체국근대화 말하는 거야?"

기철이와의 대화를 듣고 있던 상훈이 끼어들었다.

"우체국근대화라고? 너 혹시 포스트모더니즘 말하는 거니?"

도은은 잠시 생각하다가 "그거 아니야?" 하고 물었다.

"우체국근대화는 맞네. 포스트모더니즘이니까."

기철이와 상훈이 같이 웃었다. 팩스에서 두두두두 두두두 하는 소리가 들렸다.

"잠깐 있어 봐. 신기한 거 보여줄게."

조금 있어 팩스에서 일본어로 된 문자들이 줄줄이 인쇄되어 나왔다. 기철이는 퇴학 이후 독학으로 일본어를 공부했다고 했다. 그는 비디오에 테이프를 걸고 리모컨을 눌렀다. 조금 있어 텔레비전 화면에 일본어 제목이 나왔다.

"「천공의 성 라퓨타」! 지브리 스튜디오의 첫 작품이야. 아마 일본 개봉은 1986년일 거야."

한쪽에서 책을 읽고 있던 희정이도 책을 놓고 화면 앞으로 끌려왔다. 기철이는 성우가 된 것처럼 장면이 바뀔 때마다 일본어 대본을 보고 번역을 해주었다.

"으악! 진짜 멋지다. 저 돌멩이 하나하나 떨어지는 것 좀 봐!"

화면은 섬세하게 돌멩이 하나하나까지 잡아내고 있었다. 주인공들의 동작도 자연스럽게 연결되었고, 무엇보다 커다란 나무 하나가 섬이 되어 천공을 떠도는 장면은 압권이었다.

"정말 기가 막히다. 애니메이션에서 저 정도의 풍경을 보여 주는 작품도 있구나."

희정이가 입을 쩍 벌렸다. 기철이는 중요한 장면에서는 설명을 곁들인 번역을 해주었다. 다들 어른들 몰래 포르노를 훔쳐보는 사춘기 애들처럼 입을 헤벌리고 넋을 놓고 화면에서 눈을 떼지 못했다. 일본 문화와 영상물을 접하는 것은 일종의 금기였다. 이러한 금기는 금서처럼 더 보고 싶다는 열망을 부추기기도 했다. 일본 애니메이션을 처음 본 그날의 충격은 쉽게 가시지 않았다.

며칠 뒤 희정이는 여름방학 동안 문화학교를 열어보는 것은 어떠냐는 제안서를 작성해왔다. 제안서의 내용을 설명하며 희정이는 기철이네 집에서 봤던 애니메이션을 다른 친구들과도 함께 보자고 했다.

"그거 하나만 올리면 그렇잖아. 차라리 판을 좀 크게 벌이는 건 어떨까."

그동안 의기소침해 있던 한수가 말했다. 학교 친구들과도 연락이 끊긴 채 앞으로 뭘 해야 할지 고민하던 한수였다. 희정의 제안은 즉석에서 각자 해야 할 역할을 정하는 것까지 진행되었다. 상훈이가 장소를 섭외하고, 도은이는 기철이와 함께 영화 상영 장비를 구하기로 했다. 희정이는 영화와 글쓰기, 역사 토론을 중점으로 한 프로그램을 좀 더 손보기로 했다. 한수는 공개단체들을 통한 홍보를 맡았다. 예전 같았으면 상연작으로「오! 꿈의 나라」나「파업전야」등이 거론되었을 테지만, 한번 몸에 흡수된 문화적 충격은 새로움을 향해 열려 있었다. 테이프를 구할 수 있는 것 중 기철이가 준비한「천공의 성 라퓨타」와「해리가 샐리를 만났을 때」가 상영작으로 결정되었다.

"해리가 샐리를 만났을 때, 그 신음 소리 있잖아. 식탁을 치고, 포크를 들고, 손으로 몸을 더듬으면서 하는 그 신음 소리, 그게 뭐 같아?"

기철은 정말 궁금하다는 듯 집요하게 물었다.

"다들 모르지? 모르는 거지?"

기철이는 새로운 질문과 호기심으로 도은을 두드리고 있었다. 도은은 연세대 앞 '오늘의 서점'에서 아르바이트를 하며 용돈을 벌고 있는 기철이가 가져다 놓은 대안 잡지인『길』지의 창간호를 보게 되었다. 창간의 변에는 이런 말이 씌어 있었다.

우리는 '운동권'으로부터 떠나갈 것이다. 사실보다는 주

장만, 목소리만, 반대만, 구호만 있는 곳, ……자본가보다
게으른 곳, ……우리가 가는 '길'은 항상 배우는 길이다.

자본가보다 게으른 곳! 도은은 자신뿐 아니라 동학의 친구
들도, 후배들도, 불과 한두 달 전만 해도 해방이 올 것처럼 대
로로 나서던 그 많은 사람들도 비슷한 고민을 떠안고 있음을
알 수 있었다.

여름방학 동안 오프 모임을 한 이후로 동학은 이전의 비밀
전위모임이 아니라 교회의 동아리처럼 자연스러운 만남을 이
어갔다. 아무도 비전이 뭐냐고 묻지 않았다. 아무도 이후 고
등학생운동이 어떻게 나아가야 할지 거론하지 않았다. 그들
앞에는 그것보다 커다란 벽이 있었다. 그것은 텅 빈 벽이었
다. 그냥 지나쳐도 되고, 깨부셔도 되는 고3 학생들이 부딪히
는 일상적인 고민들. 대학을 가야 하나 말아야 하나, 노동 현
장에 들어가야 할까, 들어간다면 어떻게 해야 하나? 대학을
가기에는 그동안 공부한 것이 너무 없었다. 그렇다면 재수를
해야 하나. 누가 우리를 책임지지? 우리는 그동안 뭘 했던 걸
까? 고3 수험생이라는 딱지 앞에 사회적 혁명은 아무것도 아
니었다. 아무도 책임져주지 않는 삶, 동학의 아이들은 그것을
책임지기 위해 노력했고, 싸웠고, 밝혔고, 패륜아가 되었다.
패륜아란 단어를 너무 많이 듣다 보니 패륜아는 방랑자처럼
고독하고 자유로운 떠돌이로 느껴지기도 했다.

# 어디로

가을 축제 준비가 한창인 교정에는 노란 은행잎이 바람 따라 굴러다니다 아무 곳에나 쌓였다. 절대로 아저씨는 교목인 은행나무에 올라가 부지런히 은행을 털었다. 수녀님들은 수녀복 위에 앞치마를 두르고 떨어져 있는 은행을 바구니에 담았다. 도은은 도서관에 앉아 떨어지는 은행을 피해 도망가는 수녀님들과 재미있다는 듯 수녀님들이 있는 쪽의 가지를 흔드는 절대로 아저씨를 바라보고 있었다.

"갑보 아저씨는 잘 계실까?"

평안하고 정적인 풍경화처럼 맑은 하늘에 구름이 한 점 떠가고 있었다. 구름을 보면 구름 따라 가버린 갑보 아저씨가 떠올랐다. 아저씨는 화상이 어느 정도 아물자 짐을 챙겨 고향으로 내려갔다. 그동안의 방값은 어떻게든 갚겠다고 편지에 적혀 있었다. 그리고 그 약속을 잊지 않았다는 것을 보여주듯 한 달에 한 번씩 돈을 부쳤다. 돈은 편지와 함께 왔다. 아저씨는 고향을 떠나올 때도 돈 한 푼 없는 빈손이었는데, 고향으로 내려갈 때도 빈손으로 내려왔다면서 그런 게 인생이라고 했다. 고향에 내려오니 그래도 살겠다고 했다. 사람은 어느 곳을 떠돌든 제 살던 고향처럼 다시 시작하기 좋은 곳이 없다고, 이제야 그걸 알았다고 했다. 그래도 지금이라도 알게 되어 다행이라고 했다.

아저씨가 부르던 노랫말이 왜 그렇게 아리고 쓸쓸했는지 알 수 있었다. 아저씨는 오래전부터 그곳으로 돌아가고 싶었을 것이다. 엄마가 그랬던 것처럼, 가고 싶어도 갈 수 없는 몸을 이끌고 그래도 가고 싶었을 것이다. 도은은 웅덩이를 보며 가둘 수 없는 것을 가두려고 했던 자신을 깊게 들여다볼 수 있었다. 함께 있지 않아도 함께 있을 수 있는 방법은 있었다. 숙자는 웅덩이로 들어가 자신의 죽은 몸으로 그것을 알려준 셈이었다. 아저씨도 고향으로 내려가 편지를 통해 그것을 알려주고 있었다. 도은은 엄마와 아저씨가 다시 일어선 힘을 알 것 같았다. 돌아가야 하는 곳이 있는 사람들은 죽을힘으로 살아낼 수밖에 없다는 것, 그것은 그리움의 힘이었다. 구름은 무엇이 그렇게 그리운지 바람을 따라 흩어지고 뭉치며 다른 그림을 그리고 있었다.

그때였다. 도서관 넓은 통유리가 부서지는 듯한 소리가 들리고, 은행알이 돌비처럼 떨어졌다. 창 밖을 보니 좀 전에 보았던 풍경은 사라지고, 은행나무에 올라가 있던 절대로 아저씨가 보이지 않았다. 수녀님들이 소리를 지르며 은행나무 밑에서 어수선하게 움직였다. 도서관에 앉아 공부하던 아이들도 놀라 일시에 벌떡 일어났다.

"떨어졌어. 뭔가 떨어졌나 봐!"

"뭐가? 사람이?"

"절대로 모르지. 나가보자."

아이들은 우르르 몰려나갔다. 은행나무에서 은행을 털던 아저씨가 돌계단에 쓰러져 대자로 뻗어 있었다.

"애들아, 저리 가. 아니 교장실에 알려라. 아니 전화를 해야 하는데."

수녀님들은 어떻게 해야 할지 몰라 우왕좌왕했다. 소리를 듣고 나온 국어 선생님이 아저씨의 상태를 살피며 소리쳤다.

"수녀님, 저 좀 도와주세요."

국어 선생님은 절대로 아저씨를 업고 성당 아래에 있는 병원으로 뛰었다. 아저씨가 누워 있던 자리에는 노란 은행잎들이 붉게 번지고 있었다.

며칠 뒤 아저씨가 있던 수위실 자리에는 하얀 국화가 놓여졌다. 아저씨가 없는 종현제는 이상하게 허전했다. 종현제를 할 때마다 아이들을 쫓아내며 곳곳을 순찰하던 아저씨의 자

리는 다른 수위 아저씨가 왔다고 해서 '절대로' 채워지지 않
았다. 아이들은 아저씨의 트레이드마크였던 '절대로'를 함부
로 사용하지 않았다. 그것은 아저씨에 대한 기억이 담긴 단어
였다. 도은은 문예부에서 열린 시화전에 「길 위에서」를 걸었
다. 5월 거리에서의 외로움이 갑보 아저씨가 보내준 운동화
를 통해 조금씩 채워지고 있었다.

**길 위에서**

綠으로 푸르던 시절이 있었지
허기보다는 갈증에 목마르던 때가 있었지
이슬보다는 소나기를 달게 마시던 그때
나는 저것들 푸르던 연한 잎새가
줄줄이 함성을 내지르던 길 위에 있었네
이파리들 손을 흔들며 격려하던 길의 한복판에서
문득,
멈추었을 때

나는 왜 외로웠을까
왜 쓸쓸했을까
왜 세상은 적막이었나
이해할 수 없었네

이해할 수 없었으므로 나는 오래 멈추었네.
멈춰서 벌 받는 자세로 치욕을, 오욕을, 배설을
견뎌보기로 작정했네

견디다 보니 내가 발 딛고 서 있는 세상은
온통 그림자뿐이네
붉게 탄 사루비아의 심장도
내겐 단맛도 향기도 없는 그림자 속에 갇혀
그들만의 이치로 그들의 그림자를 보여주네
그러면 나 사는 세상은
그림자들의 그림자로
온통 색을 잃은 무념의 적막을 풀어놓네

나, 오래 멈추어 삐그덕거리는 관절을 움직여
침묵이 변이된 다른 세상의 가을 길을 걸었네
처음인 듯 오른발이 왼발에게 시비를 거네
왼손이 오른손을 서툴게 잡네
버려야 할 것들 등짐으로 짊어 메고 그냥 걷네
걷다가 어느 집 밥상에 걸려 있는
체의 마지막 목소리도 들었네
오래 전에 표시해두었던 흔적들을 읽네
가거나 쓰러지거나

가다가 가다가 쓰러져도 좋을

길 위에서

어둠을 틈타 둥글레둥글레 춤도 추었네.


한 자리에서 오래 기다려준

고마운 녀석들에게 눈을 맞추네

숨결을 고르고 상념을 쓸어버리는 자리에서

길게 뻗은 길은 바다로 이어지고

그날 내가 잃어버린 운동화

너의 운동화 속에서 용케도 꽃 피네

꽃이 피네


종현제가 끝날 때 교장 수녀님은 아이들의 손바닥에 은행알을 조금씩 나누어주었다. 친구들은 은행알을 보며 눈물을 흘렸다. 은행알에는 묵주처럼 간절한 기도가 담겨 있었다.

"이 은행알은 그동안 우리 곁에서 묵묵히 힘든 일을 해주셨던 소중한 분에 대한 우리들의 추억을 담고 있습니다. 우리 모두 잠시 우리 곁에 다녀가신 그분의 고운 영혼을 위해 기도합시다."

절대로 화해할 수 없을 것 같던 학생주임 선생님도 그 순간에는 눈물을 흘렸다. 하나의 죽음 앞에서 우리는 잠시 평등했다. 아이들이 슬프고, 선생님들도 슬프고, 도은도 슬펐다. 같은 슬픔을 느낄 수 있는 사람들이라면 같은 희망도 이야기할 수 있을 텐데. 도은은 김지하의 생명선언이 떠올라 슬픔 위에 슬픔을 더 얹었다.


그해 도은은 대학 시험을 포기했다. 엄마가 싸준 도시락을 들고 시험장에 들어가긴 했지만 풀 수 있는 문제가 없었다. 2교시가 끝나고 시험지를 제출하고 그냥 나와버렸다. 그 길로 신림동에 있는 찹쌀떡 도매상을 찾아갔다. 고약 집의 장미 아줌마가 알려준 곳이었다. 그날부터 도은은 저녁마다 서울 시내를 돌며 찹쌀떡을 팔았다. 처음에는 "찹쌀떡"이 입술에 찰싹 달라붙어 소리가 나오지 않았다. 날은 더 추워지고 떼어 온 찹쌀떡을 몇 번 버린 후에는 오기가 생겼다. 도은은 처음 고약을 싸고 돌아오던 길을 더듬었다. 남산터널을 통과하며 큰 소리로 "찹쌀떡"을 외쳤다. 터널을 빠져나올 때는 자동차 지나가는 소리를 따라잡을 수 있을 정도로 소리가 커졌다. 그날 해방동과 흑석동을 돌며 처음으로 찹쌀떡을 스무 통 넘게 팔았다.

하루는 신당동에서 시작해 약수동을 돌았다. 또 하루는 왕십리에서 한양대를 거쳐 뚝섬까지 걸었다. 그리고 또 하루는 노량진 학원가를 돌았다. 도은이 찹쌀떡을 판 이유는 재수를 결심했기 때문이었다. 재수학원이라도 다니려면 학원비를 벌어야 했다. 졸업하면 아르바이트하며 학원을 다닐 수 있으리

라 생각했다. 엄마는 갑보 아저씨가 보내오는 돈은 용돈으로
쓰라고 했지만, 도은은 엄마가 좀 더 편한 잠을 잘 수 있기를
바랐다. 엄마는 찬기 드는 포장마차에서 틈만 나면 턱을 괴고
졸았다. 손님을 기다리며 꾸벅꾸벅 조는 엄마의 모습은 바람
앞에 선 카바이드 불빛처럼 언제 꺼질지 몰라 위태로웠다.

참쌀떡을 팔다가 노량진의 군고구마 소년들을 만나기도 했
다. 그들도 고등학생들이었다. 그들이 먼저 도은에게 말을 걸
었다.

"어이, 참쌀떡!"

도은은 군고구마 통 옆에서 불을 쬐고 있었다.

"참쌀떡 몇 개나 남았냐?"

군고구마 소년이 물었다.

"한 통에 여섯 개씩 들었는데, 세 통 남았어요."

소년은 고구마 통을 열어 군고구마를 봉투에 담았다.

"야, 우리 이거 바꿔 먹을래? 하도 고구마만 먹었더니 자꾸
구린 방구만 나온다."

건방진 모습과는 달리 귀여운 목소리였다. 도은은 남은 참
쌀떡을 전부 털어주었다.

"한 통만 주면 되는데. 군고구마 더 줄까?"

도은은 고개를 저었다. 군고구마는 네루다의 심장 같았다.
김이 모락모락 나는 노란 고구마의 속살을 입에 물자 온몸이
노랗게 물들었다. 노량진의 군고구마는 그 겨울, 도은의 마음

을 노릇하게 익혀주었다. 갑보 아저씨가 직접 만들어서 보내준 운동화처럼 군고구마는 패륜아에게 내미는 그 해의 마지막 심장이었다.


　도은은 겨울 내내 번 돈으로 노량진에 있는 재수학원에 등록했다. 희정이는 대학에 들어갔고, 미혜와 상훈이는 재수를 결심했다. 금테 안경의 선배는 군대에 갔고, 지상 선배는 희정이와 함께 후배들을 만나며 문화학교를 만들고 싶다고 했다. 우리는 각자의 고민을 따라 흩어졌다. 어떻게 시작했는지 몰라 어떻게 끝을 맺어야 하는지도 알 수 없었다.

　재수학원에서는 한수가 선배였다. 도은은 노량진 사육신묘에 들어가 늦은 점심을 먹거나 노량진 문고에서 시간을 때우고 학원으로 향하곤 했다. 한수는 재수학원에서 전교조에 가입했다가 해직된 선생을 만났다고 했다.

　"웃기지 않아, 누나?"

　한수는 말끝마다 '누나'를 붙였다. 한수가 불러주는 누나는 왠지 기분이 좋았다. 누나는 선배나 동지로 묶여 있던 도은을 의무감에서 벗어나게 해주었다. 단단하게 굳어 있는 한수를 귀엽게 바꾸어놓기도 했다.

　"나는 어디를 가나 그놈의 운동권들이 가만두질 않는다니까. 그 선생이 장학생으로 추천해줘서 칠판 지우면서 학원비를 조금 감면받았어."

"그런 방법도 있구나. 나도 찾아봐야겠다."

웃고 떠드는 사이 한수는 입술을 한번 적시더니 입을 뗐다.

"누나, 나 오늘 고운 친구 만났다."

"누구?"

"학교 친구. 나 때문에 징계 먹었던 애."

"아직 아프지?"

한수는 고민하듯 입술을 비죽였다.

"그때는 몰랐는데 기분이 좀 그러네."

"뭐가?"

"내가 그때 보고서에는 쓰지 않았는데, 굉장히 기분이 복잡지랄했어요."

"그럴 거라고 생각했어. 희정이가 얘기해줬어."

"그게 다가 아니고. 희정 선배한테도 그건 말을 못 하겠더라고."

"뭔데?"

"그때 문건 털리고 자퇴서 쓰기 전에, 세 명은 퇴학 결정 나고, 나머지 애들은 근신 처분받은 날. 핵심 소모임 애들이랑 사건 경위 얘기해주고, 보고서에서 들통 난 애들만 이름 적어 넣고, 조직표 만들어서 넘겼을 때……"

"무슨 일 있었어?"

"……애들이 나랑 얘기를 안 하는 거야. 등교할 때도 기분이 묘했거든. 내가 작성한 명단에 있는 애들이 교문 앞에서 다들 잡혀가는데, 선생들이 걔들 보란 듯이 나한테는 그냥 가라고, 넌 다 조사한 거라고 하는 거야. 그때 애들이 나를 멀뚱히 쳐다보는데…… 지금도 그 눈빛이 지워지지 않아."

한수는 고개를 숙이고 머리를 쥐어뜯으며 싱겁게 웃었다.

"아무튼 나 때문에 생긴 일이니까 그럴 수 있다고 생각했어. 그런데 애들이 슬슬 나를 피하는 게 느껴지더라고. 그때 학급에서 독서토론 모임이 있었거든. 하도 답답해서 그 모임에 있던 애들한테 얘기 좀 하자고 불러냈어. 네 명 중에 단한 명만 왔더라고. 학교 뒤뜰에 있는 나무숲에 가서 얘기하는데…… 그 친구가 그러더라고."

도은은 가만히 한수의 이야기를 듣고 있었다.

"자긴 우리가 했던 게 나쁜 일이었다고 생각하지 않는다고. 그래서 교무실에 불려가서도 우리가 무슨 잘못을 했냐, 같이 모여서 책 읽고 토론한 게 학생으로서 못할 짓이냐고 따졌대. 그랬더니 선생들이 그 친구한테 내 자료를 보여주면서 지금까지 나한테 속은 거라고 했다는 거야. 자기뿐 아니라 근신처분받은 애들, 후배들한테도 다 그랬대. 너희들은 그동안 영문도 모른 채 빨갱이 세력에 포섭되어 있었다. 한수 걔가 밖에서 훈련받고 잠입한 빨갱이다. 너희들이 걔한테 지금까지 속은 거다. 너희들은 몰랐겠지만, 어쨌든 한수랑 연결된 이상 너희들도 빨갱이 조직에 가담한 거니까 근신 처분받는 거다. 그러면서 내가 쓴 보고서랑 문건을 열람시킨 거지. 어떻게 된 상황인지 그제야 이해가 가더라고. 근데 그 친구가 나보고 한 마지막 말이 참…… 아프더라고."

한수는 '아프다'는 말을 처음으로 사용했다. 도은은 가만히 한수의 이야기를 들어주는 것밖에 달리 할 수 있는 일이 없었다.

"그 친구가 그 문건들 보면서 자긴 더 할 말이 없어졌대. 자기가 가장 참을 수 없는 건, 학교에서 행한 부당한 징계가 아니라 그동안 가장 믿어왔던 친구한테 속았던 거라고. 나는 아무것도 설명할 수가 없더라고. 나는 그런 빨갱이가 아니라고 할 수도 없고, 난 빨갱이라 너희를 이용했다고 할 수도 없고…… 그래서 내가 언더에서 조직 활동한 건 맞다. 하지만 내가 그런 활동을 한 건 지금까지 우리가 함께 얘기했던 잘못된 교육과 사회를 바꾸기 위해서였다. 지금은 너를 이해시킬 수 없지만, 미안하다. 정말 미안하다. 그런 얘기를 했지. 그게 사건 터지고 자퇴서 쓰고 나올 때까지 학교에서 친구랑 한 처음이자 마지막 대화였어."

도은은 한수에게 해줄 말을 찾을 수 없었다. 우리는 새로운 길을 찾지도, 그 속에 들어앉을 수도 없는 어정쩡한 나이, 재수생이 되어 있었다.

"그 사건 이후 나는 한 번도 그때 학교에서 쫓겨난 게 부당하다고 생각한 적이 없어. 그 정도로 마무리된 것만 해도 다행이라고 생각했지. 학교에서도 문제가 커지는 걸 원하지 않아서 자퇴를 권한 거지만, 나도 그랬으니까. 나도 어떻게든 그 정도로 사건을 무마시키는 게 좋겠다고 판단했거든. 우리한텐 그 사건이 보안 사건이었고, 이게 확대돼서 비합법 전위조직이라는 우리들이 드러나면 안 되는 거였으니까."

한수는 생각을 고르듯 고개를 떨구었다.

"……그런데 오늘 학교 친구를 만나면서 그런 생각이 들었어."

한참을 기다려도 한수는 입을 떼지 않았다.

"무슨 생각?"

도은이 한수의 어깨에 손을 올렸다.

"내가 그 사건을 왜 그냥 받아들여야 하지? 친구들한테 배신자로 낙인찍히면서까지 보호하고 싶었던 조직은 지금 뭘 하고 있는 거지? 학교에서 나를 징계했던 이유는 내가 그들이 말하는 사회주의자였기 때문이잖아. 나는 그걸 감추기 위해 학교를 떠난 거고. 그런데 지금은 그게 부당하다는 생각이 들어. 그렇게 '전위'라는 음지에 숨어서 도망치듯 학교를 나와야 했던 그 운동이 그때 우리 사회와 우리 교육이 강요한 정당한 저항이 아니었을까? 그렇다면 나는 지금이라도 당신들의 징계는 부당하다고 말할 수 있어야 하는 거 아닌가? ……친구들에게도 이제는 떳떳하게 말하고 싶어. 나는 부당하게 잘린 거다. 나는 너희들을 이용한 게 아니라 그게 우리에게 요구되었던 운동 방식이었다. 그걸 설득시키고 싶어."

한수는 말끝에 막연하게 복학 투쟁을 하면 어떨까 고민이 된다고 말했다.

한수의 말이 맞을지도 모른다. 사회적으로 패륜아로 낙인 찍히고 패대기쳐진 우리들이 할 수 있는 일은 제한적이었다. 대학생 언니 오빠들은 그래도 우회할 방법을 찾거나 고민을 수정할 수 있는 기회라도 있었겠지만, 우리들에겐 그런 게 허락되지 않았다. 시작도 해보지 않은 일들을 어떻게 반성하고 우회할 수 있지. 우회하거나 돌아갈 곳이 없어져버린 우리들은 연대감은 둘째 치고 소속할 수 있는 자리 자체가 증발해버렸는데. 이후 학생운동의 붕괴는 도은에게 자멸감보다는 자괴감을 선물했다. 선택은 각자의 몫이 되어버렸다.

"사실 나는 다른 친구들 만나기가 겁이 나. 잔뜩 가시를 세우고 자신을 방어하려고 하는 거 같아서. 접근하려면 소름이 돋지. 그럴 때면 가시에 찔린 것도 아닌데 아프더라. 돌아보면 긴 시간도 아닌데, 굉장히 오랜 시간이 지난 것 같아."

도은은 더 말하려다 입을 닫았다. 그래, 네가 말한 대로 복학 투쟁은 힘든 과정이 될 거야. 네게도 또 내게도. 우리가 왜 그러한 활동을 해야 했는지를 스스로 증명해야 하니까. 한수야, 아마 너는 실패할 거야. 그렇지만 이번에는 그 실패에 함께해줄게. 공개적으로 함께 실패하는 거야. 실패라고 말할 수 있도록. 도은은 각자가 감당해야 할 몫이 너무 크다고 생각했다. 어떻게 떨어지는지 몰라 허공에서 죽었다는 종달새처럼, 어떻게 끝내야 하는지 몰랐다. 아니 어떻게 시작해야 하는지도 알 수 없었다. 계속, 하던 대로 하는 것, 그러다 보면 우리는 어떻게든 다시 만나게 될 거라 믿었다. 언덕 위의 바위는 사라진 것이 아니라 낙오한 자들의 심장에 박힌 거였다.


　나무에게서는 여전히 답신이 없었다. 도은은 음악세계에 계속해서 사연을 보냈다. 유리병에 편지를 담아 한강 물에 떠내려 보냈던 나무의 심정으로 언젠가는 나무에게 사연이 도착하길 기다리며 매일 음악세계의 문을 두드렸다. 어느 날 집으로 편지가 한 장 날아왔다. 편지봉투 속에는 음악세계에서 보낸 인권영화제 티켓이 들어 있었다. 인권영화제는 아파트를 짓기 위해 강제 철거가 집행된 안산의 고잔 마을에서 열리고 있었다.
　도은은 안산으로 향하기 전에 화곡동으로 발길을 돌렸다. 화곡동에서 내려 한수가 쫓겨난 학교를 둘러봤다. 여름방학인데도 아이들이 학교에 나와 공부를 하고 있었다. 운동장에는 교복을 입은 아이들이 공을 차고 있었다. 아이들의 머리는 깎아놓은 밤톨처럼 똑같았고, 가슴에는 자기 이름이 새겨진 이름표가 붙어 있었다. 우린 무얼 반대했던 걸까. 혹은 바뀐 게 뭐지? 도은은 자꾸 뭔가를 잃어버린 것 같아 그 무언가를 찾았다. 몇 년이 걸리든 한수가 혼자 서 있게 될 교문 앞에 섰다.

대리석 사이 틈을 뚫고 나온 해바라기가 무거운 고개를 꺾고 힘겹게 서 있었다. 달라진 건 이런 걸지도 몰라. 네가 쫓겨나던 때에는 없던 씨앗이 대리석 사이로 날아와 혼자 컸다거나, 네 키만큼 더 자라 넓은 그늘을 만들고 있는 느티나무 같은 것. 종이비행기가 날던 하늘로 너를 기다리는 구름이 하나 걸려 있다는 것. 어쩌면 네가 쫓겨나던 해에 미안해하던 누군가가 가끔씩 너를 떠올리고 있을지도 모르지. 방학 중 수업을 받고 있는 아이들 중에는 교복을 반대할 자유, 머리를 기를 자유, 자유를 품을 자유를 꿈꾸었던 너를 기억하는 녀석이 한둘 정도 있을지도 몰라. 이런 것들이 몇 년이 지나든 네가 다시 돌아와 찾아야 하는 것들이라면, 이 정도만으로도 충분할지도 몰라. 도은은 한수에게 들려줄 말이 생긴 것 같아 안산으로 발길을 돌렸다.

전철에서 내려 약도를 따라 걸었다. 하늘은 사랑해도 좋을 만큼 파랬고, 녹슨 철길에는 풀들이 무성했다. 꿀풀 사이를 돌아다니며 보라를 물들이는 꽃등에의 시선도, 발끝에 채이던 망초의 흐드러진 폐허도, 잔대의 가는 흔들림 따라 바람 불던 방향도 모두 보였다. 길 밖에 서면 길은 안으로 열리고, 도은이 살아온 판자촌들이 보였다.

"어디로 갈 거니?"

공사 차량이 줄을 잇는 도로 한복판에서 도은은 물었다. 하늘은 너무 파랬고, 광폭 타이어는 군데군데 물웅덩이를 만들며 흙바람을 일으켰다. 녹슨 자물쇠로 굳게 닫힌 고잔상회 앞 평상에는 늙은 개 한 마리만 버려진 채 졸고 있었다. 하늘은 미치도록 파랬고, 물웅덩이는 하늘과 땅 사이엔 아무것도 없다는 듯 뭉게구름을 담고 있었다. 허물어진 담벼락엔 눈 코 입이 없는 상이와 다리가 없는 상이가 파랑 빨강으로 마주 보며 낙서되어 있었다. 그 순간에도 도은은 물었다.

"어디로 갈 거니?"

그때 대답하듯 깔깔대는 아이들의 웃음소리가 바람에 실려 왔다. 하늘은 너무 파랬고, 그만큼 파랗게 울렁이는 진흙탕 속에서 아이들이 진흙을 뒤집어쓰고 놀고 있었다. 폐허 속에 자라난 풀뿌리처럼 그 웃음은 파랗게 전염되었다. 철거가 시작된 고잔 마을의 한쪽에 인권영화제를 알리는 현수막이 걸려 있었다. 현수막은 이곳에 사람이 살고 있다고 일러주고 있었다. 비어 있는 공가의 마당에는 스크린이 설치되어 있고, 스크린 앞에서는 작은 사람들이 분주히 움직이고 있었다. 고잔상회 앞에서 졸고 있던 늙은 개가 언제 왔는지 사람들을 졸졸 따라다니고 있었다. 영화제에는 사람들이 많지 않았다. 집을 버리고 떠나지 못한 동네 사람들과 아이들의 머리 위로 마지막 작품인 다큐멘터리가 상연되었다. 배경음악도 없이 영화의 제목이 스크린에 비쳤다.

'1991년, 잊혀진 계절'

제목 아래로 브레히트의 시구가 지나갔다.

너희들은 어디로 날아가느냐?
—아무 곳도 아닌 곳으로
누구로부터 떠나왔느냐?
—모든 것들로부터.
그들이 함께 있은지 얼마나 되었느냐고, 당신들은 묻는가?
—조금 아까부터다.
그러면 언제 그들은 헤어질 것이냐고?
—곧.
이처럼 사랑이란 사랑하는 사람들에겐 하나의 짧은 멈춤
으로 보인다.

자막이 사라지고 작은 소리들이 들렸다. 소리는 점점 커지
며 거대한 사람들의 물결과 만났다. 카메라가 다가가며 그 속
에 있는 사람들을 낱장의 사진으로 보여주었다. 카메라가 묻
고 스틸 사진 속의 사람들이 대답하는 것 같았다. 너희들은 어
디로 날아가니? 아무 곳도 아닌 곳으로. 누구로부터 떠나왔
니? 모든 것들로부터. 너희들은 함께 있은 지 얼마나 되었니?
조금 아까부터. 그러면 너희들은 언제 그들과 헤어질 거니?

지나가는 사진들 중 '동학'이라고 적힌 깃발이 보였다. 도은은 "아" 하고 신음을 내뱉었다. 러닝을 벗어 급하게 만든 형편없는 깃발이었다. 깃발을 흔들던 작은 사람의 얼굴이 점점 커졌다. 웃통을 벗어던지고 깃발을 흔들고 있는 사람은 지상 선배였다. 그는 자신의 이름을 걸고 김지하와 맞짱을 뜨듯 사람들이 흩어진 광장에서 깃발을 흔들다 백골단원들에게 얻어맞고 있었다. 선배도 그날 거기, 사람이 사람을 죽이는 전쟁터에서, 사람을 짓누르고 짓밟는 그 압사의 현장에서 빠져나와 저렇게 목놓아 외치고 있었던 거였구나. 그래서 그랬구나. 케테 콜비츠의 판화를 보러 가자고, 직접 학교까지 찾아왔던 거였구나. 도은은 눈물이 핑 돌았다. 다큐멘터리 필름은 다들 함부로 말하지 못한 죄책감으로 자신을 억누르고 있었다는 걸 증명하듯 5월의 그날들을 되감고 있었다. 이어서 슬픈 물고기의 언니와 만났던 순간이 지나갔다. 사진은 말하고 있었다.

"안녕이라고 해봐."

장난을 치는 언니의 목소리가 들렸다.

"퇴학 노태우!"

도은은 자신을 향해 외치는 자신의 목소리가 들리는 듯 조용히 외쳤다. 네루다의 심장과 같은 군고구마를 내밀던 손과 갑보 아저씨의 운동화가 지나갔고, 길 위의 함성들과 동학의 깃발이 펄럭였다. 상훈의 노랫소리와 모란공원의 저녁이 펼쳐졌고, 할머니의 리어카에 지붕이 얹어지고, 텔레비전 속의 엄마가 투쟁가를 불렀다. 비를 뚫고 하얀 종이비행기들이 날았고, 반창고를 내밀던 향오의 얼굴이 되살아났다. 사랑 이야기를 하던 담임 선생님을 만났고, 나무의 편지를 타고 도은이 날았다. 날아, 도착한 난지도에는 나무가 두 손을 번쩍 들어 바람을 흔들고 있었고, 그 위로 붕애를 닮은 물고기들이 안데스의 산맥을 오르듯 구름 속을 뛰어다녔다.

"너희들은 언제 헤어질 거니?"

구름 속을 뛰어다니는 붕애를 닮은 물고기들이 물었다.

"곧."

그래, 우리는 곧 헤어지거나 헤어져버린 사람들이었을지도 모른다. 잠깐 동안 만나 잊을 수 없는 시절을 만들었다면, 그 것은 구름의 일생처럼 끝나지 않는 필름이 될지도 모른다. 필름은 시간을 되감으며 5월의 그날들, 25일에서 18일로 9일로 1일로 거슬러 오르고 있었다. 삼십 분도 채 되지 않은 영상은 누군가 담벼락에 급하게 적어놓은 '살인 정권 물러나라'라는 글자에서 오래 멈추었다. 그리고 검은 바탕에 만든 사람들의 이름이 올라가며 마지막 자막이 떴다.

"1991년 4월 26일부터 6월 29일까지, 전국에서는 살인 정권을 규탄하는 2,361회의 집회가 열렸고 13명이 쇠파이프와 의문사, 질식사, 분신으로 목숨을 잃었다. 세계적으로 유례가 없는 사회적 타살이었다. 그러나 그들의 죽음을 규명하려는 자들에게 정권이 붙여준 이름은 '패륜아'였다. 우리는 이 영화를 1991년 잊혀진 계절, 5월 투쟁의 현장에 있었던 모든 패륜아들에게 바칩니다."

# 사랑 때문이다

## 신현수(시인)

1

　너희들 졸업식 날 아침, 양복에 넥타이까지 매고 집을 나설 때는 사실 졸업식에 참석하려고 했었어. 그날도 비가 와 마음이 좋지 않은데다 막상 학교에 간다고 생각을 하니까 또 마음이 약해졌어. 지금 너희들의 담임이 어색해하지 않을까. 너희들이 곤란해지지 않을까. 아니 실은 내가 더 불편했기 때문일 거야. 졸업식장 어디에 서 있어야 하나, 선생들 서 있는 자리에? 아니면 학부모 자리에? 교장을 만나면 뭐라고 하지? 결국 지회 회보를 급히 만들어야 한다는 핑계로 사무실에 그냥 있고 말았지. 너희들과 어떻게 헤어졌지? 도에서 온 장학사와 질문만 있고 대답은 없는 문답서를 꾸민 며칠 후, 교장실에서 직위해제 통지서를 받고 교실에 들어가 내가 한 말은 고작 '저녁 먹고 자습해라'였지(학교에서 쫓겨나는 마당에 자습이 그렇게도 중요했는지). 그게 내가 너희에게 한 마지막 말인 것 같다. 그날 이후 교실에 들어가본적이 없었어. 흔한 '마지막 수업'도 못하고. 나처럼 병신같이 학교에서 쫓겨난 선생이 또 있을까. 출근 투쟁 때도 교무실에만 앉아 있다 그냥 왔고, 엿이라도 사주었어야 할 너희 입시 전날은 경찰서에 있었지. 3학년 8반의 석 달쯤 담임이었던 나는 너희에게 도대체 무엇이었을까. 반 전체가 모의고사를 거부한 채 답안지에 징계 반대라고 썼던 너희들에게, 운동장에 모여 농성하고, 그 일로 졸업할 때까지 핍박을 받고, 졸업 후에 대한 아무 준비도 없이 학교를 떠난 너희들에게 아무것도 해줄 수 없었던 나는 무엇이었을까. 그날 늦게 술에 잔뜩 취해 인사불성인 채로 사무실 밑에서 '신현수 개새끼 나와, 니가 우리에게 해준 게 뭐야, 씨발놈 뭐 해준 게 있냔 말이야!' 비를 맞으며 울면서 욕을 했을 때, 아, 너희가 나를 사랑한 만큼 나는 너희를 사랑하지 않은 것은 아닐까. 더욱 큰 사랑이라는 건 혹시 내 자존심만 만족시키기 위한 핑계가 아니었을까. 내가 나만 너무 사랑함으로, 극단의 이기주의로, 알량한 내 양심 한 조각 지키기 위해 너희들 작은 가슴에 평생 빼지 못할 못을 박은 건 아닐까. 우리 어느 하늘 아래 살더라도 죽지만 말고, 다시 만날 때까지 잘 가라.

—졸시 「김영원」 전문

십여 년 전 하명희의 장편소설 『나무에게서 온 편지』(원제는 『패륜아들』)를 처음 읽었을 때 이 시가 떠올랐다. 1990년 2월에 쓴 시다. 1990년은 내가 대천고등학교에서 해직된 이듬해다. 졸업식 날 아침부터 저녁까지 하루 동안 있었던 풍경을 가감 없이 그렸다. 김영원은 내가 전교조 문제로 해직되던 해인 1989년 대천고등학교 3학년 8반, 담임 반 학생이었다. 그날 영원이가 내게 뱉었던 욕은 사실 나를 향한 지독한 사랑의 전도된 표현이었음을 잘 알고 있다. 나는 '김영원'으로 대표되는, 당시 내가 가르친 제자들에게 평생 미안한 마음이 있다. 당시 나의 해직 각오와 결심이 제자들의 현재와 미래는 생각하지 않고 혹시 나만 살아보려는 이기적인 행동은 아니었을까, 하는 생각 때문이었다.

그래서 그 무렵 대천여고와 대천고에서 직접 가르친 제자, 아니면 학교 밖에서 만나 사제 간을 맺은 제자 등등, 지금까지 인연이 닿는 제자들과 가능하면 간간이 소식을 전하면서 살려고 노력하고 있다. 학교 밖에서 만나 사제의 연을 이어가고 있는 제자 중의 한 명이 바로 소설가 하명희다. 하명희는 1980년대 말 1990년대 초, 그가 직접 겪었던 고등학생운동을 소설 『나무에게서 온 편지』로 썼고, 이 소설로 전태일문학상을 받은 대한민국의 중견 소설가다. 명희는 서울 계성여고를 다녔으니 당연히 내가 직접 가르치지는 않았다. 직접 가르치지는 않았지만, 명희가 쓴 소설 『나무에게서 온 편지』 때문에 일방적으로 제자로 생각하면서 지금까지 살아오고 있다.

나는 당시 제자들에게 진 '마음의 빚'을 조금이라도 갚기 위해 명희를 인천으로 초청해 북 콘서트를 열기도 했다. 명희가 인천에 오는 날은 90년대 인천의 소위 '고운'의 주역들이 모이는 날이었다. 이 친구들도 대천고에서 해직된 후 전교조 인천지부에서 일할 때 만난 친구들이니 당연히 내가 직접 가르치지는 않았다. 사무실에서 만났거나 지부 프로그램 등에서 만난 사이였다. 당시 중고생들이었던 제자들이 벌써 중년이 되었지만, 다행스럽게도 대부분 십대 때 결심했던 삶의 태도를 버리지 않고, 지조를 잃지 않고 살아가고 있는 게 참으로 자랑스럽고 뿌듯하다. 세일고 학내민주화운동을 이끌다가 퇴학당한 자호는 아이를 셋이나 둔 아빠가 됐고, 명신여고 사학민주화운동의 주역 연춘이는 지금은 화학섬유노조에서 상근하고 있다. 박문여고 출신 로사는 청소년 사업을 계속하고 있고, 특히 노동 청소년들이 악덕 기업주들에게 떼인 아르바이트비를 대신 받아주는 최고 전문가가 됐다. 다 적으려면 끝이 없다.


2

앞에서 말한 것처럼 『나무에게서 온 편지』는 제22회 전태일문학상 소설 부문 당선작이다. 이 소설은 1989년 담임이 전교조 문제로 해직되는 일을 겪으면서 사회 문제에 눈을 뜨게 되고, 자연스럽게 고등학생운동에 발을 들인 후, 1991년의 대규모 반정부 시위에 참여한 여고생 도은의 눈을 통해 1991년 전후의 사회상을 그린 장편이다. 이 소설을 읽으면서 가장 가슴 아팠던 부분은 소설 맨 뒤에 나오는 명희의 전태일 문학상 수상소감이었다.

진실만이 위로가 된다는 말을 믿고 싶습니다. 이십사 년 전 거리에서 만난 고등학생들이었던 우리는 지금은 사십대의 중년이 되었습니다. 하지만 그때 우리가 바꾸려 했던 현실의 문제들은 지금 광화문 광장에서도 여전히 배회하고 있지요. 그래서 말하고 싶었습니다. 그때 우리는 무엇을 했으며, 지금 우리는 무엇을 하고 있는지를. 왜 우리는 거리로 나가 청소년기를 보내야 했고, 지금의 우리는 여전히 거리에 있는 사람들을 보며 살아가야 하는지를. 왜 우리는 사회로부터, 국가로부터, 언론으로부터 '패륜아'로 낙인찍혀야 했으며, 왜 우리는 길고 오랜 침묵을 지켜야만 했는지를. 당시 해직되었던 전교조 선생님들도 복권이 되었는데, 그때 학교에서 쫓겨났던 아이들은 도대체 어디서 무엇을 하며 살아가고 있는지를, 왜 아무도 그들의 삶을 물어주지 않는지를 묻고 싶었습니다. 그러기 위해서는 그때 그곳에 함께 있었던 우리를 호명해 그동안 얼마나 외로웠냐고 위로하는 것이 제 소설의 시작이 되어야 한다고 생각했어요.

명희의 수상소감은 마치 내게 하는 질문 같았다. 내가 학교를 떠났던 1989년에 명희는 이 소설의 주인공 도은처럼 고등학교 1학년이었다. 명희는 소설로 내게 묻고 있었다. 당신들 편을 들다가, 당신들 때문에, 퇴학을 당하고, 자퇴하고, 대학도 못 가거나 안 가고, 노동 현장으로 달려가거나 심지어 목숨까지 버렸는데, 그동안 당신들은 당신들의 제자들이 어디서 무엇을 하며 살아가고 있는지, 어떻게 살아가고 있는지, 얼마나 외로웠는지, 왜 한 번도 묻지 않았느냐고, 궁금하지도 않았냐고. 명희의 질문이 내 가슴을 후벼 팠다. 그리고 명희의 질문에 아무런 대답할 말을 찾지 못했다.

　강기훈 유서 대필 조작 사건을 다룬 영화 「1991년, 봄」에도 자세히 나오는 것처럼 (이 영화를 만든 권경원 감독은 영화 촬영 막바지에 하명희의 소개로 고 김철수의 목소리가 담긴 마지막 육성을 찾아 영화에 담을 수 있었다고 한다) 1991년을 전후해 대한민국에는 무슨 일들이 있었나? 1991년은 어떤 해였나? 1991년은 '무언가를 말하기 위해서 목숨을 걸어야 하는 시대'였고, 그리하여 열사들의 희생이 끊임없이 이어진 해였고, 반대로 노태우 독재정권의 악랄한 탄압이 자행되던 해였다. 4월 26일, 명지대 경제학과 강경대 학생이 시위 도중 백골단의 집단구타로 숨을 거두었다. 4월 29일, 전남대 식품영양학과 박승희가 학생회관에서 "노태우 정권 타도"를 외친 후 분신을 감행했다. 5월 1일, 안동대 민속학과 김영균이 집회 도중 분신을 감행했다. 5월 3일, 경원대 전산과 천세용이 국기 게양대 난간에서 분신 후 투신했다. 5월 6일, 서울구치소 수감 중이던 한진중공업 노조위원장 박창수가 경기도에 있는 안양병원 마당에서 변사체로 발견되었다. 5월 8일, 전민련 사회부장 김기설이 서강대 본관 옥상에서 분신 후 투신자살했다. 5월 10일 노동자 윤용하가 "노태우 정권 타도"를 외치며 전남대에서 분신했고, 5월 18일, 전남 보성고 학생 김철수가 교내 운동장에서 분신했다. 같은 날 노동자 이정순이 연대 앞 굴다리 위 철길에서 투신했다. 5월 22일, 노동자 정상순이 광주 전남대병원 영안실 옥상에서 분신을 감행했다. 5월 25일, 성대 불어불문학과 김귀정이 경찰의 폭력적 시위 진압 과정에서 압사당했다. 6월 3일, 정원식 국무총리 내정자가 외대에서 마지막 강의를 마치던 도중 학생들에 의해 밀가루와 달걀 세례를 당했다. 1991년은 연표를 읽는 것만으로도 숨이 턱턱 막힐 지경인 해였다. 하명희는 바로 그 불의 1991년을 소설로 그려냈다. 쉽지 않은 일인데 명희는 그것을 해냈다. 1991년에 벌어진 일 중 가슴 아프지 않은 희생이 단 하나도 없지만, 5월 18일 전남 보성고 학생 김철수가 교내 운동장에서 분신을 감행한 일은 수십 년이 지난 아직도 충격이 가시지 않는다. 그동안 우리 제자인 김철수를 잊고 살았다는 회한과 아울러. 소설에는 그날의 일이 다음과 같이 묘사되어 있다.

제3차 국민대회를 앞두고 만난 동학 모임에서 도은은 충격적인 소식을 전해 들었다. 시청 앞에서 시위에 참여하고 있던 그 시간, 전라도에 있는 한 고등학교 운동장에서 자신과 같은 나이의 고등학생이 분신을 했다는 것이다. 그는 보성고등학교에서 열린 5·18 기념행사 도중 '노태우 정권 퇴진', '참교육 쟁취'를 외치며 자신의 몸에 기름을 끼얹었다고 했다.

이 소설에는 두 가지 질문이 나온다. 첫번째 질문, "교사는 노동자인가?"

너희들을 앞에 두고 부끄럽지는 말아야 하는데, ……나는 그것마저 지키지 못했다. 너희들한테 정말 부끄럽구나. 너희 담임 선생님은, 너희들 짐작대로 해직되셨다. 너희들은 물었지. 왜냐고, 왜 해직되었느냐고. 그 이유는 여러 가지가 있겠지만, 이것 하나만은 분명하다. 너희 선생님은 너희들에게 부끄럽지 않은 교사가 되려고 노력한 거다. 그게 사랑이든, 교사로서의 신념이든 남아있는 선생들을 부끄럽게 만든 것만은 분명해. ……미안하다 애들아! 역사를 가르치는 교사로서 너희들 앞에서 어떻게 역사를 가르칠 수 있을지 막막하구나. 미안하다, 정말 미안하다.

두번째 질문, "뭐, 교사가 노동자라고?"

담임이 빨갱이니 애들이 이 모양이지. 니들 담임이 어떻게 된 거냐고 물었나? 이게 니들이 어제 제출한 방학 숙제라는 거다. 뭐, 교사가 노동자라고? 교사가 왜 노동자야! 이런 싸가지 없는 것들. 교사가 공순이, 공돌이들이랑 같아? 너희들 중에 교사가 노동자라고 생각하는 놈들은 내가 명단 작성해놨으니까 두고 보자고. 내가 그 골을 파서 다 갈아 끼울 테니까 그렇게들 알아!

정답은 정해져 있었지만 정작 두 질문 사이에서 핍박받고 고난받은 건 학생들이었다. 1991년의 희생과 고난이 오히려 패륜으로 몰린 건, 그리고 그 후 학생운동이 다시 일어서지 못할 정도로 궤멸적으로 쓰러진 건 다소 엉뚱한 사건에서 비롯됐다. 바로 정원식 달걀 투척 사건이었다. 물론, 정원식 사건이 일어나기 전에 김지하, 박홍 등의 도발이 먼저 있었고.

텔레비전에 비친 정원식의 모습은 그에 대한 평가와는 별도로 강단을 떠나는 노학자를 조롱하고 조리를 돌리는 철부지 학생들이 저지른 만행의 희생자였다. 매일 톱뉴스로 밀가루와 달걀을 뒤집어쓴 정원식의 사진과 함께 운동권에 대한 강력 대응이 필요하다는 사회 각층의 목소리가 쏟아졌다. 강경대가 백골단의 쇠파이프에 맞아 죽었을 때, 박승희가 분신했을 때, 김영균과 천세용이, 김기설이, 윤용하가, 정상순이, 김철수가 분신하기 전에, 이

정순이 굴다리 위 철길에서 몸을 던지기 전에, 김귀정이 차가운 땅에 숨을 박기 전에 딱 정원식만큼만 언론이 보도를 해주었다면. 김지하가 생명선언을 하기 전에, 그 안타까운 죽음들에 돌을 던지기 전에, 박창수가 의문의 죽임을 당하기 전에, 그들의 생명을 존중해주었더라면…… 멀지도 않은 과거가 와르르 무너지며 '패륜'이라는 낙인을 찍고 있었다.

아무도 비전이 뭐냐고 묻지 않았다. 아무도 이후 고등학생운동이 어떻게 나아가야 할지 거론하지 않았다. 그들 앞에는 그것보다 커다란 벽이 있었다. 그것은 텅 빈 벽이었다. 그냥 지나쳐도 되고, 깨부셔도 되는 고3 학생들이 부딪히는 일상적인 고민들. 대학을 가야 하나 말아야 하나, 노동 현장에 들어가야 할까, 들어간다면 어떻게 해야 하나? 대학을 가기에는 그동안 공부한 것이 너무 없었다. 그렇다면 재수를 해야 하나. 누가 우리를 책임지지? 우리는 그동안 뭘 했던 걸까? 고3 수험생이라는 딱지 앞에 사회적 혁명은 아무것도 아니었다. 아무도 책임져주지 않는 삶, 동학의 아이들은 그것을 책임지기 위해 노력했고, 싸웠고, 밟혔고, 패륜아가 되었다. 패륜아란 단어를 너무 많이 듣다 보니 패륜아는 방랑자처럼 고독하고 자유로운 떠돌이로 느껴지기도 했다.

옳다고 행했던 일들이 패륜으로 몰렸고, 특히 고등학생운동에 참여했던 친구들은 돌아갈 곳도 나아갈 곳도 없었다.

원고 상태로 다시 읽은 하명희의 소설은 제목을 『슬픈 구름』으로 바꿨고, 부 가름을 다시 했다. 소제목 '마석으로 가는 길' 뒤에 10행 정도를 더 넣었고, 소설 맨 마지막 부분에서는 원래 있던 내용에서 5행 정도를 삭제했다. 그 외에는 크게 달라지지 않았다. 달라진 게 하나 있긴 하다. 주인공 도은이가 전작은 1989년에 2학년이었는데 개정판에서는 1학년으로 바뀌었다.

하명희는 이 소설 이후 줄곧 아픈 사람, 가난한 사람을 외면하지 않고 그들 편에 서서 소설을 썼다. 그의 소설 주인공들과 그들이 만들어내는 이야기들은 대부분 '안간힘을 쓰며 버티는 것들의 뒷모습'이다. 외롭고 괴로운 것들이다. 외롭지도, 괴롭지도, 그립지도 않으면 사람은 살 수가 없다. 이 세상은 우리가 외면하면서 살아온, 외면하고 싶은, 괴로운 일들이 천지사방에 깔려 있다. 명희는 그것을 외면하지 못한다. 그래서 줄기차게 그린다. 나는 그게 소설가의 책무라고 생각한다. 소설가는 대신 울어주는 사람이다. 소설가는 대신 아파해주는 사람이다. 하명희는 대신 울어주기로, 대신 아파해주기로 했고, 그 결심을 지금까지 견결히 실천하고 있다. 글 쓰는 이 중에 만일 세속의 잇속과 허명과 재물을 탐내는 자가 있다면 그는 이미 작가가 아니다.

*3*

1989년 전교조 창립으로부터 수십 년의 세월이 지난 2023년 오늘, 초등 교사가 스스로 이 세상과 이별하는 일이 일어났다. 그것도 자신이 가르치던 학교에서. 젊디젊은 초등 교사의 죽음 앞에서 수십 년 전에 우리가 던졌던 두 가지 질문, 교사는 노동자인가, 아닌가, 하는 질문들은 오히려 한가하게 들린다. 더는 말을 이어갈 수 없을 정도로 슬픈, 이 참절비절의 죽음 앞에 이제 교사들은 무얼 어떻게 해야 할까? 실은 나도 잘 모르겠다.

발문을 마무리할 때가 됐다. 계속 마음에 걸리는 친구가 한명 있다. 『나는 언제나 술래』라는 에세이를 쓴 박명균이다. 책이 나왔을 때 한번 보려고 했는데 미루다가 벌써 5~6년이 지났다. 내가 직접 가르치지는 않았지만, 박명균도 '그해 여름'의 학생이었다. 고등학교 졸업 후에도 막노동하면서 계속 후배들을 만났다. 소위 '고운'을 계속했다. 그리고 후에 생업으로 과자 장사가 됐다. 지금도 과자 장사를 계속하고 있는지 궁금하다. 책이 나오면 명희와 함께 꼭 만나고 싶다. 제자가 별거겠는가? 앞으로 헤어지지 말고 함께 살자는, '친구'의 다른 이름인 것을.

이 소설에도 나오는 조성만 열사는 1988년 3월 일기에 이렇게 썼다. "사랑 때문이다. 내가 현재 존재하는 가장 큰 밑받침은 인간을 사랑하려는 못난 인간의 한 가닥 희망 때문이다. 이 땅의 민중이 해방되고 이 땅의 허리가 이어지고 이 땅이 사람이 사는 세상이 되게 하기 위한 알량한 희망, 사랑 때문이다." 사랑 아닌 것들은 모두 가짜다. 사랑 아닌 것들은 모두 이 세상에서 하루빨리 사라져야 한다. 투쟁도, 희생도, 소설도, 시도, 스승도, 제자도 모두 사랑에서 비롯된 것들이다. 우리가 한 생을 살아가는 것도, 죽는 것도 실은 모두 사랑 때문이다.

'삶은 한 사람이 살았던 것 그 자체가 아니라,
현재 그 사람이 기억하고 있는 것이며,
그 삶을 얘기하기 위해 어떻게 기억하느냐 하는 것이다.'
—가브리엘 가르시아 마르케스, 『이야기하기 위해 살다』

가브리엘 가르시아 마르케스의 자서전을 꿰뚫고 있는 글이
다. 삶은 기억의 문제이고, 살았던 것 그 자체가 아니라 그것
을 이야기하기 위해서 '어떻게 기억하느냐' 하는 문제라고.
그것에 의해서 전달되는 삶의 모습이 달라질 수 있다는 이 문
장을 발견했을 때, 나는 내가 있는 발밑을 봤던 것 같다. 내가
무언가를 기억하는 한 내가 있구나, 있어도 되겠구나, 있을

수 있구나 하는 존재의 증명 같은 것.

　매일 밤 아이를 재워놓고 집 근처 24시간 카페로 출근해 글을 쓰고 새벽이 열릴 때 집으로 들어가면서 세 계절을 보냈다. 가을에 시작한 장편은 겨울을 지나 봄이 되어서야 마지막 장을 쓸 수 있었지만, 그즈음 나는 이야기를 하는 사람이 아니라 이야기 속에서 빠져나오지 못해 방향을 잃은 상태였다. 그때 읽은 칠백 쪽에 달하는 한 이야기꾼의 자서전은 내게 말을 걸었다. 너는 1991년을 어떻게 기억하니?

　1989년 5월, 나는 고1이었다. 명동성당 뜨락에 있는 고등학교를 다니고 있었고, 전교조에 가입한 선생님들이 교단에서 쫓겨나는 것을 지켜본 세대였다. 눈앞에서 선생님들이 해직되는 걸 지켜본 우리들은 선생님을 돌려달라고 외쳐야 했고, 그 외침이 교문을 나서고 도로를 점령하기를 바랐던 것 같다. 1991년 5월에는 참 많은 분들이 무언가를 바꾸기 위해 자신의 전부를 걸었다. 5월의 그날들은 내게 오랫동안 사랑하는 사람의 뼈를 깎아 부는 피리 소리로 남아 있었다. 어디로 가야 할지 모르면서도 모였다 흩어지는 구름의 연대처럼 아리고 쓸쓸했던 시절이었다.

　십 년 전 이 나라에는 아주 슬픈 일들이 있었다. 아직도 '세월'이라는 단어는 내게 아리고 아픈 단어이다. 그해 전태일문학상을 받은 이 소설은 어디로 흘러갈까. 누구와 만나게 될까. 오래 절판되었던 소설의 개정판을 내주신 정홍수 선생님과 흩어지기 쉬운 마음을 다잡는 추천사를 써주신 오수연 선생님, 그 시절 제자들을 사랑으로 품어주신 신현수 선생님께 감사의 마음을 전한다.

2024년 4월 수락산 아래에서

# 슬픈 구름

ⓒ 하명회

| | | |
|---|---|---|
| 1판 1쇄 발행 | \| | 2024년 5월 9일 |
| 1판 2쇄 발행 | \| | 2024년 6월 3일 |

| | | |
|---|---|---|
| 지은이 | \| | 하명회 |
| 펴낸이 | \| | 정홍수 |
| 편집 | \| | 김현숙 이명주 |
| 펴낸곳 | \| | (주)도서출판 강 |
| 출판등록 | \| | 2000년 8월 9일(제2000-185호) |

| | | |
|---|---|---|
| 주소 | \| | 서울시 마포구 동교로17안길 21 (우 04002) |
| 전화 | \| | 02-325-9566 |
| 팩시밀리 | \| | 02-325-8486 |
| 전자우편 | \| | gangpub@hanmail.net |

값 15,000원
ISBN 978-89-8218-342-3   03810